땅에서 하늘처럼

땅에서 하늘처럼

이민아 지음

Heaven on Earth

열림원

저는 아버지가 영광받으시고
아버지 나라가 임하고 하나님의 권세만이
이 세상에 임하기를 원합니다

이 땅에서 살고 싶은 가장 큰 이유

이 책을 쓰고 있는 저는 지금 위암 말기 환자라고 합니다. 그러나 제 마음에는 차고 넘치는 하늘나라의 의와 기쁨과 평강이 있습니다. 저를 사랑하시는 능력의 아버지 하나님이 그동안 저의 질병을 여러 번 고쳐주셨기 때문에 또 고쳐주시리라고 믿습니다. 그러나 어떤 이유에서든지 이 땅에서 그 치유를 온전히 다 받아 누리지 못하고 내 몸이 죽는다 해도 저는 예수님을 믿는 자는 죽어도 살겠고 살아서 그를 믿는 자는 영원히 죽지 않는다는 하나님의 말씀을 믿습니다.

　그 말씀 속에서 죽음은 이미 그 권세를 잃었고, 그래서 저는 죽음이 더 이상 두렵지 않습니다. 제게는 예수님이 십자가에서 우리에게 주신 승리가 관념적이나 종교적인 것이 아니라

실재적인 것입니다.

저는 매일 이 땅에서 그분이 주신 하늘나라를 이미 체험하며 삽니다. 하나님의 나라가 이 땅에 이미 임하였다고 믿습니다. 이 책은 예수님을 향한 제 소망이고 기도입니다.

우리의 죄를 씻기시고 고쳐주시고 회복시키고 승리하게 하시려고 그분은 하늘에서 내려와 이 땅 위에 서셨습니다. 그분이 사망의 권세를 이기고 사흘 만에 부활하셨을 때 이미 하늘나라가 이 땅에 임하였고 하늘나라의 문이 활짝 열렸음을 저는 믿습니다. 그리고 광명의 빛이 이제 저의 거듭난 영을 가득 채우고 저에게 강건한 믿음을 주시기에 저는 지금도 아버지의 집에서 그분의 나라를 누리고 살 수 있습니다.

암이 당장 낫는 것보다 더 큰 꿈은 이 땅에서 하늘나라를 누리는 삶을 나누는 것입니다.

예수님은 죽임당한 생명들을 다시 살려주시고 우리에게 풍성한 삶을 주시려고 오셨습니다. 그분의 능력으로, 갇힌 감옥에서 풀려나고 육신이 상한 자가 치유받고 가난한 자에게 기쁜 소식이 전해지는 것을 저는 사역을 하면서 정말로 많이 보았습니다.

이 땅에 빛의 아버지 나라, 하늘나라는 반드시 임합니다. 그분의 소원이 이루어질 때까지, 남은 삶의 마지막 한순간까지 그분께 온전히 드리고 이 기쁜 소식을 땅끝까지 전하는 것이

제가 이 땅에서 살고 싶은 가장 큰 이유입니다.

그래서 아직 몸이 불편한 가운데 이 책을 내게 되었습니다. 저는 이 땅에서 암 같은 질병의 선고를 받고 삶이 다했다고 생각하는 분들, 절망 앞에서 신음하는 분들, 영과 육신의 부서짐으로 고통받고 있는 분들, 소망을 잃고 믿음을 잃은 분들에게 예수님이 우리에게 이미 주신 하늘나라를 보여드리고 싶었습니다.

그분은 한때 이기적이고 사랑 없이 살던 제 마음에 사랑을 채워주셨습니다. 제 이웃과 타인들을 내 몸과 같이 사랑하라고 가르쳐주셨습니다. 그분을 만나고 저의 부서진 상처가 회복되기 시작하고 제 영이 사랑으로 가득 차기 시작했습니다. 그래서 저는 이 사랑의 나라가 이 땅의 모든 분에게 임하기를 오늘도 기도합니다. 사랑의 하나님을 알고 그분과 교제하고 그분과 하나가 될 수 있다는 것이 얼마나 엄청난 기쁨인가를 여러분께 전하고 싶습니다. 그분을 우리가 알고, 그분이 우리에게 보내신 그 아들을 아는 것이 바로 영생이라 했습니다. 그 영원한 생명이 오늘도 내 안에 흐르고 있기에 제 잔이 차고도 넘쳐 찬양과 기쁨이 흘러나옵니다. 열 번에 걸쳐 프로그램을 방영해주시고 책이 나올 수 있도록 도와주신 CTS, 또 열림원 식구들에게 감사드립니다.

2012년 봄을 앞두고 이민아

차례

거듭나야만 들어가는 아버지의 나라

크리스천으로서 가지는 질문들

우리가 크리스천으로 살아가면서 한 번씩은 물어보는 질문들이 있습니다. 이 문제들이 왜 빨리빨리 해결되지 않는 것일까? 어려운 문제들이 왜 극복되지 않을까? 그리고 성경에서 말하는 풍성한 삶, 승리하는 삶, 평강과 기쁨으로 가득 찬 삶이 언제 나의 것이 될까? 그런 의문을 안 가져본 사람이 없겠지요? 저에게도 그런 의문이 항상 있었습니다. 어려움이 있을 때마다 이 문제들이 '왜 빨리 해결되지 않을까?' 하는 조바심이 항상 있었습니다. 그래서 그런 문제들 때문에 저는 하나님을 찾기 시작했습니다.

"하나님, 성경에서 해주신 그 약속들이 제 것이 되기를 원합니다. 제게 유업으로 주셨다고 하는 치유와 회복과 평강과 기뻠이 정말 제 인생에서도 흘러넘치기를 원합니다. '저의 잔이 넘치나이다' 하는 고백을, 위선자 같은 마음이 들지 않으면서 할 수 있게 해주십시오." 제가 그렇게 기도할 수밖에 없었던 때 제 잔은 완전히 비어 있었습니다. 흘러서 넘치기는커녕 아무리 들여다봐도 한 방울도 남아 있지 않은 것같이, 완전히 바닥이 날 정도로, 고갈된 상태였습니다.

그래서 그때에는 '하나님, 제발 만나주세요. 하나님, 채워주세요' 하고 부르짖을 수밖에 없었습니다. 절규했었습니다. 당시 제 아이가 굉장히 힘든 상태였고 엄마로서도 지쳐 있었습니다. 그리고 여자로서 하기 힘들다는 변호사 일을 하고 있었기 때문에 일상생활에서도 지쳐 있었습니다. 신앙생활조차 아무런 돌파구가 보이지 않았습니다. 신앙은 자꾸 같은 자리를 맴돌이하는 것 같았습니다. '아까 왔던 산인데…… 아까 돌았던 곳인데 또 왔네, 또 왔어' 그런 생각, 그런 느낌만이 가득했습니다. 출애굽 한 이스라엘 사람들이 돌고 돌았던 그 광야는 사실 40년 동안이나 돌 만한 거리가 아니었거든요. 뻥뻥 돌았으니까 40년을 있었던 것이 아니겠습니까? 제가 그런 황막한 광야에 서 있었습니다.

처음에도 힘들었겠지만 이스라엘 백성들은 광야를 한 바퀴 돌아서 다시 같은 곳에 왔을 때 더 절망했을 겁니다. '지난번에 쓰러졌던 곳인데 내가 또 쓰러졌네. 지난번에 내가 절대로 안 오겠다고 약속했는데, 여기 또 왔네.' 그럴 때 오는 절망감, 그리고 '정말 이렇게 해서는 안 되겠다'고 하는 위기감이 있습니다.

그때 하나님의 자녀로 구원받고 태어날 수 있는 부흥이 시작됩니다. 내 심령에 하나님의 생명이 다시 흘러들어오게 되는 부흥. 리바이벌이라는 것은 다시 살아난다는 뜻인데 다시 살아나려면 죽어야만 합니다. 죽고 나서야 다시 살아날 수 있지요.

내 영이 완전히 죽은 상태에서 성령님의 은혜로 처음 빛을 보고 예수를 구주로 영접했을 때, 다시 살아납니다. 그런데 우리 영이 거듭나더라도 혼은 아직 거듭나지 않았기 때문에 우리의 생각, 우리의 마음, 우리의 습관, 우리의 기억들이 여전히 남아 있습니다. 하나님보다 더 중요한 것들, 우상처럼 사랑하는 것들을 하나씩 내려놓으면서 나를 자녀 삼아주신 아버지의 인도함으로 신앙의 여정이 시작되는 것입니다.

믿음의 시험

그런데도 내가 옛날로 돌아가서 옛날식으로, 내 힘으로 살아보려고 하고, 내 지혜로 문제를 해결해보려고 합니다. 이집트적인 성향이 나옵니다. 금방 홍해를 가르는 기적을 보여주어도, 사흘 만에 백성들은 '정말 하나님이 계신가, 계신다면 나를 사랑하시나, 사랑하시면 왜 물을 안 주나' 의심하고 불평합니다. 또 노예근성이 나오는 것이지요. 불평하고 원망하고 걱정할 때마다 심령이 다시 죽기 시작합니다. 그럴 때 '내가 다시 하나님을 만나야겠다, 하나님으로 거듭나야겠다' 하는 갈급함이 오는 것이 부흥의 시작이라고 생각합니다. 그것이 개인이든지, 교회든지, 사회든지, 나라든지, 다시 태어나는 것에 대한 목마름, 배고픔이 오는 것, 그런 상황이 오는 것이 저는 축복이라고 생각합니다.

너무 편하면 내가 서서히 죽어가고 있는 것을 몰라요. 그래서 다시 옛날로 돌아가려고 합니다. 애굽에서 나온 이스라엘 사람들의 마음속에는 이집트가 꽉 차 있었습니다. 거듭나지 못한 생각과 과거의 기억과 사고방식으로 꽉 차 있었어요. 아직 물이 남아 있다면 자기가 어떤지도 모르고 그냥 마시면서 '아, 좋다. 우리는 구원받았나보다'라고 여깁니다. 그다음에도 아무 어려움이 없으면 가나안에 들어갈 거라고 믿습니다. 믿음의 시험이 없으면 내가 죽어 있다는 사실을 알지 못합니다.

그래서 하나님께서 우리를 시험하십니다. 우리를 떨어뜨리려고, 골탕 먹이려고 하시는 것이 아니라 '내 아들로 다시 거듭나라. 너는 이런 면에서는 아직 거듭나지 못했다. 너는 아직도 노예처럼 생활하고 있다'는 것을 보여주는 것이 하나님의 시험입니다. 그래서 이집트에서 살았던 노예근성이 남아 있다는 것을 사람들이 깨닫게 됩니다. 정탐꾼들이 약속의 땅으로 정탐하러 갔습니다. 하나님이 약속하셨습니다. 내가 너희를 이집트에서 구원해내고 내 아들을 삼아서 유업을 주겠다, 땅을 주겠다고 하셨던 것입니다. 아버지가 아들에게 땅을 주겠다는 약속이죠. 그러나 그것을 믿는 사람들은 별로 없었습니다. 그 약속은 구원받았을 때, 예수 그리스도를 통해서 하나님이 아버지가 되었을 때, 어떤 축복이 있는가에 대해 우리들에게 미리 보여주는 상징이기도 한 것입니다.

그런데 이 시험에서 약속의 땅을 정탐하고 온 열두 명 중에 열 명이 떨어집니다. 그런데 온 이스라엘 백성들은 떨어진 열 명의 말을 듣습니다. 그리고 두 명을 돌로 쳐 죽이려고 해요. 그러니까 열두 명 중에서 두 명이 붙은 것이 아니라, 60만 명 중의 두 명이 붙은 것입니다. 어떻게 생각하면 굉장히 걱정이 되는 일입니다. 우리 신앙생활도 똑같은 것 같아요. 하나님께 많은 자들이 초청을 받지만 진정한 구원을 받는 자는, 좁은 문으로 들어가는 자는, 하나님의 나라로 들어가는 자는 많지 않습니다. 왜냐하면 하나님의 나라는 믿음으로만, 영으로만 들어갈 수 있기 때문입니다.

그런데 우리가 노력한다고 믿음이 생기는 것은 아닙니다.

거듭나야만 믿음이 생깁니다. 거듭났을 때 영이 우리 안에 들어옵니다. 그 영은 하나님의 영이기 때문에, 우리가 하나님의 영으로, 하나님의 아들로 다시 태어났을 때 생각이 하나님처럼 변하게 됩니다. 믿음이 하나님처럼 생겨요. 사랑이 하나님처럼 생깁니다. 우리가 아무리 이론상으로 내 몸을 쳐서 복종시킨다고 해도 내 마음대로 되는 것이 아닙니다. 우리 안에 있는 영, 죽어 있는 인간의 영, 죄와 사망으로 꼭 묶여 있는, 타락한 아담으로부터 내려오는 우리의 유전자가 하나님 아버지의 영으로 다시 살아나야 합니다.

그런데 그 영이 우리 안에 들어와서 다시 살려주시는 부흥이 일어나기 전에 위기가 옵니다. 마치 이집트를 나오기 직전에 있었던 것과 같은 위기가 사람에게나 교회에게나 나라에게나 반드시 옵니다. 어려움이 닥칩니다. 이집트가 편했다면 노예들이 소리를 지르지 않았을 것입니다. 그냥 이집트에서 살다가 죽었을 것입니다. 핍박을 당해서 살 수 없었고 먹을 것이 없었습니다. 이런 생활을 자신의 아이들이 또 할 생각을 하니까 이것은 안 되겠다고 해서 결심한 것이지요. 그래서 4백 년만에 이스라엘 백성들이 이집트에서 나오게 됩니다. 위기에처한 이스라엘 백성들이 하나님께 소리를 지르기 시작했을 때 그 울부짖음을 하나님께서 들으셨다고 하셨습니다. 그러고는 모세를 보내셨습니다.

우리가 정말로 하나님의 자녀로 거듭나기 전에, 하나님의 자녀로 거듭나지 못한 내 인생의 어둠들이 다시 나타납니다. 하나님의 나라에 들어가기 전에 있었던 우리의 세상적인 문제들이 들춰집니다. 자녀 문제, 건강 문제, 부부 문제, 경제 문제 등에 위기가 옵니다. 내가 정말 이 부분에서 거듭났나? 내가 정말 재정에서 거듭났나? 내가 결혼생활에서 거듭난 삶을 살고 있나? 하나님의 아들로 생활하고 있나? 아니면 '내가 구원받기 전에 부모들이 가르쳐준 세상적인 지혜, 그리고 학교에서 배운 것, 또 내가 눈으로 본 것, 체험한 것, 지식, 또 다른 사람들이 걱정시킨 두려움, 이런 것들을 가지고 내가 살아가는 것은 아닌가?' 하고 나를 돌아보게 됩니다.

우리는 위기가 오지 않으면 자신을 돌아보지 않습니다. 다 괜찮다고 생각합니다. 이런 위기에, 벼랑 끝에 서 있는 것같이 절망스러울 때, 내 힘으로, 어머니가 가르쳐준 지혜로, 우리 할머니가 하라고 한 것으로, 그리고 학교에서 '수', '우' 성적을 우수하게 받으면서 선생님이 가르쳐준 것으로, 이런 것들로 해보아도 해결이 되지 않습니다. 해결이 안 됩니다. 안 되는 것이 축복입니다. 안 되기 때문에 돌아보게 됩니다. 아니, 돌아보게 하시는 것입니다.

홍해가 갈라지기 전에 이스라엘 백성들은 두려웠습니다. 도망가야 하는데 하나님이 보이지 않았습니다. 앞에는 바다가

놓여 있습니다. 왼쪽도 막히고 오른쪽도 막혀 있는데, 뒤를 돌아보니 이집트 병사들이 자신들을 죽이려고 달려옵니다. 세 방면 중에 하나만 열려 있어도 그들은 도망갔을 것입니다. 왼쪽이 열려 있으면 왼쪽으로, 오른쪽이 열려 있으면 오른쪽으로 도망갔을 것입니다.

문제가 생겼을 때 '이 문제는 상담을 받으면 해결이 된다'고 합니다. 그래서 상담을 받고 아이가 좋아지면 그리로 도망갑니다. 그 문제는 실력 있는 변호사에게 맡기면 된다면서 변호사에게 의뢰합니다. 그래서 아이가 감옥에서 나오게 되면 그 변호사를 자랑하고 다닙니다. 죽이려고 쫓아오지 않으면 뒤로 도망칩니다. 그런데 안 될 때가 있습니다. 의사가 '이 아이는 못 고치겠습니다'라고 하는 거예요. 엄마 아빠가 도와준다고 할 줄 알았는데 '내가 도와주려고 했는데, 아빠 사업도 망했으니 어떡하니, 도와줄 수가 없구나!' 하시는 거예요. 오른쪽을 봤더니, 오른쪽 문도 닫혔습니다. 그런데 앞에는 홍해밖에 없어요. 빠져 죽을 수밖에 없어요. 그때가 거듭날 수 있는 절호의 기회입니다. 요한복음 1장 12~13절을 제가 번역해보았습니다.

But as many as received Him, to them He gave the right to become children of God, to those who believe in His name, who were born, not of blood, nor of the will of the flesh, nor of the will of man, but of God.

하나님의 아이들로 태어나는 권세를 하나님이 주셨습니다. 누구에게 주셨느냐 하면 예수님을 영접하는 자들에게 주셨습니다. 그들은 인간의 피나 인간과 육신의 의지로가 아니라 하나님에게서 태어난 자들이 되는 것입니다.

예수님이 나는 길이요, 진리요, 생명이니, 나를 통하지 않고는 아무도 아버지에게 갈 수 없다고 하셨어요. 많은 사람들이 이 성경 구절을 잘못 인용합니다. 예수님 없이는 하나님에게 갈 수 없다고 합니다. 예수님은 예수님을 통해 거듭나야만 하나님을 아버지로 만날 수 있다고 말씀하셨습니다.

하나님이라는 분이 계신다는 것은 예수님 없이도 깨달을 수 있습니다. 마음을 비우고 도를 닦고, 요가를 하고, 정말 영적인 훈련을 하다보면 우리가 영적인 존재이기 때문에, 영이신 하나님을 만날 수 있습니다. 느낄 수도 있습니다. '아, 하나님이 정말 계시는구나' 하고 알 수 있습니다. 또 어떤 사람들은 세속을 떠나서 자연에서 꽃이 피고 지고, 염소가 새끼를 낳는 것을 보면, '아, 이것은 내가 하는 것이 아니다, 염소가 하는 것이 아니다, 저 염소를 만들고, 나를 만드시고, 이 천지를 창조하시고, 사계절을 딱딱 맞게 하시고, 몇 개월이면 염소 새끼가 태어나게 하시는 지존하신 창조주, 하나님이 계시는구나' 하는 것을 영적으로 깨달을 수 있습니다.

그 하나님은 다른 토속 종교에서 말하는 하나님일 수도 있어요. 하나님이라는 존재가 있다는 것을 야만인들도 깨달을 수 있다고 생각해요. 동물도 깨닫습니다. 동물은 하나님이 계신다는 것을 압니다. 독수리가 날아다니다가도 무슨 음성을 들었는지 털이 빠질 때가 되면 동굴로 들어가지요. 그리고 쓰나미가 올 때, 태국에서는 코끼리들이 왔다 갔다 한다고 합니다. 길거리나 식당에 들어오고 하다가 갑자기 '우' 하면서 전부 산 위로 도망을 간답니다. 그러면 사람들이 '저 코끼리들이 미쳤나? 바보 같은 코끼리들'이라고 한대요. 바보 같은 코끼리들? 누가 바보입니까? 사람들은 쓰나미 오기 바로 1초 전까지도 모르니까 먹고 마시고 결혼을 합니다. 누가 하나님의 음성을 듣고, 누가 먼저 하나님의 존재를 압니까? 동물들이 먼저 안다고 합니다.

로마서에서 바울은 자연을 보고, 이 세상을 보면 하나님이 있다는 것은 부정할 수 없다고 했습니다. 나중에 '나는 하나님을 몰랐다'고 변명할 수 없게 로마서 1장 20절에서 말씀하셨습니다. 하나님이 나뭇잎 하나 떨어지는 것, 파도가 오다가 어디까지 오면 딱 서는 것, 봄이면 꽃이 피고, 가을이면 수확하고, 겨울이면 곰들이 동굴로 들어가는 모든 자연현상 안에서 당신을 나타내셨다고 하셨어요.

창세로부터 그의 보이지 아니하는 것들 곧 그의 영원하신 능력과 신성이 그가 만드신 만물에 분명히 보여 알려졌나니 그러므로 그들이 핑계하지 못할지니라(롬 1:20)

그런데 이 하나님을 만나서 관계를 맺고 그분의 자녀가 될 수는 없습니다. 부처님도 못 하고, 공자도 못 하고, 아무도 못 합니다. 왜냐하면 죄 때문입니다.

하나님을 아는 자

하나님은 완벽하신, 거룩하신, 온전하신 분으로 악이라고는 하나도 없고, 회전하는 것이나 변하는 것이나 어둠이 전혀 없는, 그림자도 없으신 빛 자체입니다. 선 그 자체, 사랑 그 자체, 그래서 죄가 조금만 있어도 하나님을 똑바로 쳐다보지 못한다고 했어요. 죄가 있으면 하나님과 함께할 수 없다고 했어요. 하나님이 그렇게 하고 싶어서가 아니라, 하나님이 나타나면 죄 있는 존재들은 소멸해요. 하나님은 소멸하는 불이십니다. 그런데 이분이 우리를 자녀 삼고 싶어 하셨어요.

죄가 없는 상태로 하나님과 똑같은 형상으로 만드신 것이 아담(창 1:27)이었어요. 아담이 '나는 당신의 아들이 되고 싶지 않습니다. 당신이 옳고 그르다고 하는 것에 순종하는 삶에 나는 만족할 수 없습니다. 나는 내 인생을 주관하는 나의 하나님이 되고 싶습니다'라고 했어요. 그것이 선악과를 따 먹은 에덴동산에서의 사건(창 3:6)입니다. '내가 하겠습니다' 하는 것, 그것이 마귀죠. 내가 예배를 받겠다, 내가 결정하겠다 하고서 하나님에게서 떨어져나온 순간, 가장 아름다웠던 천사가 그 자리에서 흑암을 상징하는 마귀가 되었듯이 아버지에게서 떨어져나오면서 아담은 고아의 영이 됩니다. '나는 아버지를 못 믿어요. 아버지가 이것만 먹지 말라고 했는데, 너에게 모든 축복을 주겠다고 했는데, 아버지의 말이 틀린 것 같아요'라는 것입니다.

마귀가 처음에 한 것이 우리에 대한 아버지의 절대적인 사랑을 의심하게 만든 것입니다. '이브야, 하나님이 그것을 먹지 말라고 했어?' '응, 먹지 말라고 했어.' '왜 먹지 말라고 했어? 사랑하는 하나님이 왜 그거 먹지 말라고 할까? 하나님은 너희들이 자기처럼 하나님이 될까봐 그런 거야.' 이브가 그 말에 속아 하나님을 의심하고 불순종하면서 단절이 일어났습니다.

'너는 내 아들이다. 네가 나를 믿고 선악과를 먹지 않으면 너와 나는 하나가 될 수 있다'고 하나님이 아담에게 축복을 주셨습니다. 그런데 아담이 이브에게 제대로 가르쳐주지 않았어요. '선악과를 먹지 마라. 먹으면 안 된다'고 하는 것을 제대로 못 전한 것입니다.

'먹는다는 것'은 하나가 된다는 것입니다. "씹어서 먹어 선과 악을 알게 되는 이것이 너의 일부가 되면 너는 나를 의심하게 되고, 너는 나의 선이 아니라 너의 선을 추구하게 될 것이고, 내가 악이라고 말하는 것을 너는 악이라고 생각하지 않을 수도 있다. 너와 내가 분리가 된다. 그러므로 '네가 먹는 날에는 반드시 죽으리라(창 2:17)'. 내가 생명인데, 네가 생명에서 떠나면 네가 혼자 생각하게 되고, 그리고 네가 독립하면 너는 나와 하나가 될 수 없다. 너와 내가 하나가 될 수 없으면 네 안에 죽음이 들어온다. 그러니까 절대로 이것을 먹지 말아라." 하나님이 아담에게 명령하신 것입니다. 이브는 뱀에게 '먹지도 말고 만지지도 말라(창 3:3)'고 했지만 하나님은 '만지지도 말라'는 말씀은 하지 않으셨습니다. 건드리지 말라는 말은 하지 않으셨습니다. '이것은 먹지 마라, 먹고 싶어도 이것을 먹어서 너의 일부가 되게 하지 마라, 따 먹지 말라. 유혹을 받을 수 있지만 네가 그것을 삼키지 말라'고 했습니다. 그런데 아담이 건성으로 가르쳐준 거예요. 그러니까 이브가 하나님을 몰랐기 때문에 '왜 그랬지? 왜 저것만 건드리지 말라고 했지?' 하는 의혹이 들었던 거예요.

아담은 하나님과 직접 대화를 나누었지만, 이브는 아담에게 들었어요. 그런데 아담이 이브에게 그것을 그대로 전해주지 않고 대강 전해준 것 같아요. 이브는 하나님에게 직접 듣지 않았기 때문에 믿음이 없었습니다. '믿음은 들음에서 나며 들음은 그리스도의 말씀으로 말미암았느니라(롬 10:17)'고 했습니다.

마귀가 보니까 아담은 안 넘어갈 것 같은데 이브는 넘어갈 것 같아요. 그래서 '하나님이 참으로 너희에게 동산 모든 나무의 열매를 먹지 말라 하시더냐(창 3:1)'고 묻습니다. 그러고는 '너 그거 먹으면 하나님같이 될 것이다'라고 했을 때, 이브가 '건드리지도 말고 먹지도 말라고 그런 것 같아'라고 합니다. 하나님의 말씀을 이렇게 알면 정말 큰일 납니다. '정말 건드리지 말라 그랬어?' '건드리지 말라 그랬던 것 같아.' '그러면 어떻게 된대?' '죽는대.' '어디 한번 건드려 봐.' 이브가 건드렸는데 안 죽었어요. '거봐, 하나님이 거짓말하신 거야. 하나님은 진리가 아냐'라고 마귀가 속삭입니다. 여기서 헷갈리기 시작합니다. '건드려도 죽지 않으니까 먹어도 안 죽겠네. 하나님이 항상 옳은 것이 아니네. 나도 무엇이 옳고 그른지 알 수 있다. 나에게 내 생명을 유지할 수 있는 지혜가 있다. 나에게 내 자녀를 구원할 수 있는 힘이 있다. 내가 하나님과 단절되어서 떠나간다.' 이렇게 됩니다.

마치 사춘기 아이들이 더 이상 어머니 아버지의 말을 듣지 않는 것과 같습니다. '이제 알겠어. 보니까 엄마가 틀렸어. 엄마는 학교 가라고 하는데 내가 보니까 안 가도 될 것 같아. 내가 하고 싶은 대로 해도 될 것 같아' 하고 자기 생각이 옳다고 판단할 때 불순종하게 됩니다. 거역하는 마음이 들어옵니다. 반항하게 됩니다. '거역하는 것은 점치는 죄와 같고(삼상 15:23상)'라고 사무엘이 사울 왕에게 말했습니다. 이것이 저주입니다.

하나님이 아담에게 하나님의 아들이 되는 권세를 주셨는데, 선악과를 따 먹고 선과 악을 아는 개체가 되어 '내가 내 나라를, 내 권세를, 내 영광을 찾겠습니다' 하고 아버지를 떠나는 순간부터 아버지와의 관계는 끊어지는 것입니다. 그것을 먹고 씹어서 선악과가 나의 본성에, 핏줄 하나하나에 들어가서 나의 성격과 나의 인격을 주관하기 시작할 때, 하나님은 더 이상 아담과 아버지와 아들로서의 관계를 맺을 수 없습니다. 아버지가 동산에서 쫓아낸 것이 아니라, 아들이 아버지를 떠난 것입니다. '이제부터 내가 무엇이 옳고 그른지를 판단하겠습니다. 내가 나의 마지막 심판관이 되겠습니다. 당신도 잘못하면 나는 잘못했다고 심판할 수 있습니다'라고 생각한다는 것입니다.

우리들은 '하나님이 왜 그러시는 거야? 하나님이 살아 계신다면 왜 저 자매는 병이 낫지 않아? 하나님은 좋은 분이 아닌

가봐. 정말 좋은 하나님이면 왜 우리 아이를 안 고쳐주시지?'
와 같은 말을 하게 됩니다. 이것은 옛사람이 하는 말입니다.
죄성이 하는 말입니다. 거듭나서 하나님의 나라를 보고 나면
하나님이 얼마나 거룩하시고, 얼마나 선하신지 알게 됩니다.
그분만이 진리이시고 그분만이 무엇이 옳고 그른지 아시는 나
의 하나님이라는 예배자의 고백이 나옵니다.

거듭난 영은 '당신은 나의 하나님이십니다. 나의 아버지이
십니다'라고 말할 수 있습니다. 그리고 그 하나님 아버지에게
갈 수 있게 해주는 유일한 길, 유일한 진리, 유일한 생명이 예
수님께 있다는 걸 깨닫게 됩니다. 예수님이 '내가 제일 잘났으
니까 너희는 이 신도 저 신도 섬기지 말고 나만 섬겨, 내가 길
이고 진리이고 생명이야' 이렇게 말씀하신 게 아닙니다. 예수
님만이 우리 죄를 해결하셔서 다시 아버지께 돌아갈 수 있는
길을 열어놓으셨다는 뜻입니다. 예수님은 우리에게 이렇게 말
씀하십니다.

"나는 너희들이 나의 아버지, 하나님의 자녀가 되기를 원한
다. 나는 너와 아버지를 다시 접속시키고 싶다. 나는 나의 아
버지를 아는데 그분은 너무 좋다. 그 아버지가 너의 아버지가
된다고 하면, 너의 괴로움, 죄로 인해서 생기는 모든 저주, 인
생의 모든 문제가 그분이 아버지가 되는 순간 없어진다. 그런
데 너희들은 죄 때문에 그분의 자녀로 다시 태어날 수 없다.

그래서 내가 너희들의 죄를 십자가에서 해결했다.

십자가에서 내가 너희들의 죄를 대신 지고 간다. 아담이 지은 죄부터 시작해서, 너희들 모두가 그 피를 받고 태어났기 때문에 짓게 된 죄들, 이 죄를 가지고는 아버지의 집으로 돌아갈 수 없기 때문이다. 아버지가 너희를 매우 사랑하셔서 나를 보냈다. 내가 너희를 구하러 왔다. 그래서 네가 찍힐 것을 내가 대신 찍히겠다. 네가 죽을 것을 내가 대신 죽겠다. 네가 아플 것을 내가 대신 아프겠다. 그리고 너의 죽음을 내가 십자가에서 삼키고 내가 죽겠다.

그리고 내가 부활할 때 나를 믿고 구주로 영접하는 자마다 아담의 원죄로부터, 너희가 지은 모든 죄로부터, 그 죄성으로부터 네가 완전히 해방되는 순간, 하나님 아버지의 자녀로 다시 태어나는 권세를 내가 줄 수 있다. 십자가에서 너의 모든 죄를 대신해서 벌을 받고 죽을 것이다. 너를 사랑하지 않는 사람은 아무도 이렇게 할 수 없다. 나를 통하지 않고 나의 희생, 십자가에서 값을 치른, 마지막 피 한 방울까지 다 흘리는 그것 없이는 길도 없고 진리도 없고 생명도 없다."

예수님께서 아버지를 우리와 다시 만나게 해주시려고 십자가에서 죽으신 것입니다. 아버지와 우리를 갈라놓은 모든 것을 마치 당신이 한 것처럼 벌을 받으시고 값을 치르시고, 그리고 죽으셨다는 말입니다. 그래서 그것을 믿는 자마다 선악과를 따 먹기 전의 아담의 상태로 돌아가는 거예요.

'이제부터는 예수님이 하시는 말만이 진리입니다. 이제 다시는 당신이 하나님인 것에 도전하지 않겠습니다.' 고백을 하는 순간에 죽어 있던 우리의 영이 죽은 자 가운데서 예수님을 살리신 부활의 영으로 다시 살아나는 것입니다. 이것이 복음, 기가 막히게 좋은 소식, 하나님의 자녀로서의 권세를 가진 자가 된다는 진리입니다. 예수님을 영접하면 하나님의 자녀가 되는 것입니다. 우리가 만약 이슬람 나라에 가서 복음을 전하는데, 그곳에 있는 30만 명, 300만 명이 함께 이야기를 듣다가 '와, 그거 좋은 소식이다. 우리는 예수님이 십자가에서 다시 사신 것을 믿고 저분을 구주로 영접하겠습니다, 하나님의 자녀가 되겠습니다' 한다면 바로 하나님의 자녀가 되는 권세가 그들 모두에게 주어질 수 있는 것입니다. 이것이 거듭나는 비결입니다.

출애굽 한 유대인들이 산을 뺑뺑 돌고 광야에서 또 돌아야 했던 것은 거듭나지 못해서였습니다. 하나님께서 갈렙을 칭찬하시면서 '내 종 갈렙은 그 마음이 그들과 달라서 나를 온전히 따랐은즉(민 14:24)' 그렇게 말씀하셨습니다. 갈렙만이 그 안에 다른 영이 있었다는 것입니다. 이집트에서 나왔어도 그 사람들의 마음은 아직 노예 같았습니다. 거듭나지 못했어요. 그 사람들 중에서 열두 명을 뽑아 하늘나라를 보게 했습니다. 천국을 보게 했어요. 정말 좋은 곳, 젖과 꿀이 흐르고 원하는 모든 것이 있는, 기도의 모든 응답이 있는 약속의 땅, 가나안 땅을 보여주셨어요.

그리고 하늘나라에 들어가기 전에 해야 하는 영적 전쟁도 보여주셨습니다. 진짜 신부, 진짜 하나님의 영이 있는 여호수아와 갈렙은 '그곳에는 거인들이 잔뜩 있는데, 그 무서운 거인들을 우리가 어떻게 죽일 수 있겠어?' 이런 생각은 하지 않았습니다. 갈렙과 여호수아는 하나님의 영으로 하나님처럼 생각했기 때문에, 하나님에 대한 믿음이 있었기 때문에 '거인들이 많으면 어때, 고생 좀 하면 어때' 하며 자신들이 이길 것이라고 확신했습니다. 계시적인 하나님에 대한 깨달음이 있었습니다.

그러나 하나님을 믿지 못하는 열 명의 정탐꾼들에게는 어려운 것만 보이는 거예요. '저 사람은 예수를 믿더니 나쁜 일만 많아. 저 집에는 왜 그렇게 나쁜 일만 생길까? 아들이 다쳤다며, 암에 걸렸다며, 이혼했다며, 야, 무서운 하나님이다, 우리는 믿지 말자. 너무 힘들다. 저 문제들을 언제 다 극복하고 천국에 갈까?'라고 하는 것이 아직 하나님을 알지 못하는 사람들의 시선입니다. '저기에 갔더니 거인들이 많더라, 저 거인들이 우리를 죽일 거야. 걸리면 죽어'라고 하면서 두려움에 가득 차 있습니다. 그리고 '사역하다가 보면 돈도 없고 고생만 하더라'

라고 합니다. 이처럼 부정적인 것들만 보이는 것은 하나님이 안 보이기 때문입니다.

그러나 갈렙에게는 하나님이 보였어요. '우리 아버지 하나님이 이렇게 좋은 땅을 준다고 하셨어. 그리고 왔다 갔다 하는 이 거인들은 우리 아버지가 치워주시겠지'라고 생각합니다. 그런데 구원받지 않은 사람들에게는 거인만 보입니다. '난 저기에 가면 죽을 거야, 어떡하지?' 하면서 두려워합니다. 두려움의 영, 노예의 영, 고아의 영, 이런 것에서부터 거듭나지 않으면 우리는 광야를 뺑뺑 돌 수밖에 없어요. 하나님은 그런 사람들을 가나안 땅으로 데리고 가실 수 없습니다. 그 땅에 들어가서 축복을 누릴 수 없어요. 그래서 하나님께서는 가슴이 아프지만 '한 바퀴 더 돌아라, 한 바퀴 더 돌아라' 하실 수밖에 없습니다.

믿음으로 이기는 세상

요한1서 5장 4절을 보면, '하나님께로부터 난 자마다 세상을 이기느니라 세상을 이기는 승리는 이것이니 우리의 믿음이니라'고 하셨습니다. 그리고 로마서 8장 15절에서, 우리는 다시 두려워하는 종의 영을 받지 않았고, 내가 '아빠, 아버지' 하고 부르는 양자의 영을 받았다고 하셨습니다.

For you did not receive a spirit that makes you a slave again to fear, but you received the Spirit of sonship. And by him we cry, "Abba, Father".

너희는 다시 무서워하는 종의 영을 받지 아니하였고 양자의 영을 받았으므로 아빠, 아버지라 부르짖느니라.

구원을 받는 순간에 구원받는 자가 하나님의 영으로 거듭난 영이 된다는 것입니다. 이것이 좋은 소식이에요. 우리가 자녀가 되는 권세를 가질 뿐만 아니라 하나님의 영이 내 안으로 들어오는 것입니다. 그래서 그 영이 이제부터는 나의 주인이 되시는 것입니다. 성령이 내 안에 들어오는 것입니다. 예수님이 내 말을 듣고 지키는 자에게는 나와 아버지가 그 안으로 들어간다고 하셨어요.

예수님께서 제자들에게 요한복음의 맨 마지막에, 유언처럼 남기신 말씀 중에 이런 말씀이 있습니다. '아버지와 내가 하나인 것처럼 저들도 하나가 되게 하소서.' 하나님과 우리가 하나될 수 있다는 것이지요. 그러면 하나님의 생명이 우리에게 들어와서 영원히 삽니다. 죽지 않습니다. 거듭난 영혼은 죽지 않아요. 그래서 예수님이 마르다에게 말씀하십니다. '나는 부활이요 생명이니 나를 믿는 자는 죽어도 살겠고 무릇 살아서 나를 믿는 자는 영원히 죽지 아니하리니 이것을 네가 믿느냐(요 11:25-26).' 그러나 마르다는 육적으로 생각하니까 무슨 말인지 몰랐습니다. '그런데 우리 오빠는 왜 죽었어요? 사람들이 죽잖아요.' 예수님은 거듭난 영에 대해서 말씀하신 것입니다. 거듭난 영은 죽지 않습니다.

우리 인생의 한 부분 한 부분, 나의 생각, 나의 사고방식, 나의 감정, 나의 인간관계, 나의 삶, 이런 것이 다 하나님의 영으로 거듭나는 것, 이것이 성화 과정입니다. 성화 과정은 내가 거룩해지는 것이 아니라 옛사람이었던 내가 그 부분에서 죽는 거예요. 그러면 나와 하나 되시고 이미 들어와 계신 예수님이 보이기 시작합니다. 내가 하나님의 아들로 나타나는 거예요. 하나님의 아들로 나타나는 것을 모든 피조물이 고대하고 기다린다고 하셨습니다.

로마서 8장 16절에서 '우리의 살아난 거듭난 영과 성령이 함께 하나가 되어서(The Spirit himself testifies with our spirit) 하나님의 자녀인 것을 증거한다(that we are God's children)'고 하셨습니다. 그리고 우리가 자녀라면, 하나님의 아들이라면 하나님의 모든 유업을 우리가 받는 것입니다(heirs of God, and joint-heirs with Christ). '하나님의 자녀로서'가 중요한 부분입니다. 예수님과 함께 공동 상속자로 하나님의 나라를 유업으로 주신다는 것입니다. 하나님의 나라는 질병도 없고 죽음도 없고 울음도 없고 분단, 오해 같은 것이 없는 곳입니다. 인간들이 겪어야 하는 이런 죄와 사망의 사슬을 완전히 끊어버린 곳입니다. 그것을 하나님이 우리에게 주고 싶으신 것입니다.

'그래서 하나님은 우리와 함께 영광받으시기를 원하십니다 (That we may be also glorified together).' 하나님이 혼자 영광을 받고 싶어 하시는 아주 독재적인 아버지라고 생각하시는 분들이 많습니다. 그래서 '자매님, 노래 잘하십니다' 하면 '아니요, 모든 영광을 아버지께 올려드립니다. 저는 한 방울도 안 가집니다' '목사님, 설교가 좋았습니다' '아닙니다. 제가 아니고 예수님입니다' '오늘 은혜받았어요' '아닙니다. 성령님이 모든 은혜를 주신 것입니다' '모든 은혜는 아버지께만, 아버지께만' 하고 겸손하려 합니다. 물론 하나님은 우리가 하나님의 영광을 빼앗아 가는 것을 원하지는 않으세요. '저는 아버지가 영광받으시고 아버지 나라가 임하고 하나님의 권세만이 이 세상에 임하기를 원합니다'라고 원하는 것을 옳은 것입니다.

그렇지만 하나님께 와서 완전히 아들이 된 자에게는 하나님께서 '얘야, 네가 내 아들이라는 것을 사람들에게 보여주고 싶다. 네가 내 영광을 가지고 가라. 너는 일어나서 빛을 발하라. 네가 빛이다' 하시며 '너는 나와 영광을 함께하는 내 아들'이라고 하십니다. 그래서 이렇게 말했습니다. '우리가 예수와 함께 구원을 받는 것은 그와 함께 영광을 받기 위함이다(If so be that we suffer with him, that we may be also glorified together).' 누가 영광받기를 원하십니까? 우리가 받기를 원하십니다. 무엇으로서 받기를 원하십니까? 하나님의 아들로서 받기를 원하십니다. 아들이 영광을 받으면 당연히 아버지에게로 영광이 갑니다. 아이들이 공부를 잘하고 일등 상을 받으면 사람들이 '누구 아들이야? 누구 아들이래요?' 이렇게 묻습니다. 우리가 하나님의 자녀로 이 세상에서 하나님이 주신 권세를 가지고 거듭난 삶을 살면, 그때 아버지가 영광을 받습니다. 아버지와 나는 하나이기 때문입니다.

이제는 누가 '자매님, 얼굴에 빛이 나네요! 자매님만 보면 제가 은혜를 받습니다' 그러면 '우리 아버지가 그렇게 좋은 분이십니다' 이렇게 영광을 공유하기를 원합니다. 하나님은 자녀를 사랑하시는 아버지세요. 그래서 당신이 직접 고쳐도 되는데 꼭 우리 손을 빌려서 고치려고 하십니다. 하나님께서 이슬람 국가에 가서 '내가 여기에 있는 백만 명을 다 구원하겠다'고 천군 천사를 보내시는 것은 쉽습니다. 천둥번개를 막 시끄럽게 내려치시고 난 다음에 하나님이 나타나셔서 '나를 믿을 거냐, 안 믿을 거냐?' 하시면, 백만 명을 한꺼번에 구원 안으로 들어오게 하실 수도 있습니다. 그것은 쉽습니다. 그런데 하나님은 당신의 아들인 우리를 통해서 하고 싶어 하시기 때문에,

그리고 그 아들이 정말 잘하는지 보여주고 싶으시기 때문에 시간이 오래 걸립니다.

예수님은 우리와 함께 영광받기를 원하십니다. 하나님의 자녀들로 일어나서 빛을 발하기를 원하십니다. 그래서 그 자녀가 된 권세를 받은 자들이 자녀로서, 완전히 하나님의 아들로서, 예수님이 하신 것처럼 우리도 아버지를 영광스럽게 하기를 원하십니다. 예수님이 이 땅에 와서 가르쳐주신 것은 우리가 어떻게 하나님의 아들이 되는가 하는 것입니다. 아들이 무엇인지 보여주신 거예요. 아들이 아버지와 어떻게 관계해야 되는지를 우리에게 미리 제자 훈련시켜주신 것입니다.

하나님의 말씀대로 살기

예수님은 아버지가 하라는 것만 하셨습니다. 전혀 창조적이거나 개성적인 분이 아니셨습니다. 예수님은 '내가 생각해보니까 오늘은 사마리아에 가지 말고 그냥 갈릴리에 있어야 할 것 같아요' 이러지 않았습니다. 하나님께서 '갈릴리에 가라'고 하시면 '네' 하고 갈릴리에 가고, 사마리아에 가라 하시면 사마리아에 갔습니다. 열두 제자를 선택할 때에도 밤새도록 기도하고 결정하셨습니다. 예수님이 얼마나 똑똑하셨습니까? 사람 중에 예수님처럼 똑똑한 사람이 어디에 있겠어요? 예수님은 성령으로 잉태되신 분이지만 자신의 생각으로 말씀하신 것은 한 마디도 없습니다. 항상 아버지를 따랐습니다.

내가 진실로 진실로 너희에게 이르노니 아들이 아버지께서 하시는 일을 보지 않고는 아무것도 스스로 할 수 없나니 아버지께서 행하시는 그것을 아들도 그와 같이 행하느니라(요 5:19)

이렇게 사신 분이 예수님입니다. 정말 사랑하는 친구가 죽어가도 아버지가 여기 있으라고 하시면 나흘 동안 가지 않으셨습니다. 순종하는 아들의 역할을 먼저 보여주신 것이 예수 그리스도이십니다.

'나를 통하지 않고서 아버지에게로 갈 수가 없다. 네가 나를 구주로 영접하고 나의 본만 따라서 내가 한 것만 하고 내가 간 길을 네가 그대로 따라오면 내가 너를 아버지에게로 데려다주겠다. 너를 나의 제자로 삼겠다.'

이것이 우리에게 하나님의 아들이 되는 권세를 주시려고 오신 하나님의 첫 번째 아들, 우리의 큰형님 예수 그리스도의 사역이었습니다. 우리가 예수님을 나의 구세주, 내가 해결할 수 없는 것을 해결해주신 구세주, 나의 주님, 나의 목자, 나의 하나님이라고 고백할 때 누구에게나 하나님의 아들이 되는 권세를 주시고 영생을 주시겠다고 약속하셨습니다. 그러므로 저는 영접기도를 하지 않고는 어떤 설교도 끝내지 않습니다. 하나님의 아들이 한 명만 하늘나라로 돌아와도 아버지께서는 천국에 있는 모든 천사를 모아서 잔치를 한다고 하셨습니다. '내 아들, 내 딸이 오늘 선악과를 뱉어내고 아담의 자손에서 예수의 자손으로 다시 태어났다. 나는 이제 저 아이의 아버지가 될 수 있다. 나와 관계를 맺을 수 있다. 이제는 나와 함께 하나가 될 수 있다. 그래서 저 아이는 이제 죽지 않아도 된다. 지옥에 안 간다.' 이렇게 좋아하십니다. 그러므로 영접기도처럼 중요한 것이 없는 것 같습니다.

우리의 삶에서 내가 걱정하고 근심하고 두려워하는 것들이 있다면 그것은 아직 거듭나지 못한 부분입니다. 예수님이 나의 주님이 되시지 않았기 때문에 겁이 나는 거예요. 걱정이 되는 거예요. '나는 나의 모든 영역에서 주님이 나의 주님이 되기를 원합니다. 나의 해결되지 못한 문제, 죽음의 문제, 죄의 문제, 관계의 문제를 예수님께서 십자가에 완전히 다 지시고 돌아가셨다는 것을 믿겠습니다. 그리고 예수님이 부활하셨을 때 이 문제들이 해결되었다는 것을 믿겠습니다.' 이렇게 마음으로 믿고, 입으로 그분이 나의 구세주, 나의 인생의 주님이라고 고백하면 하나님께서 우리를 자기 자녀로 삼아주시겠다고 로마서 10장 9~10절에서 약속하셨습니다.

> 네가 만일 네 입으로 예수를 주로 시인하며 또 하나님께서
> 그를 죽은 자 가운데서 살리신 것을 네 마음에 믿으면 구원을
> 받으리라 사람이 마음으로 믿어 의에 이르고 입으로 시인하여
> 구원에 이르느니라(롬 10:9-10)

아들이 되면, 아들로 태어나면, 그다음에는 아버지가 길러
주십니다. 우리가 하나님의 자녀가 되면 아버지가 사랑해주세
요. 똥 싸고 오줌 싸고, 그래도 사랑해주십니다. 그리고 태어
난 영혼은 자라게 되어 있습니다. 장성하지 않을 수 없어요.
어느 정도까지 장성하면 아버지가 훈련시킵니다. 그리고 학교
를 보냅니다. 그래서 자기 아들로 예수 그리스도의 장성한 시
기까지 자라도록 사람들을 보내고 잔소리하시고 이끌어주십
니다. 그것이 거듭나는 비밀입니다.

'하나님을 영접하고도 위선자처럼 신앙생활을 제대로 못 하
는 사람들이 있더군요. 그러니까 나는 교회를 잘 다니고 신앙
생활 잘할 수 있을 때까지 영접기도를 안 할 것입니다'라는 사
람이 있습니다. 그런 사람은 절대 다시 태어나지 못합니다. 다
시 태어나지 않으면 하나님의 나라에 들어갈 수 없다고 요한
복음 3장 5~7절에 예수님께서 말씀하셨습니다.

예수께서 대답하시되 진실로 진실로 네게 이르노니 사람이 물과 성령으로 나지 아니하면 하나님의 나라에 들어갈 수 없느니라 육으로 난 것은 육이요 성령으로 난 것은 영이니 내가 네게 거듭나야 하겠다 하는 말을 놀랍게 여기지 말라(요 3:5-7)

그러므로 거듭나지 않은 영으로, 아담의 죄성이 있는 상태로 하나님을 알고 이해하고, 하나님의 나라로 들어가는 것은 불가능합니다. 우리는 하나님의 영으로 거듭나야 합니다. 거듭날 수 있는 유일한 방법은 하나님의 말씀대로 예수님을 영접하는 것입니다. 하나님의 방법이 아닌 것은 하나님이 보시기에 악이에요. 하나님에게서 난 것이 아니면 이 세상을 이기고 구원받을 수 없다고 했습니다.

로마서 10장 9~10절의 말씀처럼 '내 마음으로 예수님께서 십자가에서 내 죄를 다 해결하셨다는 것을 믿겠습니다'라고 나의 마음을 드리는 거예요. '내가 이것을 믿겠습니다' 하고 나의 의지를 드리는 것입니다. 입으로 고백하는 것은 나의 모든 삶의 주권을 예수님에게 드렸다는 것을 다른 사람들도 들을 수 있게 선포하는 것입니다. 그렇게 해야 하나님께서 구원해 주신다고 했으니까 하나님께서 하라는 방법대로 하면 됩니다.

'나는 구원받고 하나님 열심히 믿으며 신앙생활을 하고 있지만 나의 인생에서도 리바이벌, 부흥이 일어나야 하는 부분이 있습니다. 내가 거듭나야 하는 부분이 있습니다. 오늘 내가 용서되지 않은 사람, 단절된 관계, 계속 걱정이 되는 부분, 그것을 예수님께서 십자가에서 해결하고 죽으셨다는 것을 믿겠다고 결정하고 입으로 그분이 내 인생의 주님이시라고 다시 결단하겠습니다.' 이렇게 마음에 소원이 생기시면 지금 있는 자리에서 옆의 사람이 들을 수 있게, 혼자 있으면 혼자, 그렇게 크게 입으로 고백하십시오. 그냥 중얼거리는 것이 아니라 크게 하십시오. 하나님이 그렇게 하라고 하셨습니다. 여러분 중에 그런 마음이 계신 분들은 저를 따라서 소리 내어 기도하십시오. 저와 함께 영접기도를 하겠습니다.

하나님 아버지 감사합니다. 제 힘으로 해결할 수 없는 죄와 사망의 문제를 당신의 아들을 보내셔서 십자가에서 해결해주셨다는 것을 제가 믿겠습니다. 예수님이 십자가에서 저의 죄와 저의 악함을 몸에 지고 죽으셨을 때, 저의 죄도 함께 죽었음을 믿겠습니다. 장사한 지 사흘 만에 하나님의 영으로 예수님이 죽음에서 다시 살아나셨듯이 오늘 하나님의 영이 제 안에 들어오는 그 순간, 영 죽을 저의 몸, 죽어 있던 저의 혼도 다시 살아날 것을 제가 믿겠습니다. 그러므로 하나님, 이제 제 입으로 이렇게 고백합니다. 이 고백으로 구원의 이름을 선포합니다. 예수님, 당신은 나를 죄와 사망의 사슬에서 완전히 자유하게 풀어주신 구세주입니다. 오늘부터 나의 인생, 나의 생각, 나의 꿈, 나의 관계, 나의 미래, 나의 재정, 나의 사역까지도 당신이 주님이 되셔서 완전히 주관해주십시오. 오늘부터는 내가 사는 것이 아니라 오직 내 안에 살아 계신 하나님의 아들 예수 그리스도만 사십니다. 예수님만이 나의 주님이십니다. 예수님의 영과 하나 됨으로 저도 오늘 하나님의 자녀가 되는 권세를 받았음을 믿음으로 선포합니다. 예수님 감사합니다. 아멘.

기도 – 아버지와의 관계

응답받는 기도

기도할 때마다 항상 응답을 받으시는지요? 기도는 열심히 했는데, 응답받지 못했다는 생각이 들면 신앙의 위기가 옵니다. 누구나 기도를 할 때는 그 기도가 응답되기를 원하지, 응답 안 해주셔도 좋다고 하면서 기도하는 분은 한 분도 안 계실 것입니다. 어떤 기도가 응답을 받는 기도인지, 어떻게 하면 응답을 받을 수 있는지 물어보시는 분들이 많습니다.

진정한 기도는 반드시 응답을 받습니다. '너희가 내 안에 거하고 내 말이 너희 안에 거하면 무엇이든지 원하는 대로 구하라 그리하면 이루리라(요 15:7)'고 하나님이 예수님을 통해 약속하셨어요. 그것이 기도의 약속입니다. 왜 우리의 기도가 응답받지 못하는가를 깨달으면 응답받는 기도의 돌파구가 열리겠죠? 예수님이 우리에게 가르쳐주러 오신 것은 하나님이 우리를 자녀 삼아주시고 그 관계 안에서 우리가 아버지에게 가서 아버지와 하나 되었을 때, 아들로서 하는 기도는 반드시 아버지가 들어주신다는 것입니다.

예수님께서는 기도의 비밀을 자세히 가르쳐주셨어요. 예수님은 우리에게 어렵게 주지 않으셨어요. 복음은 성경만 펴면 누구든지 찾을 수 있습니다. 마태복음 6장 안에 기도에 대한 모든 비밀이 다 들어 있습니다. 예수님이 제자들에게 '나는 이렇게 기도한다. 너희들도 이렇게 기도하라. 그러면 너희 아버지가 기도를 들어주실 것이다' 이렇게 가르쳐주셨어요.

하나님과의 교제

하나님과 우리의 모든 것은 관계에서 비롯됩니다. 우리가 하나님의 자녀로 다시 태어난 순간부터 구원이 이루어지고 하나님과 교제가 시작됩니다. 그런데 어떤 관계든지 대화가 없으면 좋아질 수도 없고 깊어질 수도 없고 유지될 수도 없습니다. 그런데 사람들 대부분이 결혼해서 살다보면 점점 말수가 적어집니다. 처음에는 그렇게 말이 많던 남자가, 밖에 나가서 딴 사람들하고는 말을 많이 하는데, 집에 들어와서는 말을 잘

하지 않는다는 것이지요. '밥 줘! 애들은? 자자!' 이렇게 외마디로 말하는 남편들이 많다고 합니다. 그래서 아내들이 불만이라고 합니다. '우리 남편은 이제 나를 사랑하지 않나봐'라고 아내들은 생각합니다.

제가 기도의 비밀을 하나씩 배워가면서, 사실 말이 없다고 해서 진정한 대화가 끊어지는 것은 아니라는 걸 깨달았습니다. 아내들은 남편이 집에 돌아오면 얼굴만 보고도 저 사람이 지금 배고픈지 아닌지를 압니다. '어' 하면 '아' 할 수 있고, '여보, 내가 잊었는데……'라고 말해도 무엇을 잊었는지, 무슨 의미인지 알아들을 수 있습니다. 다른 사람들은 잘 몰라도 부부끼리만은 알아들을 수 있습니다. 그래서 말이 점점 적어집니다.

하나님께서 예수님을 이 세상에 보내신 것은 우리가 우리 힘으로는 영이신 하나님을 알고 하나님을 아버지로 영접하는 것이 안 되기 때문입니다. 그래서 우리를 구원해주셨을 뿐만 아니라 3년 동안 다른 사람들이 다 보는 앞에서 공개적으로 사역을 하면서 아버지를 드러내 보여주신 것이지요. '아버지가 이런 분이다, 아버지는 너희들이 이렇게 하기를 원하신다, 아버지는 너희들이 이렇게 기도하기를 원하신다'라는 것을 다 보여주신 것입니다.

예수님은 우리가 어떻게 기도해야 하는지를 아주 자세하게 가르쳐주셨어요. 그러니까 저에게 물어보시지 말고, 목사님께 가서 물어보시지 말고, 하나님께서 우리에게 가르쳐주시려고 보내신 당신의 아들, 우리가 따라야 하는 모델인 예수님이 무슨 말씀을 하셨는지 찾아보시면 됩니다. 예수님이 가르쳐주신 대로 기도하면 예수님께서 항상 응답을 받으셨듯이 우리도 항상 응답을 받을 수 있습니다.

예수님께서는 마태복음 6장에서 이렇게 기도하라고 가르쳐주셨습니다. 그런데 그것은 형식을 말씀하신 것이 아닙니다. 사람들은 보통 첫 번째는 절하라, 두 번째는 이렇게 말하라, 세 번째는…… 이렇게 방법을 가르쳐주기를 원합니다. '어떻게 기도를 할까요? 가르쳐주세요'라면서요. 그러나 예수님은 관계를 이야기하고 계십니다. 하나님은 '너희들이 이런 아들이기를 원한다. 하나님은 너희들이 이런 사람이기를 원한다. 하나님은 너희들이 이렇게 다가오기를 원한다. 하나님은 너희와 이렇게 대화하기를 원한다'고 말씀하십니다.

기도는 하나님과의 대화

기도는 하나님과 거듭난 자녀들이 나누는 대화입니다. 아버지와 아들 사이에서도 문제가 생기면 대화가 끊어지지요. 아이들이 말을 하지 않습니다. 말을 해도 무슨 말인지 알아듣지 못합니다. 아버지가 아들이 하는 소리를 한참 동안 듣고 나서 '너, 지금 무슨 소리를 한 것이냐'고 합니다. '내가 어렸을 때는 말이다, 십 리를 걸어서 학교에 갔었어…… 너는 어떻게 생각하니?' 아버지가 물으면 아들은 하나도 안 들어서 모릅니다. 무슨 소리인지 듣지도 않습니다. 대화가 끊어질 때 관계도 끊어지는 것입니다.

대화에는 여러 가지 방법이 있습니다. 부인이 음식을 하고 있는데 남편이 뒤에서 끌어안아주는 것도 대화예요. '당신 참 예쁘다. 당신, 내가 제일 좋아하는 호박죽을 끓이네.' 그럴 때 부인이 머리를 뒤로 넘기면서 남편을 보고 생긋 웃어주는 것, 이것이 대화입니다. 하나님과 우리의 기도도 말로만 하는 것이 아닙니다. '하나님, 당신이 내게 오셨군요. 당신이 오셔서 기쁩니다' 하는 마음을 기쁨으로 나타내는 것도 대화입니다.

예수님이 우리에게 하지 말라고 하신 것 중 하나가 중언부언하는 것입니다. 우리는 말을 많이 해야 기도를 잘하는 것으로 생각하는데, 예수님은 말을 많이 하지 말라고 하셨습니다. 그것은 하나님이 누구인지 모르는 이방인들처럼 하지 말라는 것입니다. 하나님 아버지가 없는 사람들, 주인이 밥 먹는데 그 부스러기라도 먹었으면 좋겠다고 하는, 그런 사람들이 말을 많이 합니다. 그들은 말을 안 하면 안 봐줄 것 같으니까, 소리를 안 지르면 내 쪽으로 얼굴을 돌리지 않을 것 같으니까 말을 많이 합니다.

소리를 질러야 할 때가 있습니다. 정말 간절하게 부르짖으라고 하실 때가 있습니다. 그것은 특정한 경우 내가 돌파를 해야 할 것이 있을 때, 하나님을 만나야 하는데 만나지지 않을 때, 부르짖으라는 것입니다. 그런데 계속 부르짖는 기도가 되면 아버지와 아들의 자연스러운 관계가 아니지요? 아버지와 아들의 사이가 계속 그렇다고 생각해보세요. 이 아이가 아버지만 보면 매번, '아버지, 저를 만나주세요! 아버지, 저에게 말 좀 해주세요! 아버지, 저 좀 봐주세요!' 한다면 사람들이 '저 부자는 굉장히 문제가 많은가보다'라고 생각을 하겠죠. 그래서 너희들은 안식으로 들어오기를 힘쓰라고 했어요. 그러니까 안식으로 들어가기 위해 힘써야 합니다. 하나님이 안 만나줄 때, 응답이 오지 않을 때 몸부림치는 것은 하나님이 기뻐하십니다. 위기가 왔을 때, 하나님을 꼭 만나야 할 때 부르짖으면 그분이 응답하십니다.

하지만 응답이 이루어지고 안식에 들어오고 난 뒤에는 패러다임이 변해야 합니다. 아버지와 아들과의 대화로 변해야 합니다. 우리는 습관적인 동물이기 때문에, 우리가 어떤 광야에서 오래 고생하다보면 '하나님은 이런 분이야' 하는 고정관념이 생깁니다. 하나님이 '이제는 요단강을 건너서 약속의 땅으로 들어왔다'고 하시는데도, 계속 만나주지 않을 것 같고, 기도를 들어주시지 않을 것 같아서 남들이 자는 밤중에 일어나서 소리소리 지르는 것은 하나님이 기뻐하시지 않습니다.

모든 일에는 때가 있습니다. 결혼하기 전에 남편이 구애를 하죠. 따라다니고 귀찮게 해도 그렇게 좋습니다. 그런데 결혼하고 나서도 계속 '너 나랑 결혼해줄 거니? 나랑 계속 살 거지?' 한다면 귀찮습니다. "네, 라고 했잖아 내가, 사람들 앞에서 나는 당신의 아내가 될 거라고 서약했잖아"라고 짜증스럽게 말할 것입니다. 결혼하고 나면 관계가 바뀌어야 합니다. '저 여자가 과연 내 아내가 될 것인가, 내 여자로 살아줄 것인가.' 남편이 계속 이렇게 의심하면 부인이 도망갑니다. 하나님이 '그래, 너는 내 아들이야'라고 말씀해주시는 때가 있습니다. 그러면 우리의 기도가 이방인의 기도로부터 하나님의 자녀다운 기도로 바뀌어야 합니다. 구원받기 전처럼, 하나님과 접속되기 전처럼 기도해서는 안 됩니다.

예수님께서 제자들에게 '너희들은 이렇게 기도하라'고 가르쳐주셨습니다. 제자들이 기도를 하는데 어떤 때에는 되고 어떤 때는 안 되고 하니까 기도를 하고 싶지도 않고, 기도가 뭔지도 잘 모르겠다고 했던 것입니다. 그런데 예수님을 보면 매일 기도로 시간을 보내고 있거든요. 매일 산으로 도망가시는 거예요. 무엇을 하고 왔느냐고 물어보면 '아버지와 이야기하고 왔다, 기도하고 왔다'고 하시는 거예요. 그러고 나면 일이 막 일어나는 거예요. 우리들이 상상할 수도 없는 일이 일어나는 것입니다. '아버지가 하라고 그랬다'고 하면 되는 거예요. '저 사람들을 사흘 굶기면 가다가 죽습니다'라고 하니까 걱정도 안 하시고, '떡이 있는 것 다 가져와라'라고 하시지요. 그러고는 '항상 나의 말을 들으시는 아버지 하나님, 오늘은 저 사람들에게 기적을 행해주십시오' 하니까 그 자리에서 오병이어로 5천 명을 먹일 수 있게 된 거(요 6:1-15)예요. 제자들이 그것을 보기에는 예수님이 하시는 일에 무언가 비밀이 있는 것 같았습니다. 그런데 그것이 바로 기도인 것을 알게 됩니다.

기도에 대해서 알게 되는 데까지는 몇 년이 걸렸을 거예요. 제자들이 '저 사람은 하나님과 대화를 한다. 하나님에게 가서 뭔가를 한다. 그런데 우리가 아는 기도와는 다르다'고 생각했겠지요. 이들이 아는 것은 종교적인 기도, 이방인의 기도, 이런 것밖에 없었어요. 랍비들도 기도를 했습니다. 하나님과 관계가 없이 종교적으로, 사람들이 보는 앞에서 과시하는 기도를 했어요. 그런데 아무 일도 안 일어납니다. 18년 동안이나 매일같이 회당에 오는 성도가 아직도 같은 제목의 기도를 하고 있습니다. 등이 꼬부라져 있는 사람(눅 13:10-17)입니다. 사람들이 기도를 안 해줬겠습니까? 했겠죠. 하늘에 계신 우리 거룩하신 하나님, 이 자매님을 긍휼히 여겨주십시오. 그러나 아무 일도 일어나지 않았습니다. 기도를 독백처럼, 멋있어 보이려고, 그리고 기분이 좋아지려고 내 마음대로 하면 능력이 임하지 않습니다.

기도의 관계성

예수님은 실제적으로 기도하는 방법을 가르쳐주기 전에 몇 가지를 이야기하십니다. 이것은 하나님 아버지와 예수님과의 관계에서 아버지가 어떤 분인지를 먼저 알려주신 거예요. 우리가 대화를 할 때 상대방을 알아야 대화가 제대로 되겠지요. 예를 들어 성격이 급하신 아버지가 있다고 합시다. 그분이 배가 고파서 밥을 기다리고 있는데 시간은 15분밖에 없어요. 그런 상황에 아버지께 가서 인생의 심각한 문제를 논하고자 한다면, 아버지는 그 대화를 나눌 수 없겠지요. 빨리빨리 이야기를 하고 식사하러 가야 하기 때문에 깊이 대화를 나눌 수 없을 거예요.

상대방이 지금 무엇을 원하는지, 어떤 상황인지를 정확히 알고 대화를 하면 효과가 있어요. 우리는 하나님이 어떤 분인지를 모르니까 예수님이 '우리 아버지는 이런 분이야. 이런 것을 좋아해. 이런 것은 질색이야' 하고 가르쳐주고 계십니다.

예수님은 '나를 본 자는 아버지를 보았거늘(요 14:9)'이라고 했어요. 예수님은 아버지를 정말 잘 알았어요. 그래서 아버지가 원하실 때 아버지가 원하시는 방법대로 기도를 하신 거예요. 그러니까 기도하는 즉시, 그 자리에서 기도가 이루어졌어요.

예수님은 아버지가 원하는 아들이었어요. 가식적으로, 종교적으로 아버지를 멀리 놓고 아버지에게 잘 보이려고 노력하는 아들이 아닙니다. 하나님은 아들이 가까이 오는 것을 좋아하세요. 그리고 진실된 것을 좋아하세요. 그렇지만 무대에서 연극을 하듯이, 마치 리허설을 하듯이 이것저것 숨기고 기도하는 것은 원하지 않으세요.

돌아온 탕자는 아버지에게로 돌아가기 전에, 관계가 완전히 단절된 상태에서 자신의 아버지가 어떤 사람인지를 몰랐어요. 그래서 아버지가 자기에게 어떻게 반응할 것인지 몰랐지요. 크리스천들 중에도 이렇게 하나님 아버지께 다가가는 경우가 많습니다. 하나님이 누구인지 감이 안 잡히는 거예요. 잘못했다가는 혼날까봐, 모든 것을 완벽하게 잘해야겠다고 생각합니다. '대표기도를 하십시오' 하면 기도문을 썼다가 고치고 또 고칩니다. 열 번 스무 번을 고쳐 써도 이것이 하나님이 원하시는 기도인지 몰라서 불안해합니다.

관계성이 깨진 기도는 하나님께서 들으실 수 없습니다. 바리새인이 '나에게 이런 축복을 주셔서 감사합니다'라고 기도를 합니다. 감사기도 좋잖아요? 감사기도를 하라고 했죠. '정말 감사합니다. 제가 십일조도 하게 해주시고 죄인이 아니고 하나님을 사랑하는 하나님의 사람, 하나님을 섬기는 사역을 하게 해주시는 하나님, 정말 감사합니다.' 그런데 예수님이 '하나님이 그 기도를 전혀 듣지도 않으시고 들을 수도 없었다'고 말씀하셨습니다. 그런데 한 죄인이 하나님을 보고 '하나님, 저는 죄인이라 하나님에게 갈 수 없습니다'라고 했을 때 이 기도는 들으셨다고 했습니다.

하나님이 가장 싫어하시는 것이 위선과 교만입니다. 하나님은 잘난 척하는 사람을 굉장히 싫어하십니다. 오죽하면 공부 많이 한 사람, 세상적으로 많이 가진 사람들 중에 하나님이 부르신 사람이 별로 없다고 바울이 그랬겠어요. 그것은 성취한 사람, 공부한 사람들을 미워한다는 말이 아닙니다. 그런 사람들도 하나님을 만나 낮아지고 깨어지고, 그리고 진실한 사람이라면 하나님이 물론 받아주십니다.

하나님은 모든 사람을 사랑하시지만 하나님조차도 어떻게 할 수 없는 사람들이 있다는 것입니다. 그런데 그런 사람들까지도 구원하시려고 예수님이 오셨습니다. 부자 청년의 이야기를 보면 희망이 생깁니다. 부자 청년 한 사람이 자기는 모든 것을 다 잘하는데 어떻게 하면 하나님의 나라로 갈 수 있습니까?(눅 18:18-25)라고 물었습니다. 그러자 예수님께서 이렇게 대답해주셨습니다. '네가 가진 것을 다 팔아라.' 그 말을 왜 부자 청년에게만 하셨을까요? 예수님은 베드로에게 '나를 따라오너라(마 4:19)' 하시면서 네가 가지고 있는 것을 다 팔고, 재산을 다 정리하고 오라고 하시지는 않았습니다.

삭개오(눅 19:1-10)가 예수님을 보려고 뽕나무 위에 올라가 있을 때, '삭개오야, 어서 내려오너라! 내가 오늘 네 집에서 묵어야겠다'고 하십니다. 삭개오가 너무 좋아서 '제가 가진 것의 반을 팔아서 가난한 사람에게 주겠습니다'라고 했을 때 예수님은 잘했다고 하셨습니다. 삭개오에게는 '왜 일부만 파느냐? 안 된다. 다 팔아서 다 주고 와라' 하시지 않았습니다. 예수님이 우리에게 네가 가진 것 다 팔고, 다 버리고, 하는 것 다 없애고 나를 따라오라고 하지 않으십니다. 그런데 어떤 사람에게는 다 정리하고 오라고 하십니다. 왜냐하면 그 사람에게는 그것이 하늘나라보다 더 중요하기 때문입니다.

하나님은 교만한 사람, 자기 스스로 자족하는 사람, 하나님이 없어도 되는 사람하고는 관계를 맺을 수가 없습니다. 그래서 부자 청년이 '나는 이렇게 다 했습니다. 그런데 뭘 더해야 합니까?'라고 했을 때 예수님은 이 사람을 사랑하여 말씀하셨습니다. '네가 아직도 한 가지 부족한 것이 있으니(눅 18:22)' 그것은 네가 나를 이 모든 것보다 더 사랑하느냐 물어보시는 것입니다. 그것은 베드로에게 물어본 것과 똑같은 질문입니다.

'베드로야, 나를 이 모든 것보다 더 사랑하느냐? 네가 이것을 다 버리고 나를 따라올 수 있느냐?'고 하셨습니다. 부자 청년에게 다 팔고 오라 할 때, 부자 청년은 근심하며 돌아갔다고 했습니다. 그랬을 때, 제자들이 '그러면 누가 구원을 얻을 수 있나이까? 너무 힘듭니다'라고 말했습니다. '사람은 못 하지만 하나님은 할 수 있다(눅 18:27)'고 예수님이 말씀하셨습니다. 하나님이 그렇게 하셨습니다.

예수님은 십자가에서 부자 청년이 하지 못하는 약함, 정말 버릴 수 없는 것, 그런 것들을 지고 다 벌을 받으시고 돌아가셨습니다. 이제는 부자 청년이 예수님이 자기를 위해 그렇게 해주셨다는 것만 믿으면 됩니다. 그 길을 여시려고 예수님이 오신 겁니다. 하나님만 하실 수 있는 구원을 하시려고. 그래서 구원받은 자들에게 이 하나님이 아버지가 되고, 내가 다 버리지 않아도, 잘못한 것이 많아도, 그리고 구원받을 수 없어도 예수님 때문에 구원받은 그 아들에게는 바로 아버지와 대화할 수 있는 아들로서의 자격이 주어진 것입니다. 그것이 기도이고, 특권이에요. 예수님이 다 버리고 우리를 구원하셨기에 우리도 이제 그분을 믿기만 하면 아들의 기도를 할 수 있습니다.

마음에 없는 말을 하지 말라

아버지께서는 우리와 대화를 하기 전에 일방적으로 잔소리를 좀 하십니다. '너는 내 아들이니까 너와 대화를 하기 전에, 내게 와서 무엇을 달라 하기 전에 몇 가지 짚고 가자. 내가 너에게 먼저 할 말이 있다'라고 하십니다. 유진 피터슨의 책『메시지 성경』이 참 재미있습니다. 현대 말로 푼 것이기 때문에 어떨 때에는 다른 성경보다 더 이해가 잘될 때가 있어요. 마태복음 6장 1절부터『메시지 성경』으로 보면 다음과 같습니다.

Be especially careful when you are trying to be good so that you don't make a performance out of it. It might be good theater, but the God who made you won't be applauding.

너희가 선한 일을 하려고 할 때에 그것이 연극이 되지 않도록 특히 조심하여라. 그것이 멋진 연극이 될 수 있을지는 몰라도, 너희를 지으신 하나님은 박수를 보내지 않으실 것이다.

개역개정판에는 '사람에게 보이려고 그들 앞에서 너희 의를 행하지 않도록 주의하라 그리하지 아니하면 하늘에 계신 너희 아버지께 상을 받지 못하느니라'라고 되어 있는데, 위선자가 되지 말라는 소리지요. 그런데 우리는 우리 힘으로 착해지려면 위선자가 될 수밖에 없습니다. 내 안에 죄성이 그대로 있어서 그렇습니다.

시어머니를 미워하는 며느리가 있습니다. 시어머니만 보면 밥맛이 떨어지는데, 그분을 공경하고 용서하고 사랑하라고 목사님이 그러셨어요. '사랑해야지, 용서해야지' 하고 주문 외우듯이 했습니다. '용서할 것입니다, 난 용서할 거야' 하고 집에 들어갔는데, 시어머니가 째려보고 앉아 계신 거예요. '너는 부엌을 이렇게 해놓고 무슨 교회를 다닌다는 거니?'라고 하시는 순간에 '내가 정말 이 사람을 사랑해야지, 용서해야지, 난 할 거야!' 했던 것이 다 무너지지요. '이 부엌이 어디가 어때서 그래, 내가 그런 소리 들을 것 같아서 새벽에 일어나 세 번을 쓸고 닦은 부엌인데…… 어머니, 정말 밉군!'이라고 속으로 중얼거리게 됩니다.

그런데도 안 미운 것처럼 싹 위장합니다. 웃으면서 '네, 어머니, 죄송해요. 다시 닦을게요'라고 상냥하게 대답합니다. '나는 교회에 다녀왔으니까 당신 같은 여자와 싸울 수 없어.' 속으로 그러면서 닦습니다. 닦고 있는데 딸이 들어옵니다. '엄마, 나 교회에서……'라는 딸의 말이 끝나기도 전에 '시끄러워! 저기 가서 놀아! 너는 왜 그렇게 너희 할머니를 꼭 닮았니!' 하고 소리를 지릅니다. 이렇게 말하는 것이 바로 우리들입니다. 우리가 그런 사람들이에요.

그런데 그러고 나면 '내가 집사인데, 내가 권사인데, 내가 교회 목사인데, 이러면 안 되지……'라고 생각합니다. 그러면서도 '시어머니를 어떻게 하면 딴 동네 가서 살게 하나, 어떻게 하면 양로원에 보내나' 밤새도록 고민합니다. 그리고 그다음 날 기도 모임에 가서 다른 사람들을 만나면 다른 때보다 더 상냥하게 미소를 지으면서 '안녕하세요, 자매님. 요새 어떠세요?' '아, 정말 좋습니다.' '시어머니는 어떠세요?' '네, 사랑으로 덮어야죠. 용서하면서 삽니다' 그러면 '아, 저분은 정말 믿음이 좋은 분이야'라고들 합니다. 사람들은 속지요. 하지만 하나님은 속지 않습니다.

하나님은 '그러지 마라, 솔직하게 내게 와라'라고 하십니다. 하나님은 진실하고 약한 그대로 하나님에게 오기를 원하십니다. 그래서 '아버지, 내 힘으로는 우리 할머니, 우리 시어머니, 내 남편이 용서가 안 돼요. 아버지 도와주세요. 저는 아버지의 딸이잖아요? 이렇게 살고 싶지 않습니다'라고 말하기를 원하십니다. 이렇게 솔직하게 오기를 원하세요. 사람과의 관계를 제대로 솔직하게 하기를 원하십니다. 그리고 차라리 '어머니, 저 열심히 닦고 간 것인데, 어머니가 그렇게 말씀하시니까 상처가 되네요. 너무 그러시지 마세요' 이렇게 말하기를 하나님은 원하세요. 괜찮은 척하지 마세요. '어머니, 저는 정말 어머니를 사랑하거든요. 그런데 이 이상 깨끗하게 청소를 못 하겠는데 어떡하죠?'라고 솔직하게 말씀하십시오. 사람과 사람 사이는 솔직하지 않으면 관계가 형성되지 않아요.

그리고 남에게 잘해줄 때, '남들이 보는 앞에서 잘해주지 말고 숨어서 해라. 이웃을 내 몸처럼 사랑하되 숨어서 해줘라. 나는 그런 아들을 좋아한다. 그런 딸을 좋아한다'고 힌트를 주십니다. 그다음에는 하나님과의 관계를 이야기하십니다.

『메시지 성경』마태복음 6장 6~7절에서 이렇게 말씀하십니다. '너희는 이렇게 하여라. 하나님 앞에서 연극하고 싶은 유혹이 들지 않도록 조용하고 한적한 곳을 찾아라. 할 수 있는 한 단순하고 솔직하게 그 자리에 있어라. 그러면 초점이 너희에게서 하나님께로 옮겨지고, 그분의 은혜가 느껴지기 시작할 것이다.' 네가 나하고 기도할 때 너와 나의 관계도 진실했으면 좋겠다고 하십니다. 그러니까 새벽 기도회나 사람들 많은 데서 남들이 듣게 기도하는 것도 좋지만, '나는 너와 단둘이 아무도 없는 곳에서 만나는 걸 원한다' 그렇게 말씀하시는 거예요. 조용하고 외진 자리를 찾아서 혹시라도 남들이 듣지 않게 기도하라는 것은 하나님과 나의 대화가 가식적이지 않게 하기 위한 것입니다. 사람들은 다른 사람들 앞에서 '아버지하고는 이렇게 대화해야 하고, 엄마하고는 이렇게 대화해야 하고, 하나님과는 이렇게 대화해야 하고' 격식에 맞추려고 합니다. 그러나 단둘일 때는 롤 플레이(Role paly)를 할 필요가 없습니다.

갑자기 어린아이처럼 '아빠! 정말 그러실 거예요? 못 기다리겠어요' 그러면 '저 사람 왜 저래?'라고 할지도 모릅니다. 그래서 사람들이 있는 앞에서는 그렇게 기도하지 못합니다. '저 집사님 왜 저렇게 기도하나?' 하고 사람들이 쳐다볼 것 아니에요. 그러니까 기도하는 톤이 생깁니다. '하나님 아버지, 오늘은……' 이렇게 해야지만 기도라고 생각합니다. 롤 플레이가 되는 것이지요. 하나님은 '나는 진실, 진솔함, 지금 네가 느끼는 그대로 나에게 말해주기를 원한다'고 하십니다. 하나님은 진실한 대화를 기다리십니다. '너와 내가 둘이 할 때가 좋다. 네가 단순해질 수 있을 만큼 단순해지고 정직해질 수 있는 만큼 정직해라'라고 하시는 것이지요.

하나님의 나라는 어린아이 같아야 들어갈 수 있다고 했어요. 하나님은 어린아이처럼 우리가 오기를 원하십니다. 폼 잡고 오는 것은 원하지 않으세요. 세상의 아버지에게도 친해질수록 반말을 합니다, 전에는 '아버지!' 하고 깍듯하게 존댓말을 했는데, 이제는 '아빠! 나 오늘 이거 해줄래?' 이렇게 반말도 하게 됩니다. 이것이 더 가까운 것이죠. 아버지는 이렇게 오기를 원하세요.

기다리시는 아버지

탕자(눅 15:11-32)는 집에 돌아가야 하는데 아버지와 관계가 끊어진지 오래되어서 아버지에게 어떻게 해야 할지를 몰랐어요. 아버지를 모르기 때문에 기도문을 마음속으로 막 생각한 거예요. 많은 크리스천들이 기도를 이렇게 합니다. '내가 가서 이렇게 해야지' 하고 연습을 합니다. 탕자도 '아, 아버지, 제가 하나님과 아버지께 이렇게 죄를 지었습니다'라고 말을 꺼내면서 '이렇게 말할까? 저렇게 말할까?' 고민하면서 연습을 해서 갔습니다. 그런데 아버지는 자기가 생각한 것과는 완전히 다른 거예요.

탕자는 이렇게 생각한 거죠. '아버지가 나를 안 쳐다보면 옆에서 몇 시간 동안이라도 서 있어야지. 그래도 안 쳐다보시면, 음…… 어떻게 하지?' 그러다가 아버지가 나를 쳐다보시면 '아버지, 제가 하나님과 아버지께 죄를 지었습니다. 죽을죄를 지었습니다. 죽어도 쌉니다. 저는 종들과 함께 뒹굴어도 쌉니다. 그렇더라도 아버지, 저 먹을 것 좀 주세요. 아버지, 저 배고파요…… 막 빌어야지!' 마음속으로 생각을 많이 하고서 아버지 집에 갔습니다.

아들을 보자 아버지가 막 뛰어오는 거예요. '때리려고 뛰어오나' 하고 이 탕자는 아마 놀랐을 겁니다. '아버지가 왜 뛰어오나. 신발도 안 신고…….' 그런데 아버지가 탕자의 목을 끌어안고 우는 거예요. 아버지가 얼마나 얼마나 아들을 기다렸는지…… 아버지는 아들이 준비해간 것으로 기도할 시간을 안 줍니다.

그러니까 다가가기만 하면 됩니다. 우리가 기도 골방으로 들어가기만 하면 됩니다. '나는 아버지 만나고 싶어서 왔어요. 아버지가 좋아서 왔어요. 아버지, 오늘 맞아주세요.' 그러면 아버지는 그 자리에서 우십니다. 아버지는 자기 딸과 아들을 만날 준비가 항상 되어 있으세요. 아직 기도 골방으로 들어가지도 않았는데, 기도 골방 쪽으로 몸만 틀어도 아버지가 뛰어오십니다.

제 경우엔 그런 적이 한두 번이 아니에요. 저는 새벽 2시, 3시, 4시, 그런 시간을 참 좋아합니다. 제 골방의 시간입니다. 남들이 다 잘 때 하나님과 둘이서 데이트하는 시간입니다. 어떤 때는 제가 늦잠을 자서 못 할 때가 있어요. 며칠을 빼먹잖아요? 그러다가 '아, 우리 아버지가 보고 싶어. 하나님하고 긴밀했던 때가 그리워. 내일은 일찍 일어나야겠다' 마음먹고 자명종을 켜려고 하는 순간에 갑자기 아버지가 오세요. 그래서 하나님하고 이야기하면서 엄청나게 좋은 시간을 보낸 적이 있어요.

하나님은 기다리세요. 우리가 어린아이처럼 오기를 원하십니다. 우리와 단둘이 되어서 진실하게 말하기를 원하십니다. 그 자리에서 롤 플레이를 하는 것이 아니라 진실되게 아이로서 아버지에게 다가갈 때, 우리가 단순하고 솔직하게 나아갈 때 하나님은 우리를 만나주세요. 우리는 그 자리에 가서 하나님 앞에 앉아 있기만 하면 됩니다. 하나님 앞에 우리가 집중하는 것, 우리의 문제, 지금 하려고 하는 기도 제목을 가지고 가면 됩니다.

'말썽 부리는 아이들, 아무리 잘해줘도 교회에 안 오는 우리 남편, 아무리 깨끗이 치워도 잔소리하는 우리 시어머니, 이들을 좀 바꿔주세요.' 이런 기도 제목이 있습니다. 이 문제를 해결하고 싶어서 아버지에게 가서 먼저 아버지가 오시기를 기다리고 있습니다.

그런데 아버지가 오시면 처음 일어나는 것이 초점이 바뀌는 거예요. 기도 제목이 바뀌어요. 나의 문제, 나의 가족, 나의 교회가 잘되어야 하는 것도 결국에는 내가 편하기 위해서지요. 왜냐하면 '목사와 장로가 싸우면 내가 헷갈리니까 하나님 아버지, 나를 봐서라도 교회를 바꿔주세요' 우리가 바라는 것은 결국 그것입니다. 그런데 하나님은 그것을 가지고 오지 말라고 하는 것이 아니라 진짜 솔직하게, 내 앞으로 오라는 거예요.

어떤 기도 제목을 가지고 갔을 때, 하나님의 임재하심 안에

65

서, 하나님을 만나면서, 관계가 형성이 되면서 기도 제목들이 바뀌기 시작합니다. 나에게서 하나님에게로, 그분의 은혜를 체험하면서 초점이 바뀌기 시작합니다. 그러면서 우리가 기도할 준비가 됩니다.

이 세상에는 중보기도의 용사라는 분들이 너무나 많습니다. 그런데 기도가 무엇인지조차 알지 못하는 중보기도의 용사도 많습니다. 하루에 다섯 시간, 여섯 시간, 일곱 시간씩 '주여, 주여!' 하고 기도합니다. 기도는 '이렇게 해야 하는 거야' 하는 어떤 법칙, 그리고 프로그램들도 많습니다. '이렇게 해라, 저렇게 해라' 하면서 사람의 지혜로 해주는 조언들로 가득 차 있습니다.

사람들은 자신들이 원하는 것을 하나님께 가서 받아오는 방법을 알고 싶어 합니다. 그리고 그것을 남들에게 가르칩니다. 내가 이렇게 기도했더니 응답이 되더라는 것은 아직까지도 초점이 자기에게 있다는 것이지요. 예수님이 이것은 기도가 아니라고 했어요. 하나님이 원하는 대화가 아니에요. '빚쟁이에게 가서 무엇을 달라고 그러는 것같이 하는 것은 기도가 아니다. 기도는 자동판매기에서 버튼을 누르고 커피를 빼 먹는 것이 아니다. 너희들이 누구에게 기도를 하는지 먼저 알아라. 너희들은 너희들의 아버지에게 지금 나아가는 것이다'라는 것입니다.

아버지와의 만남

'하늘에 계신 우리 아버지' 이렇게 기도를 시작하라고 예수님이 가르쳐주셨습니다. 저는 '하늘에 계신 나의 아빠'라고 부릅니다. 우리 아버지도 좋지만 '우리 아버지' 하면 거리감이 있잖아요? '하늘에 계신 내 아빠, 나를 자녀 삼아주신 내 아빠, 내가 원하는 것은 무엇이든 들어주시는 좋은 내 아빠'라고 합니다. 관계를 먼저 형성하는 것입니다. 그리고 그 관계를 선포하는 것이지요. '하나님 아버지, 당신은 나의 아버지이십니다.' 기도는 이렇게 시작하는 것입니다.

기도는 믿음으로 해야 합니다. '저에게 이런 것이 필요합니다'라는 것은 이방인의 기도입니다. '너희는 무엇을 먹을지, 무엇을 입을지 걱정하지 말라'고 하셨어요. 너희 아버지는 너희가 무엇을 필요로 하는지 이미 아신다고 하셨어요. 그런 것은 아버지에게 가서 말하지 않아도 자녀의 눈빛만 봐도 아버지가 아신다는 거예요. 우리의 육신의 아버지도 그런데 하물며 나를 창조하시고 나의 모든 것을 아시는 하나님 아버지가 왜 나에게 좋은 것을 주시지 않겠느냐는 믿음으로 오기를 원하십니다. 믿음으로 하지 않는 기도는 기도가 아닙니다. 하나님을 기쁘게 해드릴 수 없어요. '하나님이 안 줄 것 같아. 그러니까 소리나 한번 질러보자고' 하는 것은 기도가 아닙니다. 작년에도 안 들어주시고 금년에도 안 들어주셨지만 다른 곳에 갈 곳이 없으니까, 할 수 없으니까 소리라도 질러보자고 할 때가 있겠지요. 어느 날인가 우리 기도가 습관적으로 요란한 꽹과리 소리에 불과할 때가 있습니다.

'나의 아버지, 하늘에 계신, 거룩하신, 그렇지만 너무나 좋으신, 나를 사랑하시는 나의 아버지.' 이렇게 언제나 나의 아버지에 대한 묵상과 선포로 기도가 시작되어야 합니다. 아버지가 느껴지지 않으시면 아버지가 느껴질 때까지 기다리세요. 아버지를 초청하세요. '아버지 당신, 나의 아버지시죠. 나를 사랑하시죠. 나를 느끼게 해주세요. 이곳에 임재해주십시오'라고. 제일 처음 아버지를 초청하는 것이, 그것이 기도의 시작입니다. 기도는 예배로 시작됩니다. 관계가 형성되어야 대화가 됩니다.

그리고 같은 방에 있어야 대화가 됩니다. 남편은 서재에 있는데, 나는 부엌에서 '여보, 이번 결혼기념일에 이것을 사주면 좋겠어요' 그러면 남편은 못 듣습니다. 내가 서재로 들어가야 해요. 남편이 있는 곳에 가서, 옆에 앉아서 '여보, 내 이야기도 들어줘, 컴퓨터 좀 끄고……'라고 말을 합니다. 남편은 왜 그러느냐고 하겠지요. 눈을 마주 보면서, '여보, 이번 결혼기념일에는 하와이에 가요'라고 말을 합니다. 그러면 그러자고 하든지, 싫다고 하든지 대화가 시작되는 것입니다. 그런데 부엌에서 혼자 '옆집 여자는 하와이도 가는데 나는 가지도 못하고, 결혼기념일을 저 인간은 기억도 못 할 거야'라고 중얼거립니다. 이것을 기도라고 착각합니다. 불평, 불만이 가득 차서 '나 죽겠어요, 나 죽습니다, 이거 안 들어주면 난 죽을 거예요' 하는 것, 그것은 기도가 아닙니다.

하늘에 계신 우리 아버지, 그 아버지의 임재하심으로 아버지와 만나서 대화를 시작하세요. 그리고 그분의 이름이 높임받기를 원하십시오. 개역개정판에서는 '당신의 이름이 거룩히 여김을 받기를 원합니다'라고 했습니다. 그리고 『메시지 성경』에서는 '아버지가 어떤 분이신지 드러내주십시오. 당신의 영광, 당신의 거룩함을 보여주십시오. 저에게 보여주시고, 세상에 보여주십시오. 우리 아버지가 얼마나 거룩하신 하나님인지, 얼마나 좋은 하나님인지, 당신의 이름이 모든 만물 위에, 그리고 모든 인간 위에 영광을 받기를 원합니다'라고 쓰여 있습니다. 하나님이 관심 넘버원이 되는 것이 아들이라는 증거입니다. 아들은 아버지가 올림받기를 원합니다. 예수님이 3년 반 동안 사역하신 이유는 딱 하나밖에 없었습니다. 하나님의 이름이 올림받기를 원하셨어요. 하나님의 영광이 이 땅을 덮기를 원하셨어요. 하나님의 나라가 사람들에게 임하기를 원하셨어요.

그러므로 '하늘에 계신 나의 아버지, 당신이 영광받기를 원합니다. 당신이 영광을 받으세요. 당신이 나를 통해 영광을 받으시려면 어떻게 해야 합니까? 말씀해주세요'라고 말씀을 드리는 것입니다. 그것이 기도입니다. 기도는 대화라고 했어요. 자신의 아기가, 나의 자녀가 다가오는데 대답을 하지 않을 아버지는 없습니다. 그러면 아버지께서 비전을 보여주십니다. '나는 지금 이런 것을 하고 싶다. 나는 너의 인생을 통해서 이런 영광을 받고 싶다'라고 아버지께서 말씀을 시작하십니다.

아버지와 나의 대화가 예배 중에 이루어지는 것이 기도입니다. 기도의 시작이 '하늘에 계신 아버지 당신의 이름이 거룩히 여김을 받기를 원합니다'입니다. 이것으로 기도가 다 끝나도 좋습니다. 하나님과 나와의 교제가 이런 기도를 통해서 시작될 수 있어요. 그리고 이렇게 말씀드립니다. '하나님의 나라가 이 땅에 임하는 것이 저의 소원입니다. 하나님의 뜻이 이곳에서 이루어지는 것이 저의 소원입니다.' 이것이 가장 강력하고 능력 있는 중보기도입니다.

우리는 이 세상에 살고 있지만 천국 시민이라고 했어요. 하나님의 나라가 우리의 고향이에요. 우리 아버지의 집입니다. 그런데 지금 타향에 와 있습니다. 우리를 이곳에 보내셨어요. '아버지, 제가 지금 아버지의 집에 갈 시간이 안 되었습니다. 그러나 저는 아버지의 집을 이곳에서 누리며 살고 싶습니다. 아버지의 집, 하나님의 나라, 당신의 나라가 지금 나의 나라를 지배하러 오십시오. 나는 당신의 나라가 내 몸에, 내 이웃, 내 결혼, 그리고 내 자녀들에게 임하기를 원합니다. 당신 나라의 질서와 당신 나라의 축복이 이곳에 임하기를 원합니다. 내 뜻이 아니라 당신의 뜻이 되기를 원합니다.' 이런 기도가 하나님이 들으시는 중보기도입니다.

'지금 한국의 경제, 정치, 교회들에 문제가 많습니다' 하지 말고, '하나님의 나라가 이곳에 오기를 원합니다. 하나님이 오셔서 통치하시기를 원합니다. 당신의 뜻이 이곳에 임하기를 원합니다' 이렇게 기도해보십시오. 하나님의 자녀들, 중보자들이 있으면 하나님이 오십니다. 이런 기도는 들어주세요. 자기 아들이 오라는데 아버지가 왜 안 오시겠습니까? 다윗 한 명이 예배를 통해서 '아버지, 이 악한 사람들이 지금 나를 못살게 굽니다'라고 기도했을 때 시편 18편에서 하나님이 오시는 것을 묘사했습니다. 하나님은 온 지구를 흔들고 오십니다. 당신의 예배자 한 명, 아들 한 명의 기도에 응답하시는 하나님이십니다. 이런 기도가 진정한 부흥을 가져옵니다.

'하늘에 계신 내 아버지여, 당신의 이름이 지금 땅에 떨어졌습니다. 나는 다시 당신의 이름이 영광받기를 원합니다. 당신의 나라가 우리 교회에 오기를 원합니다. 당신의 뜻이 다시 임하기를 원합니다. 아버지, 그렇게 해주세요'라고 내가 하면, '그래, 내가 가서 교통정리를 해주겠다' 하시면서 하나님이 내려오십니다.

하나님이 내려오시면, 하나님의 나라가 임하면 모든 문제가 그 자리에서 사라집니다. 하나님의 나라에는 미움이 없어요. 하나님의 나라에는 분란이 없어요. 하나님의 나라에는 부족한 게 없어요. 하나님의 나라에는 죽음이 없어요. 예수님이 '하나님의 나라가 이 땅에 임하시옵소서'라고 기도하라 하신 것은 그렇게 할 수 있다는 말입니다.

그리고 예수님이 더 기도하라고 하신 것은 이제 그 하나님 아버지께 '지금 내가 먹고사는 것을 부족하지 않게 해주소서' 하는 것입니다. 왜냐하면 하나님의 이름이 영광받기 위해서, 하나님의 나라가 이곳에 임한다는 것을 남들에게 알리기 위해서, 그리고 하나님이 나의 아버지라는 것을 보여주기 위해서 내가 수치를 당하지 않게 해달라는 것입니다. 초점이 달라요. '나 배고프니까 밥 주세요'가 아니라 '하나님, 제 인생이 하나님 앞에 영광을 돌릴 수 있도록 부족한 게 없게 하루 세끼 먹는 것을 하나님께서 책임져주세요. 그리고 제가 하나님에게 이렇게 완전히 용서를 받아서 아들이 되게 하신, 길이요 진리요 생명이신 예수님에게 나는 속한 자이니, 그분이 용서하셨듯이 나도 나에게 잘못한 사람들을 용서하겠습니다' 이렇게 기도하는 것입니다. 그러면 이렇게 담대하게 기도할 수 있습니다. '이 세상에 어떤 악한 것들도 나를 건드리지 못하게 하시옵소서. 모든 악에서부터 나를 지키시고 구하시옵소서.' 그것이 하나님께서 그 자리에서 응답을 해주시는 기도입니다. 하나님이 왜 우리를 보호해주시지 않고, 왜 우리에게 먹을 것을 공급해주시지 않겠습니까? 당연히 보호해주시고 먹을 것을 주시지요. 우리가 하나님 아버지의 이름으로 기도를 올리고, 하나님 아버지의 나라가 임하기를 원했을 때 이 모든 것을 아버지가 더하여 주십니다. 너희는 먼저 그의 나라와 의를 구하라. 그러면 이 모든 것을 더하시리라. 약속하신 순서대로 기도해야 합니다. 이런 기도는 골방에서 나오기 전에 응답을 받습니다.

내 기도를 들으시는 하나님

하나님께서는 우리에게 이 세상 모든 사람의 지각, 생각, 상식을 완전히 뛰어넘는 평강을 주십니다. 우리 아버지가 내 기도를 들으셨어요. 아직도 내 몸에는 암이 있고, 내 아이는 문제를 일으키고 있는데, 골방에서 기도를 끝낸 나에게 아버지께서는 이런 확신을 주십니다. '너는 아무것도 염려하지 말아라. 내가 예수 그리스도 안에서 너의 마음과 생각을 지키리라.' 모든 지각을 뛰어넘는, 인간의 상식을 뛰어넘는 하나님의 평강이 너는 내 아들이라, 너는 나의 자녀라고 깨우쳐주시면서 내 마음에 들어오십니다. 하나님의 아들이 아니고는 그런 평강을 느낄 수 없습니다.

내 기도를 내 아버지가 들으셨어요. 이제 문제는 끝났어요. 그러면 찬양이 나옵니다. '나라와 권세와 영광이 아버지께 영원히 있습니다' 하는 승리의 선포가 터져 나옵니다. 이 세상의 나라가 이제 나를 두렵게 하지 않아요. 이 세상의 어떤 힘과 능력도 나를 무섭게 하지 않습니다. 누가복음 10장 19절에서 이렇게 약속하셨죠. '너에게 이 세상의 모든 힘, 모든 능력을 밟을 수 있는 권세를 주었다'고. 여러분을 괴롭히는 모든 원수 마귀를 물리치는 힘과 권세를 주셨다고 했어요. '모든 힘은 아버지, 당신에게 있습니다. 그리고 모든 영광은 당신에게 있습니다.' 기도 골방을 나올 때는, 모든 문제를 가지고 골방에 들어갈 때의 약한 여자가 아닙니다. 이제 하나님의 아들로서 아버지를 접견하고 아버지와의 대화를 통해서 "우리 아버지가 이 문제를 해결하셨다. 십자가에서 예수 그리스도께서 이 문제를 다 해결하셨다. 모든 나라와 모든 권세와 모든 영광은 나의 아버지에게 있다"라고 찬양하면서 나올 수 있는 것입니다. 우리가 이렇게 기도할 때 하나님의 나라가 우리가 원하는 곳에 임하십니다. 기도 응답은 예배에서 시작되고 찬양으로 끝납니다.

아버지에게 하는 아들의 기도

하늘에 계신 우리 아버지여, 저희들 인생을 통해서, 우리가 하는 모든 사역을 통해서, 우리가 만나는 모든 사람을 통해서 하나님의 이름이 영광받기를 원합니다. 하나님의 뜻이 나의 인생의 모든 영역에서 이루어지기를 원합니다. 나의 뜻이 아니라 당신의 뜻이 우리의 자녀들에게 이루어지기를 원합니다. 아이들이 어떤 아이들이 되고 어떻게 자라고 어떤 학교를 가고 어떤 배우자를 만나야 할지 당신이 결정하십시오.

제가 지금 살고 있는 이 세상의 법이 다스리고 있는 나라가 아니라 하나님의 나라, 오직 의와 희락과 평강인 당신의 나라가 나의 몸에, 나의 생각에, 그리고 나의 이웃들에게 임하기를 원합니다. 하나님의 나라가 임하시옵소서. 오늘 임하십시오. 필요한 모든 것을 아버지께서 공급하여 주시옵소서. 당신의 아들이 세상 사람들에게 꾸거나 구걸하지 않도록 해주시고 궁색한 것이 보이지 않기를 원합니다. 아버지께서 공급해주시고 아버지께서 공급하셨다고 간증할 수 있게 해주시옵소서.

저에게 용서되지 않는 사람들이 있습니다. 하나님 아버지, 십자가를 깨닫게 해주시옵소서. 십자가에서 얼마나 깨끗하게 아무런 조건도 없이 제가 지었던 모든 죄, 지금 짓고 있는 모든 죄, 사람을 용서하지 못하는 죄까지도, 그리고 앞으로 제가 실수로 지을 모든 죄까지도 이미 용서하시고 눈처럼 희게 하시고 동에서 서가 먼 것처럼 완전히 잊으신 나의 아버지. 당신의 그 은혜를 깨닫게 해주십시오.

당신의 은혜가 저를 통해서 흘러가기를 원합니다. 당신의 사랑이 저를 통해서 흘러가기를 원합니다. 그래서 용서되지 않는 나의 남편, 나의 자녀들, 나에게 상처 준 사람들, 교회 식구들, 지금 이 순간에 그 사람들을 완전히 용서할 수 있도록 당신의 용서를 나에게 부어주시고 깨닫게 하여 주시옵소서. 그들을 용서하겠습니다. 나의 아버지이신 당신이 그렇게 하라고 하셨으므로 제가 용서하겠습니다.

저를 시험으로부터, 모든 악한 자로부터 주님의 완전한 사랑과 완전한 능력으로 덮어서 보호하시고 저를 안전하게 피하게 해주시옵소서. 제 힘으로는 할 수가 없습니다. 당신이 그렇게 하여 주시옵소서. 저희 자녀들도 하나님의 날개 아래 피하게 하시어 시편 91편에서 약속하신 그 모든 축복이 삶에 임하기를 원합니다.

모든 나라가 당신에게 속하였습니다. 모든 권세가 당신 것입니다. 모든 영광을 당신에게 드립니다. 당신을 찬양합니다. 당신은 나의 하나님이십니다. 당신은 나의 아버지이십니다. 제 기도를 들어주신 아버지 하나님, 당신을 사랑합니다. 당신을 찬양합니다! 나를 구원하시고 아버지 당신을 만나 교제할

수 있도록 문을 열어주신 나의 구세주 예수 그리스도, 그 능력
의 이름으로 기도했습니다. 내일 아침에 또 올게요. 아버지,
오늘 하루 동안이라도 언제든지 저와 이야기하고 싶으시면 말
씀하세요. 제가 듣겠습니다. 제 귀를 열어놓겠습니다. 아버지
의 음성을 늘 사모합니다. 아버지를 사랑합니다. 아멘.

세 번째 장

성령으로 인도받는 삶

성령은 하나님의 영입니다. 하나님의 영이 없는 기독교는 있을 수 없습니다. '기쁜 소식'이라는 것은 우리는 죽을 수밖에 없는 죄로 묶여 있는 인간인데, 하나님의 영이, 성령이 우리에게 임하신다는 것입니다. 그리고 예수님이 아버지에게로 가셔서 성령을 우리에게 보내주셨기 때문에 이제 우리도 하나님의 자녀가 될 수 있다는 것, 그것이 기쁜 소식이지요. 로마서 8장 14절을 제가 번역해보겠습니다.

For as many as are led by the Spirit of God, they are the sons of God.
성령으로 인도받는 자마다 이들이 하나님의 자녀가 되었습니다.

'나는 성령이 싫다. 나는 성령 없이 예수를 믿겠다' 하는 사람들이 있을 때, 그 사람들을 견제하거나 배척하면 안 됩니다. 왜냐하면 그분들이 다 우리의 형제고 자매이며 그분 중에는 구원받으신 분들도 계시기 때문입니다. 어떤 사람이든지 예수님을 믿고 교회에 나오는 사람이라면 예수님과 바울 사도를 틀렸다고 말하는 사람은 없습니다. 가장 좋은 방법은 우리의 말로 싸우지 말고, 내 의견으로 하지 말고 예수님의 말씀, 바울 사도가 한 이야기, 성경의 몇 장 몇 절에 나오는 말씀인지를 정확하게 인용하면서 말하면 됩니다. 그 말 자체에 능력이 있습니다.

말씀 자체가 싸워주십니다. 우리가 싸울 필요가 없습니다. 우리는 온유하게 그 사람들을 사랑하면서 '이런 말씀이 있어요. 로마서 8장 14절에, 무릇 하나님의 영으로 인도받는 자들만이 하나님의 자녀라고 했어요' 이렇게 말하면 그것은 하나님의 말씀이기 때문에 듣는 사람에게도 생명이 전파됩니다. 예수님을 영접할 때 하나님의 아들이 되는 권세를 우리가 받는다고 했습니다. 그때 예수님을 영접하는 우리는 다시 태어나는 것입니다. 아기로 태어나는 거예요.

태어나면 엄마 아빠가 길러주어야 하는데 이 아기가 청각장애인이라고 생각해보세요. 아기는 엄마가 '아가야, 엄마 왔다' 하면서 어르는 소리, 이야기하는 소리를 듣지 못합니다. 생후 18개월이 굉장히 중요하다고 하죠. 아기가 예뻐서 안아주고 웃어주면 그때 아기도 엄마를 보고 웃으며 반응하는 것과 같이 엄마와 아기가 하나가 되는, 그래서 정서적으로 안정이 되어가는 과정이 있습니다. 그 과정에 만일 이 아기가 시각장애인이라고 생각해보세요. 그러면 엄마가 자기를 보면서 눈을 맞추고 웃는 아름다운 얼굴, 사랑, 이런 것들을 볼 수 없을 것입니다. 또 누가 만지기만 하면 아파서 견딜 수 없어 하는 병이 있다고 하더라고요. 엄마가 안아주면 그 촉감을 통해서 '엄마가 나를 사랑하는구나' 하고 아기들이 안정감을 느끼는데, 장애가 있는 아기는 바늘로 찌르듯이 아프니까 만지는 것을 거부하게 되겠죠.

이런 문제가 있는 아이들은 엄마와 건강하게 하나 되지 못하기 때문에 제대로 성장할 수 없습니다. 감정적으로 완전히 정지되어버릴 뿐만 아니라 심한 경우에는 신체적으로도 자라지 못해 죽을 수도 있다고 합니다. 아기들이 미숙아로 잘 자라지 못할 경우에 터치 치유(Touch Therapy)라는 것도 한다고 합니다. 계속해서 만져주고 마사지해주고 사랑한다고 말해주고 눈을 맞춰주면 의사들이 죽는다고 하던 아이들도 살아날 수 있다고 합니다. 엄마가 해주는 것이 제일 좋고, 엄마가 없으면 다른 사람이 아기를 사랑으로 잘 보살펴주어야겠지요.

　우리가 다시 태어난다는 것은, 다시 말해서 거듭난다는 것은 아기로 태어난다는 것입니다. 그런데 이 아기에게 귀가 제대로 열렸는지, 잘 보이는지, 만지는 것을 받아들일 수 있는 건강한 피부가 있는지가 굉장히 중요합니다. 마찬가지로 성령의 인도함을 받는 자가 하나님의 자녀라고 했어요. 하나님의 자녀로 태어나면 제일 먼저 하나님이 우리의 아버지이시기 때문에 말씀하기 시작하십니다. 성령으로 말씀하십니다. 그리고 우리를 바라보십니다. '내가 너를 이렇게 사랑한다'고 하시면서 서로 마주 보기를 원하십니다. 하나님의 자녀로 태어난 우리가 하나님을 바라보는 것이 가능해집니다. 하나님은 우리를 안아주시고, 만져주시고, '내가 너를 사랑한다'고 말씀해주세요.

　엄마 아빠에게서 아이가 사랑을 받는 것처럼 우리도 하나님에게서 사랑을 받아야 큽니다. 그래서 하나님의 사랑을 받아들이지 못하면 제가 앞에서 이야기한 질병이 있는 아이들처럼, 못 보는 아이들처럼, 못 듣는 아이들처럼, 하나님하고 긴밀한 유대 관계를 맺지 못하는 거예요. 그래서 성령의 인도함을 받지 못합니다. 성령이 인도하지 못하면 살아 있어도 죽은 삶을 사는 것과 마찬가지입니다. 왜냐하면 안 보이니까, 안 들리니까, 느껴지지 않으니까요. 목사님이 아무리 '하나님이 자매님을 사랑하십니다'라고 해도 아무런 느낌이 없는 거예요.
사랑받는 느낌이 없어요. 그러면 접속이 되지 않아서 생명이
계속 흘러들어올 수 없습니다.

하나님의 소리가 들리지 않아서

하나님께서는 사람을 통해서나 직접 '내가 너를 사랑한다.
너는 내게 중요하다. 내가 너를 쓸 것이다' 말씀해주십니다.
그런데 하나님의 사랑을 자신이 느끼지 못하면 그 소리가 들
리지 않습니다. 그래서 '하나님은 나를 사랑하지 않나봐. 어떻
게 하면 하나님 마음에 들 수 있을까?' 하면서 고민합니다. 이
러면 하나님과 단절된 신앙생활이 되는 것입니다. 하나님이
그 사람을 사랑하지 않는 것이 아니에요. 그런 사람들은 부모
의 사랑을 받아들이지 못하는 장애의 아픔이 있는 아이들과
똑같은 것이에요. 그 아픔을 극복해야만 하나님의 아들로, 하
나님의 자녀로 온전하게 살 수 있습니다.
　성령으로 인도받는 삶이 바로 거듭난 하나님의 자녀다운 삶
이에요. 저는 처음에 성령에 대해서 몰랐어요. 성령에 대해서
전혀 모르고, 친구가 영접기도를 하면 구원을 받고, 교회를 다
니면 좋은 일들이 많이 생긴다고 해서 교회에 갔습니다. '영접

기도를 한다'고 해서 그것이 무슨 소리인지도 모르고 그 내용이 무엇인지도 모르고 앵무새처럼 따라했어요. '당신은 나의 주님이십니다'라고 말은 했지만 진정으로 제 마음을, 제 인생을 하나님께 드린 적은 한 번도 없었습니다. 그러나 교회에서 목사님이나 전도사님들은 제가 그런 줄 모르셨습니다. 제가 너무나 완벽하게 교인 노릇을 했기 때문입니다. 그분들이 너무나 좋으신 말씀들로 저를 재정비시켜주셨지만 저는 죽어 있었기 때문에 하나님의 살아 있는 말씀이 들어오지 않았어요. 그래서 성령의 인도를 받는 삶이 시작되지 못했습니다.

성령의 인도함을 받지 못하니까 교회를 나가서도 제가 잘못하는 것이 너무 많은 거예요. 옆에 있는 자매님은 새벽에 막 일어나고 싶다고 해요. 일어나서 교회에 가고 싶다는 거예요. 그 말을 들으면서 '나는 왜 교회에 가고 싶지가 않지? 그래서 하나님께 혼나면 어떡하지?'라고 혼자 속으로 생각했어요. 그런데 그 자매를 보니까 기도도 응답받고 자녀도 잘되고 얼굴도 환한 거예요. 나도 '저렇게 되었으면 좋겠다'고 생각했어요. 그래서 흉내를 내기 시작했어요. '아, 새벽에 기도하러 가면 축복을 받는가보다.' 그래서 새벽에 일어나기 싫은데 짜증 부려 가면서 알람을 세 개씩 맞춰놓고 울리면 죽였다가, 조금 있다 또 울리면 또 죽였다가 하면서 억지로 교회에 갔습니다. 그러다보니 제 얼굴에는 짜증밖에 없었습니다. 혼자 교회에 오는 것만 해도 따라하기 힘들어 죽겠는데, '자녀들이 축복을 받으려면 자녀들이 새벽기도에 와야 한다'고 하면서, 그 자매는 아이들 셋을 다 씻기고 예쁘게 해서 그 새벽에 데리고 오는 거예요. '나도 저렇게 해야겠다'고 마음먹었어요. 그런데 우리 애들은 말을 듣지 않았어요. 안 일어나니까 야단치고 잡아당기고 해서 간신히 차에 싣고 갑니다. 도착할 때면 제 힘이 다 빠져버리는 거예요. 그런데 교회에 가서 보니까 그 자매는 하나도 힘들어 보이지 않았어요. 그게 더 짜증이 나고 그 자매가 미웠습니다. 나는 너무 힘들었기 때문에, 졸려서 꾸벅꾸벅 졸고 있는데 갑자기 '너무 좋지' 하고 저를 찌릅니다. '응, 좋아……' 하고 거짓말을 했습니다. 위선이지요. 왜냐하면 진짜 내 마음속에서 일어나고 있는 생각들을 들키고 싶지 않았거든요.

이렇게 하면 내가 하고 싶은 것과 나 자신과의 괴리감이 생깁니다. 그것이 로마서 7장의 내용입니다. 바울 사도가 '이를 행하는 자는 내가 아니요 내 속에 거하는 죄(롬 7:20)'라고 했습니다. 바울 사도는 우리가 알기에 정말 성령으로 하나님이 계신 천국까지 다녀왔다는, 그리고 가장 많은 서신을 쓴 사람입니다. '내가 하고 싶은 것은 하지 않고, 내가 하고 싶지 않은 것을 내가 한다. 그것은 내가 아니라 내 안의 또 다른 지체가 있다'고 고백합니다. 내가 옛날에는 그랬는데, 지금은 예수님을 만나고 성령받았기에 지금은 그렇지 않다, 나는 갈등이 하나도 없다고 말하는 것이 아닙니다. 현재 진행형으로 나에게 갈등이 있다고 고백하는 것입니다. 우리 안에는 하나님을 따라가지 못하는 죄성이 있습니다. 그것은 바울에게도 있고, 이사야에게도 있고, 베드로에게도 있었습니다. 죄성이 없었던 사람은 예수 그리스도 한 분밖에 없습니다.

바울 사도도 힘들었다는데 우리가 힘들지 않을 수 없습니다. 그것을 인정하는 것이 진정한 신앙생활의 시작이라고 생각해요. 내가 진짜 누구인지, 내 안에는 일어나기 싫고 더 자고 싶은 죄성, 하나님에게 가지 않고 내 마음대로 하고 싶은 죄성, 하나님에게 기대는 것은 싫고 내 마음대로, 내 식대로 내 가정과 내 교회와 내 사역과 내 나라를 다스리고 싶어 하는 죄성이 누구에게나 있다는 것을 인정하면 '무릇 하나님의 영으로 인도함을 받는 사람은 곧 하나님의 아들이라'고 하는 로마서 8장 14절이 무슨 말인지 이해가 될 것입니다. 내가 하나님의 아들로 다시 태어났는데, 성령이 그때그때 인도해주시지 않으면 하나님의 아들로서 살 수 없다는 뜻이에요. 왜냐하면 내 안에는 내 육신의 어머니 아버지의 자녀로, 사람의 아들 딸로 죄 안에서 잉태되어서 죄 쪽으로 가고 싶어 하는 너무나 강한 성향이 있기 때문입니다. 우리가 이 몸을 벗어버리는 날까지, 우리가 천국 가는 그날까지 그 죄성이 계속 있다는 뜻입니다.

그런데 바울 사도가 '나는 곤고한 사람이로다 이 사망의 몸에서 누가 나를 건져내랴(롬 7:24)' 이렇게 고백한 바로 이후에 8장 1절에서 신나는 고백을 합니다. '그리스도 예수 안에 있는 자에게는 결코 정죄함이 없나니'라고. 이렇게 '무릇 성령으로 인도받는 자는 모두 하나님의 아들이라'는 말은 누구든지 예수님을 주로 영접하는 자에게는 하나님께서 권세를 주셨다는 것이에요. 절대로 내 힘으로 이길 수 없는 내 안에 있는 또 하나의 나, 죄성, 나의 옛사람. 이것을 이제는 내가 하는 것이 아니라 하나님의 영, 성령이 오셔서 다스려주신다는 것입니다. 그리고 인도해주신다는 것입니다. 이것이 기쁜 소식이에요. 이제는 내가 안 해도 되기 때문에 내가 쉴 수 있어요.

저는 2002년 2월 22일에 성령 안에서 거듭났습니다. 그날 복음을 듣다가 '아, 예수님을 진정한 주님으로 인정하고 내 인생을 그분에게 완전히 드려야겠다'는 고백을 했습니다. 고백을 해야지만 구원을 받는다고 목사님께서 이야기하시는 그때, 하나님이 저의 마음을 움직이기 시작하셨습니다. 인도하기 시작하셨습니다. 제가 영접기도를 했던 그 순간, 선포했던 순간에 하나님의 자녀가 되었습니다. 하나님의 자녀로 완전히 회복이 되어서 자녀의 삶을 살기 시작했던 것입니다. 영적으로 장애가 있었던 제가 온전한 영접, 온전한 구원, 거듭남의 고백을 하고 깨닫는 순간에 눈이 열리고, 귀가 열리고, 돌처럼 딱딱하게 굳어 있던 마음이 녹기 시작했습니다. 그날의 고백으로 예수님의 십자가, 보혈의 능력이 제게 임했고, 그때부터 성령님이 저를 인도하기 시작하셨습니다.

진정한 구원에 도달하기 위하여

진정한 구원, 영은 금방 구원을 받지만 베드로전서 1장에서 우리의 혼은 계속해서 구원을 받아야 된다고 하셨습니다. 우리의 믿음으로, 불 사이를 지나가고, 물 가운데를 지나가면서 우리의 생각, 감정, 의지가 계속해서 구원을 받아야 한다고 했습니다. 우리의 구원이 계속 이루어져야 한다고 했습니다. 그렇게 되기 위하여 '예수님, 당신은 나의 주님이십니다. 당신만이 나를 다스리십니다. 성령님, 오셔서 오늘부터는 나를 인도해주소서' 하고 매일 고백해야 합니다. 제가 그 나라의 시민이 된 것을 인정해야 합니다. 그분의 통치 안으로 들어가는 것이지요.

저는 1981년에 학생 비자로 미국에 갔습니다. 그런데 학생 신분이기 때문에 취직을 못 했어요. 유학생들에게는 제약이 많아요. 예를 들면 정치를 하고 싶다고 해도 못 합니다. 왜냐하면 아직 시민이 아니기 때문입니다. 미국에서 살고는 있습니다. 학생 비자로 미국이라는 나라에 갈 수는 있지만, 그 나라의 시민이 된 것은 아닙니다. 저는 방문자일 뿐입니다. 나의 조국은 여전히 한국입니다. 대신에 방문자이기 때문에 하지 말라는 것도 별로 없더라고요. 세금 내라는 것도 별로 없습니다. 시민으로서 권리가 없는 동시에 아무런 의무도 없어요. 아무렇게나 살아도 돼요.

그런데 8년이 지난 1989년에, 검사로 취직을 하려고 알아보았더니 미국에서 법대를 나왔더라도 검사가 되려면 미국 시민권이 있어야 된다는 거예요. 그런데 미국 시민이 되려면 대한민국 국적을 포기해야 해요. 저는 한국 국적을 포기하고 싶지 않았어요. 미국에서 원하는 것을 하지만 그래도 나는 '대한민국 국민'으로 살고 싶었어요. 그런데 거기서 검사직을 맡으려고 하다보니 어쩔 수 없이 한국 국적을 포기해야만 했고, 미국 시민권을 받았습니다.

미국 시민이 되니까 그때까지는 없었던 권리들이 생겼어요. 8년이라는 시간 동안 미국에 살았지만 비로소 진짜 미국 시민이 된 것은 시민권을 받은 그날부터였어요. 그래서 죄를 지어도 못 쫓아내요. 죄에는 중범이 있고 경범이 있습니다. 중범을 지었을 때는 영주권이 있어도 미국 시민이 아닌 사람은 추방을 할 수 있어요. 강도, 강간 등 중범을 지었을 경우 유죄 판결을 받으면 '너, 미국 시민이냐, 아니냐?'라고 꼭 물어봅니다. '미국 시민이 아닙니다. 영주권은 있지만 나는 한국 사람입니다'라고 대답하면, 한국으로 돌아가라고 그럽니다. 추방을 당합니다. 그런데 미국 시민인 경우에는 그 어떤 중범을 지어도 감옥에는 가지만 추방은 못 시켜요. 시민권이 있는 자에게는 그 권리가 생겨요. 미국에서 언제까지든지 살 수 있는 권리가 생겨요. 그렇지만 미국 시민이 되면 세금을 내야 합니다. 투표를 해야 해요. 해야 할 일이 생깁니다.

미국 시민으로 사는 것과 하나님의 자녀가 되는 것이 똑같다고 생각해요. 우리는 하나님의 자녀로 태어나지만 자녀다운 삶, 하나님 아버지를 아버지로 인정하고 성령의 인도를 받는 삶을 살겠다고 입으로 고백할 때 비로소 삶은 이전과 달라집니다. 로마서 10장 9절의 '네가 만일 네 입으로 예수를 주로 시인하며 또 하나님께서 그를 죽은 자 가운데서 살리신 것을 네 마음에 믿으면 구원을 받으리라'는 고백이 나에게 정말 이해가 되었습니다. '나는 이제 하나님 나라의 시민으로, 하나님의 자녀로 다시 태어나겠습니다'라고 이렇게 입으로 고백할 때 내 인생이 완전히 바뀝니다. 그 고백은 쉽게 하는 고백이 아니에요.

그 고백을 하고 나면 그로 인해 하나님 아버지가 '이제는 정말 내가 너를 길러야겠다'고 하십니다. 나의 아버지로 오십니다. 여태까지는 성령이 가끔씩 와서 나를 찌르는 정도였는데, 이제는 나의 고삐를 잡고 나를 인도하십니다. 그전에는 사생아 같았습니다. 아무리 아버지의 딸이라고 해도 딸답게 못 살면, 아버지 집에서 도망간 탕자는 아버지 집에 있는 좋은 것을 못 누립니다. 대신에 아버지 집에서 해야 할 일을 하나도 하지 않아도 됩니다. 형은 밭에서 일하지만 도망치면 아무 일도 하지 않아도 되니까 너무 좋겠다면서 탕자는 도망쳤습니다. 도망간 것은 아들로서의 권리를 포기한 거예요. 도망가면 아버지의 집에서 살았을 때에만 누릴 수 있는 보호, 풍족함, 쉼, 그런 것이 없습니다. 다시 아버지 집으로 완전히 돌아오는 것이 구원입니다.

그래서 교회에서 사역할 때 제가 정말 중요하게 여기는 것이 진정한 거듭남입니다. 거듭나면 '내가 그냥 하나님의 자녀로 이름만 있는 것이 아니라 진짜 딸로서, 진짜 아들로서 오늘부터 아버지의 집에서 살겠습니다. 아버지가 시키시는 대로 하겠습니다. 아버지가 밭에 나가서 일하라 하면 밭에 나가서 일하고 아버지가 잔치를 베풀어주시면 그것을 먹고 즐기겠습니다' 하는 마음이 진정으로 생기게 됩니다. 인도받는 삶이 시작되는 것입니다. 이것이 진정한 구원의 시작이라고 생각해요. 2002년에 제가 그렇게 구원을 받은 그날의 고백은 다른 날의 고백과 달랐습니다. 성령님께서 인도하셨기 때문에, 나도 모르게 눈물이 나면서 지난 10년 동안 정말 인도받지 못한 삶을 살면서 종교생활을 했던 것에 대한 회개가 일어났습니다. 그리고 진짜 하나님을 하나님답게 섬기지 못한 것에 대한 회개, 그리고 가족이나 주위 사람들에게 사랑을 베풀지 못했던 것에 대한 회개도 하게 되었습니다.

이러한 것들은 앞에서 내가 부러워했던 자매가 막 울면서 회개하는 것을 보고 나도 억지로 따라서 했던 종교적인 회개와는 정말 다른 것이었습니다. 그때 그 자매가 회개기도를 하면서 막 우는데 나는 그 자매가 왜 우는지도 몰랐습니다. '저 자매가 죄를 많이 지었나보다. 나는 착하게 살아서 아마 저렇게 은혜를 못 받나보다'라고 진짜 생각했었습니다. 그 자매는 찬양을 하면서도 막 우는 거예요. '하나님, 용서해주세요' 하고 울어요. 옆에 있던 저는 눈물도 안 나고 회개도 안 되었습니다. 그래서 저는 '저 자매는 남편에게 잘못을 많이 했나보다'라고도 생각했습니다. 그러고는 나처럼 남편에게 잘하고 아이들에게도 잘하는 엄마는 저 사람처럼 은혜를 못 받으니까 손해라는 교만한 생각을 하기도 했어요.

그러면서도 은혜를 받고 싶은 거예요. 이 자매가 회개를 하고 나더니 얼굴이 해처럼 빛나고 막 기뻐하는데, 나에게는 그런 기쁨이 없었거든요. 평강이 없었습니다. 그래서 그다음에는 흉내를 내기 시작했어요. 잘못한 것이 생각나지도 않는데, '하나님, 잘못했습니다. 용서해주십시오. 나도 저 사람처럼 기쁨을 주세요'라고 기도했습니다. 10년 동안 저는 그렇게 종교생활을 했습니다.

성령의 세례를 받고

그런데 2002년 2월 그날 저에게 고백을 하게 해주신 성령님이 진정한 회개를 하게 하셨습니다. 성령이 제게 임하니까, 저를 인도하시니까 저도 모르게 옛날에 잘못한 것까지 생각이 나는 거예요. '그때 내가 그 아이에게 그렇게 해서는 안 되었는데, 그게 잘못한 것이었구나. 내가 처음 연애할 때 다른 것이 보이지 않아서 우리 어머니, 아버지 마음을 아프게 했구나.' 이런 것이 생각이 나면서 저도 모르게 눈물이 펑펑 났어요. 그날 '아, 이것이 성령이 임하시는 세례구나'를 느낄 수 있었어요. 저의 마음이 살아나기 시작했습니다. '또 새 영을 너희 속에 두고 새 마음을 너희에게 주되 너희 육신에서 굳은 마음을 제거하고 부드러운 마음을 줄 것(겔 36:26)'이라는 말씀처럼 그날, 하나님은 저에게 새 마음을 주시기 시작했어요.

우리 마음이 왜 딱딱해지느냐 하면 상처받기 싫어서, 또 느끼면 자꾸 아프니까 안 느끼려고, 사랑 안 하려고 하니까 그렇게 되는 거예요. 제가 42년 동안 그렇게 살았거든요. 32년 동안은 하나님을 아예 모르니까 사람들에게 상처받아서 마음이 딱딱해졌고, 서른두 살에 구원은 받고 영접은 했지만, 눈이 멀고 귀가 멀고 가슴이 딱딱하게 굳어 있는 상태라서 하나님을 느낄 수가 없었습니다. 제가 영적으로 장애아였기 때문에 갓난아기에서 자라지를 못했어요. 그러다보니까 교회에서도 상처를 받고, 하나님께서도 나의 마음을 녹여주시려고 했지만 성령이 들어갈 구멍이 없어서 받을 수 없었어요.

마태복음 13장의 '씨 뿌리는 비유'에서 그러잖아요? 돌밭에 씨가 떨어졌을 때에는 조금 자라다가 뿌리가 금방 말라버린다고 합니다. 핍박이 오면 금방 쓰러진다고 그러잖아요. 제 마음이 돌밭 같았기 때문에, 마음이 아직 치료가 안 된 상태에서 성령이 인도함을 받을 수 없었어요. 제 힘으로 살면서 너무 지쳐 있었기 때문이에요. 씨앗의 싹이 돋아나다가도 금방 시들어버리는 거예요. 처음에는 성령 체험도 하고, '아, 하나님이 좋다'고 느끼기도 했어요. 그런데 아직 마음이 딱딱했어요. 내 혼이 하나도 하나님에게 항복을 안 했어요. 상처받기 싫어서 그러다보니까 남들이 보기에는 제가 은혜를 받은 것 같아도 실제로는 하루 이틀 지나면 우울함이 찾아오고, 또 어둠이 오고 그래서 조금 자랐던 싹이 그냥 시들어서 말라버립니다.

마음이 가난해야 천국이 보인다

성령 체험과 성령의 인도함을 받는 삶은 완전히 다릅니다. 성령 체험과 성령으로 인해 거듭나서 성령 안에서, 예수 안에서 거하는 삶은 완전히 달라요. 마음이 옥토가 되어야만 거기에 씨를 뿌렸을 때 싹이 자라난다고 했습니다. 그러니까 하나님은 자기 자녀가 된 사람들에게 처음 하시는 일이 자녀의 마음을 옥토로 만들기 위해서 여러 가지 상황을 허락하시는 것입니다. '마음이 가난한 자는 복이 있나니 천국이 저의 것(마 5:3)'이라는 말은 마음이 가난하지 않은 사람은 하나님의 나라를 가질 수 없다는 뜻입니다. 저는 마음이 가난하지 않았기 때문에 하나님의 나라에 들어갈 수 없었어요. 하나님이 '내가 너를 사랑한다. 내가 이렇게 너를 구원했다'고 하시는데, 저는 그것이 보이지 않는 시각장애인 같았어요. 마음이 낮아지지 않았기 때문에 안 보였어요, 마음이 가난해야 천국이 보입니다.

성경에 보면 니고데모가 예수님의 말씀을 못 알아들었다고 합니다(요 3:1-21). 요한복음 3장 3절에 '내가 진실로 진실로 네게 말한다. 누구든지 다시 태어나지 않으면 하나님 나라를 볼 수 없다'고 예수님이 말씀하셨습니다. 그랬더니 니고데모가 '아니, 어떻게 엄마 배 속에 들어갔다 다시 나옵니까? 못 알아듣겠습니다'라고 했습니다. 그러자 '네가 이 땅에 있는 것을 말해도 알아듣지 못하는데 하물며 하늘나라를 어떻게 말해줄 수 있겠느냐?'고 하시면서 예수님이 거듭나야만 하나님의 나라에 들어갈 수 있다고 말씀하셨습니다. 하나님의 나라는 영적으로 봐야 들어갈 수 있어요. 내가 아빠의 얼굴을 보고, 눈을 봐야 아버지 안으로 들어갈 수 있는 거예요. 아버지의 사랑이 내 안에 들어오고 내 사랑이 아버지 안에 들어가서 하나가 되어야 해요.

하나님과 하나가 되는 자에게는, 예수 안에 있는 자에게는 결코 정죄함이 없다는 것입니다. 그 예수 안에 들어가는 것, 하나님의 나라에 들어가는 것이 진정한 구원입니다. 그러려면 맨 처음에 내 눈에 있는 비늘이 떨어져서 나를 쳐다보는 그분의 아름다운 눈, 그분의 사랑이 보여야 해요. 그러기 위해서는 내 마음이 가난해져야 됩니다. 왜냐하면 마음이 가난한 자는 복이 있나니 그들이 천국을 가질 수 있다고 했어요. 우리가 정말 괴로울 때 내 힘으로 해결할 수 없는 문제가 생겼을 때 하늘나라가 보이기 시작합니다.

1992년에 처음 영접기도를 한 교회에 나가기 시작했을 때는 하늘나라가 보이지 않았습니다. 좋은 곳에서, 좋은 집에서, 좋은 차를 타고, 좋은 옷을 입고, 아주 좋은 직장에 다니고 있었을 때, 그때는 마음이 가난한 자가 무엇인지 몰랐어요. 서른두 살이니까 젊고 건강했지요. 그때 제 관심사는 '내가 얼마나 예쁜가, 내가 얼마나 몸매가 좋은가' 하는 것들이었습니다. 그때 저는 미국 사이즈로 2번을 넘어가면 완전히 강박적으로 죽는 줄 알았습니다. 그래서 3번이 되면 다이어트를 한다고 난리를 쳤어요. 옷을 입을 때 태가 나야 하거든요. 그때는 제가 그러면서 살았어요.

그러니까 하나님이 들어오실 자리가 없었어요. 하나님께 기도를 하는 것이 아니라, 몸이 안 좋아졌다 싶으면 얼른 가서 건강식품부터 찾아서 먹어요. 그러면 몸이 좋아져요. 그때는 그래도 건강했으니까요. 어떤 사람이 '나는 이렇게 했더니 그게 몸에 안 좋더라. 운동을 하는 게 좋아' 그러면 운동을 합니다. 저는 몸이 조금이라도 안 좋아지면 극성을 떱니다. 몸이 조금이라도 불어나면 견딜 수 없었어요. 그때 저는 하루 종일 일해야 하는 공무원이라 따로 시간을 낼 수 없었기 때문에 한 시간 반 있는 점심시간에 운동을 했어요. 점심을 얼른 먹고 수영장에 가서 스무 번씩 수영을 합니다. 그러고 나면 다시 날씬해집니다. 그런데 같이 일하는 사람 중에 어떤 사람이 몸이 안 좋아 보이는 거예요. 제가 보니까 몸무게가 좀 나가더라고요. 그래서 그 사람에게 점심시간에 가서 수영하라고 충고를 해주었습니다. 그때 저는 인간의 지혜로 꽉 차 있었고, 또 제가 마음먹고 하면 그대로 됐어요. 저는 그렇게 하면 살이 빠져요. 그런데 그 자매는 이틀을 하더니 '까무러치겠어요. 나는 못 하겠어!' 이러고는 그만두어버리는 거예요. 그런 것을 보면 제 마음에 교만이 들어옵니다. '저 사람은 의지가 없군. 저러니까 살이 찌지.' 이런 식으로 제가 쌓아놓은 산들이 너무나 많았어요.

또 우리 첫아이가 공부를 잘했거든요. 머리가 굉장히 좋았어요. 큰아이하고는 책 좀 그만 읽으라고 싸울 정도였어요. 책을 너무 많이 읽어서 눈이 나빠졌거든요. 어떤 엄마가 뛰어와서 '어떻게 하면 아이가 그렇게 책을 읽을 수 있느냐'고 저에게 물었어요. 그 엄마에게 제가 책을 사주라고 대답해주었어요. 저는 아이가 어렸을 때부터 책방에 데리고 가서 놀았습니다. 이것도 인간의 지혜입니다. 이 엄마도 아이가 어렸을 때부터 책방에 데리고 갔었다고 합니다. 그런데 책방에 데리고 가면 그 아이는 여기저기 부수고 다니기만 하고 전혀 책을 읽지 않았다는 거예요. 그러면 저는 속으로 '저 엄마는 책방에 데려가지도 않았으면서 무슨 저런 거짓말을 할까?' 그렇게 생각했습니다. 왜냐하면 저는 제가 늘 옳았으니까, 생각대로 하면 되니까 제 방식이 진리라고 믿었던 거예요. 저에게는 그런 식으로 쌓아놓은 진리가 너무나 많았습니다.

그런데 그것들이 하나둘씩 깨지기 시작했어요. 내 생각대로 안 되기 시작하는 거예요. 그것이 하나님의 은혜인 줄 나중에 알았어요. 하나님의 자녀가 되면 맨 처음에 인간의 지혜로 해서는 안 되는 일들이 자꾸 생깁니다. 인간의 지혜로 모든 것이 잘되는 것 같은 사람들을 부러워하지 마세요. 저도 옛날에 그런 사람들을 부러워했습니다. 그러나 요새는 마음이 아픕니다. 불쌍해합니다. 왜냐하면 '저래서 어떻게 하나님 나라를 보겠는가. 저 사람도 마음이 낮아져서 하나님의 나라를 봐야 하는데' 하는 생각 때문입니다. 하늘나라, 그곳처럼 좋은 곳이 없기 때문입니다.

제가 미국 시민이 되었을 때 참 고민을 많이 했습니다. 왠지 조국을 버리는 것 같고, 타향살이하는 것도 서러운데 내가 다른 나라 사람이 되어버리면 한국에 가서도 한국 사람이 못 되고…… 이런 일이 참 싫었습니다. 그래서 참 버리기 힘들었어요. 그런데 일단 미국 시민이 되고 나서 미국 시민으로서의 여러 가지 혜택을 누리니까 좋다는 생각을 하게 되더라고요. 그러니까 일단 들어가봐야 합니다. 들어가기 전에 만일 나에게 미국 시민이 될 것인지 안 될 것인지 결정하라고 했으면 밤새도록 고민하고도 결정을 못 했을 것입니다. 그날 제가 검사가 되려면 그렇게 할 수밖에 없다고 하니까 할 수 없이 한 것입니다. 사실 제 머리로 좋은 점 나쁜 점을 써보니까 이렇게 하면 이게 좋을 것 같고 저렇게 하면 저게 좋을 것 같았습니다. 한국 국적은 버리기 싫고 미국 시민권은 받고 싶고, 그러니까 결정을 못 하는 거에요. 왜냐하면 인도받지 못하는 내가, 내 머리로 결정해야만 하는 삶이기 때문에 그랬던 것입니다. 그런데 들어가보니까 좋더라고요.

구원도 처음 받는 것이 왜 그렇게 힘든가 하면 아직 성령의 인도를 받는 것이 몸에 배지 않은 상태에서 내가 결정하려고 하기 때문에 그렇습니다. 내가 생각하고 생각해서, 내가 결정해서 태어나려고 하면 절대 아무것도 할 수 없을 거예요. 그래서 마음이 착한 사람, 여러 가지로 신중하게 결정하는 사람, 실수 안 하려고 하는 사람, 그런 사람들이 제일 구원받기 힘들어요. 그래서 제가 10년이 걸린 것입니다.

광야에서 기다리시는 하나님

영접기도는 뭔지도 모르고 했지만 그것이 하나님의 은혜였어요. 하나님의 명부에는 올라갔습니다. 찍혔습니다. 그런데 하나님이 10년을 아무리 불러도 제가 안 오는 거예요. 하나님이 저 때문에 고생을 많이 했습니다. 그리고 그 기간이 저에게는 정말 광야의 시간이었어요. 그 기간에 하나님을 알게 하기 위해서 하나님이 여러 가지 상황을 허락하셨습니다. 이스라엘 백성들처럼 저는 하나님에게 삐치고 하나님에게 불만을 품었었습니다. 왜냐하면 내가 왕이니까 내가 결정하는 모든 과정에서 하나님이 틀린 것 같은 거예요. 그러면 내가 새벽에 가서 '하나님, 이것을 이렇게 하시면 안 되잖아요? 이러면 누가 하나님을 섬기겠습니까?'라면서 하나님이 틀렸다고 야단칩니다. 제가 10년 동안 이렇게 기가 막힌 신앙생활을 했습니다. 그래도 저를 버리지 않으시고, 하나님께서는 문밖에서 빙빙

돌면서 기다리셨던 거예요.

그러다 드디어 제 마음이 굉장히 가난해졌습니다. 왜냐하면 우리 둘째 아이는 첫아이하고 전혀 달랐습니다. 저는 제 지혜대로 애들을 어렸을 때 책방에 데려가기만 하면 책을 읽는 줄 알았습니다. 그랬던 제가 크게 한 방 맞았습니다. 저의 모든 교양 강좌가 무효가 되어버렸습니다. 요새도 사람들이 교양 강좌를 해달라는데 그러면 전 웃습니다. 사람들이 하나님 이야기 하지 말고, 성경 이야기 하지 말고 '변호사님, 아이들을 어떻게 잘 길렀는지 교양 강좌나 해주세요' 하면 저는 '교양 강좌는 해도 아무 소용이 없다'고 합니다. 저에게서 인간의 지혜를 완전히 없애는 데 20년이 걸렸습니다. 이제 저에게는 인간의 지혜가 하나도 남아 있지 않습니다.

하나님의 음성을 들으며

저는 성령님이 인도해주지 않으면 제 아이하고 어떻게 대화해야 하는지 어떻게 말해야 하는지 하나도 알 수 없습니다. '예수님, 성령님, 하나님, 오늘 하루 제가 무슨 말을 할지, 우리 애가 말을 하면 어떻게 반응할지 저를 확실하게 인도해주세요' 하고 아침마다 일어나서 기도합니다. '오늘 제 입에서 나온 말은 제 것이 아니라 당신의 말이 되기를 원합니다'라고 하루를 시작합니다. 이제는 다른 사람들에게 아이 기르는 것에 대해서 조언을 할 지혜가 제 머리에 남아 있지 않습니다. 제가 아는 것들을 없애야 하나님의 것이 보이기 시작하기 때문입니다. 마음이 가난해져야 그분의 음성이 들리기 시작해요. 마음이 가난하다는 것은 '하나님, 난 모르겠어요'라고 하는 것입니다.

'하나님, 나 어떻게 해야 할지 모르겠습니다. 아버지, 도와주십시오.' 이렇게 인도받는 삶은, 양의 삶이에요. 양은 머리가 아주 나쁩니다. 양은 자기 혼자 할 줄 아는 게 하나도 없어요. 양은 목자가 없으면 굶어 죽어요. 양은 목자가 없으면 길을 잃어요. 양은 목자가 없으면 정신병에 걸려요. 두려움이 너무 많아요. 겁이 많아요. 그래서 양이 걸리는 병 중에서 제일 심한 정신병이 목자에게서 도망가는 병입니다. 진짜 있습니다. 목자가 잠을 자고 있다 싶으면 구멍을 뚫고 도망을 갑니다. 양이 다른 것은 잘 못하지만 도망가는 데는 머리가 비상합니다. 목자가 양 때문에 무척이나 속이 상합니다. 왜냐하면 목자는 양이 자기를 떠나면 죽는다는 것을 알기 때문입니다. 그러니까 묶어놓고 별짓을 다해도 양은 어떻게 해서든지 다 뜯고서 도망갑니다. 제 생각에는 귀신 들린 게 아닌가 싶습니다. 아무튼 양은 그런 병에 걸린다고 합니다. 도망가는 병에 걸린

양은 목자를 따라가지 않아요. 그런 양은 목자에게 상처받은 양입니다. 목자에게서 도망가면 좋은 곳이 있을 거라고 생각합니다. 제 생각에 이 양은 다른 양보다 아이큐가 조금 높은 것이 아닐까 싶습니다. 왜냐하면 다른 양들은 자기가 바보인 것을 알거든요. 마음이 가난한 양이에요. 그런 양들은 목자가 없으면 죽을 것 같으니까, 자라고 하면 가만히 누워서 잡니다. 그런데 이 양은 '왜 자야 하나?' 하고 시험에 듭니다. '왜 목자가 자라고 한다고 자야 해? 나는 안 졸린데? 이 목자가 나를 푸른 초장으로 데려갈지 안 데려갈지 어떻게 알아?' 하고 의심을 하면서 주위에 있는 양들까지 선동합니다. 그러다가 다른 양들이 안 따라오면 '나라도 가야겠다. 나는 내 인생을 찾아야 해. 나는 내가 누구인지 알아야 해'라고 생각합니다. 철학적인 양입니다.

제가 그런 양이었어요. 양이 이렇게 도망을 갈 때까지는 목자에게서 도망치는 것이 인생의 목표입니다. 그래서 어디에 구멍이 있나 보아둡니다. 낮에는 목자가 무서워서 도망가지 못하다가 드디어 성공을 하면 '내가 이루었다'라면서 굉장히 기뻐합니다. 하지만 밖에는 늑대가 기다리고 있습니다. 어딘가 길이 있기야 하겠지만 자기 머리로는 길을 못 찾아요. 자기가 똑똑한 줄 알고 나갔는데, 뛰어가보니까 찍 미끄러지고 말지요. 그런데 거기가 절벽이었던 거예요. 대롱대롱 매달려서

'맴, 맴' 그러고 있으면 양 때문에 속이 상해서 잠도 깊이 못 자고 있던 목자가 어디서 양이 우는 소리가 들리는 것 같아 잠에서 깹니다. 양을 세어보니까 한 마리가 없는 거예요. 백 마리 중에 꼭 한 마리, 도망가는 녀석이 있었던 거예요. 그러면 목자는 '이놈, 또 도망갔구나! 오늘은 어디 혼쭐 좀 나봐라' 이러고 다시 잠이 드는 것이 보통은 정상이라고 생각해요. 왜냐하면 한두 번 도망간 애가 아니거든요. 게다가 이 양 한 마리를 찾겠다고 했다가 아흔아홉 마리의 양이 데모가 일어나고 난리가 났거든요. 그런데도 목자는 한 마리 양을 찾으러 나섭니다. 요한복음 10장에 보면 예수님은 '내 양은 내 음성을 안다'라고 하셨어요. 그렇지만 그 음성이 싫다고 도망가는 양까지 자신의 양으로 삼으려고 그렇게 찾아가시는 분이 예수님이세요.

예수님은 저를 10년 동안이나 찾아오셨습니다. 그러다가 제가 완전히 항복을 하고 '나는 이제 예수님의 양이 되겠습니다'라고 했을 때 구원이 이루어지기 시작했습니다. '오늘부터는 도망가지 않겠습니다. 예수님, 인도해주십시오. 당신이 나의 목자가 되어주십시오. 제가 해보니까 안 됩니다.' 이렇게 고백했습니다. 이것이 마음이 가난해진 양의 정신병이 낫는 유일한 방법입니다. 언제 이 양이 마음이 가난해지느냐 하면, 자기 머리가 나쁘다는 것을 아느냐 하면, 절벽에 대롱대롱 매달려 있을 때입니다. 땅끝에서 찍 미끄러져서 죽기 직전까지 갔을 때, 우울증과 자살 충동과 자기가 멋대로 살았는데 안 되는 것을 알았을 때입니다.

자녀는 정말 마음대로 안 돼요. 저는 아이들을 어려서, 한 살 때부터 책방에 데리고 갔습니다. 밤마다 책을 읽어주면서 재웠어요. 그런데 둘째 아이가 열 살이 되어도 책을 안 읽는 거예요. 아무리 노력해도 안 되는 거예요. 그래서 절벽에서 찍 미끄러져 죽고 싶기 일보 직전이 되었을 때, 저의 목자가 다시 찾아오셔서 '집에 가자, 오늘부터는 도망가면 안 된다'라고 해주셨습니다. '예수님, 제가 오늘부터 도망가지 않겠습니다' 하고 대답했습니다. 그것이 저는 진정한 구원의 시작이라고 생각합니다. 성령의 인도를 받는 삶이 그때부터 시작되었습니다. 그때부터는 목자가 나에게 와서 두들기는 것이 아니라 제가 마음 문을 열었어요. 그래서 그분이 제 안에 들어오셨습니다. 저와 먹고 마시고 제가 예수 안에, 예수가 제 안에 있는 진정한 삶이 시작되었습니다.

고난을 허락하시는 하나님

하나님이 어떤 때에는 우리에게 고난을 허락하실 때가 있습니다. 사람들이 그것을 보고 무서운 하나님이라고 해요. 너희들이 하도 도망가니까 내가 너희들을 살리기 위해 너희들의 다리를 부러뜨려서라도 데리고 와야겠다고 하시거든요. '내 양이 늑대 안에 머리가 다 들어가는 것까지 끄집어냈다'고 욥기에서 그러잖아요. 하나님께서 저를 몇 번 끄집어내셨습니다. 마귀에게 들어가서 머리가 다 먹히기 일보 직전에 저를 끌어내셨어요. 그런데 그다음 날 또 도망가거든요. 그러면 어떻게 해서든지 내 양으로 삼아야겠다면서 팔레스타인에 있는 목자는 마지막 수단으로 양의 다리를 부러뜨립니다.

양의 다리를 부러뜨리는 데에도 기술이 있다고 합니다. 부러뜨려서 도망만 못 가도록 하지만 금세 다시 붙는다고 해요. 당장은 다리가 부러져서 아프니까 앉아서 이 불평, 저 불평, 난리가 납니다. '뭐 이런 목자가 다 있어? 내 다리를 부러뜨리다니? 다른 곳으로 도망가고 싶은데 가지도 못하고……' 하면서 불평을 하는 겁니다. 그러면 목자가 양을 데리고 푸른 초장으로 가야 하니까 목에 둘러메고 갑니다. 이 양은 걷지 못하니까 목자에게 업혀서 처음에는 발버둥질을 치겠지요. 그러다가 힘이 빠지게 되겠지요. 그때 목자와 가까워집니다. '아, 이 사람이 나쁜 사람이 아니구나. 나를 아프게 하려고 부러뜨린 줄 알았더니, 안 간다고 앙탈을 부리는데도 이렇게 무거운 나를 지고 가는구나' 하고 알게 됩니다. 다른 아이들은 다 잘 따라

오는데, 다리가 부러진 양은 지고 가야 해요.

이 양은 목자가 자기를 '어디 구덩이에다 빠뜨려 죽이려고 하는구나' 하고 생각했을 것입니다. 다리도 부러뜨렸으니까요. 그런데 거기를 가보니까 제일 좋은 초장인 거예요. 제일 좋은 곳에 이 양을 가장 먼저 눕힙니다. 다른 양들은 스스로 누울 수 있으니까요. 그리고 쉴 만한 물가에 가서 물을 마시게 합니다. 초장에도 가보고, 물가에도 가보고, 목자하고 친해집니다. 그래도 어느 날인가 또 도망갑니다. 정신병이니까요.

그러다가 어느 날 항복하는 날이 옵니다. 진정한 구원의 시작은 마음이 가난해졌을 때입니다. 그 위기에서 '나는 이제 떨어져서 죽을 거야'라고 하는데 바로 그때 손을 잡아주시고, 나를 어깨에 메고 다니신 바로 그분을 만나게 됩니다. 그럴 때 진정한 회개가 나옵니다. 내 마음이 가난해지면서 천국이 보이기 시작해요. '아, 이것이 천국이구나. 내가 이곳에 시민이 되면 먼저 살던 곳보다 나쁠 게 없겠다. 더 좋을 수도 있겠다'고 깨닫게 되면 들어가집니다. 성령의 인도를 받는 삶이 시작되기까지 하나님께서는 계속 우리에게 낮아지게, 아프게, 어떤 때에는 정말 내 힘으로 걸어다니지도 못하게 하십니다. 그렇게 인도하십니다. 그것이 아버지의 사랑입니다.

아버지의 사랑을 깨닫게 되면 내가 내 마음 깊은 곳에서부터 우러나와서 항복을 합니다. 하나님이 우리의 다리를 부러뜨리는 것만으로는 자기 양으로 만들 수 없어요. 그렇게 만들지는 않으십니다. 또 도망가면 내버려두세요. 어쩔 수 없습니다. 양이 목자에게 와야 합니다. 기다리십시오. 10년이든, 20년이든, 30년이든 기다리십시오. '하나님, 나는 당신이 필요합니다. 성령님이 인도해주시지 않으면 살 수 없습니다. 오늘부터 내 인생의 주님이 되어주시옵소서' 하는 진정한 고백이 마음으로부터 나올 때, 그것이 구원의 이루어짐이라고 생각합니다.

성령의 인도를 받는 자의 삶

그 이후에는 내가 부탁했기 때문에 성령의 인도를 받는 기가 막힌 삶이 시작됩니다. 그렇다고 어려움이 끝난 것은 아니에요. 훈련이 끝난 것은 아니에요. 그렇지만 내가 그렇게 내 인생을 성령께 인도받는 삶으로 살겠다고 완전히 드린 이후에는 무릇, 하나님의 영, 성령으로 인도받는 자의, 하나님의 아들의 삶의 시작이 되는 것입니다. 그래서 내가 가는 곳마다 하나님이 함께 가시고 내가 가는 곳마다 예수님이 함께 가시고 내가 가는 곳마다 성령님이 참견하시고 '여기 가라, 이 기도해라, 이 사람에게 빵을 사다 줘라, 저 교회에 가서 헌금해라' 하고 알려주십니다. 인도받는 삶이 시작돼요. 인도받는 중보가 시작됩니다. 오늘 아침에 일어났을 때, 하나님께서 머리에 터번을 쓴 어떤 모슬렘 어린아이를 보여주셨어요. 그래서 이전에는 기도할 생각이 전혀 없었던 터키와 인도를 위해 기도했습니다. 성령의 인도를 받는 삶은 나의 삶이 아니에요. 나의 것들, 나의 생각, 내가 하고 싶은 것들을 완전히 내려놓을 때, 그때 하나님의 아들로서 살 수 있는 권세가 주어집니다.

하나님 아버지 감사합니다. 하나님, 성령의 인도하심으로 여기까지 인도해주셔서 감사합니다. 지금부터 천국 가는 그날까지 또 인도해주실 것을 믿습니다. 그 인도함의 삶 안에는 시편 23편에서 말씀하신 모든 축복이 들어 있고 시편 91편에서 말씀하신 모든 보호함이 들어 있음을 선포합니다. 당신이 나의 목자이시니 나에게 부족함이 없습니다. 당신이 내 안에, 내가 당신 안에 거하는 한은 나에게 정죄함은 없습니다. 당신의 날개 아래에 거하는 저에게는 이 세상의 어떤 열병이나 악병, 그리고 어떤 악한 것도 건드릴 수 없는, 하나님의 집에 제가 거할 수 있는, 시편 91편의 약속이 다 이루어질 것을 믿습니다. 오늘부터 영원토록 당신의 성령으로만 인도받는 삶을 살기를 원합니다. 예수님의 이름으로 기도드렸습니다. 아멘.

하나님을 사랑하는 법

하나님을 사랑하는 법에 대해서 이야기하고 싶어요. 하나님에게도 사랑의 언어가 있거든요. 사람마다 사랑받는다는 느낌을 주는 것이 중요하죠. 남편이 나를 사랑한다고 해도 내가 사랑받는다는 느낌이 드는 행동이나 표현을 하나도 안 한다면 그것은 진정으로 사랑하는 것이 아니겠지요. 아내가 아침에 출근하는 남편에게 '당신 오늘 일찍 와. 내가 맛있는 저녁 해놓을게' 그러면 '그래'라고 대답을 해놓고도 남편은 그 사실을 까맣게 잊어버립니다. 그러고는 친구들과 밤늦게까지 놀다가 새벽이 되어서야 들어온다면 아내는 남편이 자신을 사랑하고 있다고 생각할 수 있을까요? 그날 저녁, 맛있게 저녁을 해놓고 남편을 기다리다가 결국에는 다 식어버린 음식을 혼자 꾸역꾸

역 먹었던 아내에게 남편이 '여보, 당신을 사랑해' 한다면 여자의 반응이 '나도 그래요'라고 나올 수가 없겠지요. 하나님도 마찬가지세요.

제가 점점 더 배워가는 것이 있다면 크리스천의 삶에 대해서입니다. 예수님을 믿고 크리스천이 된다는 것은 하나님을 나의 아버지로서 만나고 그분과의 관계가 깊어지는 것이라고 생각합니다. 종교가 아니라 관계를 어떻게 맺는가 하는 문제입니다. 관계라는 것은 앞에서도 이야기했지만, 아이가 태어난다고 해서 엄마 아빠와 나의 관계가 자동적으로 형성되는 것이 아니에요. 하나님과 나의 관계도 내가 영접기도를 하고 자녀로 태어났다고 해서 자동적으로 이루어지는 것이 아닙니다. 관계는 양쪽에서 다 노력을 해야 되는 거예요.

관계에 따라 반응이 다르다

갓난아기 때는 엄마를 보면서 방실방실 웃고 마냥 예쁘기만 합니다. 그러나 아이도 죄성이 있기 때문에 조금만 크면 말을 안 듣고 자기 의지대로 '내가 할 거야!' 이러면서 마음대로 하려고 듭니다. 미국에서는 그것을 '테러블 2'라고 합니다. 우리는 '미운 일곱 살'이라는 그 시기가 미국 아이들에게는 일찍 오나

봐요. 끔찍한 두 살이 되어서는 천사 같은 우리 아이가 엄마 손 잡고 잘 걸어가다가 갑자기 '나 혼자 갈거야!' 하고 뿌리치고 갑니다. 그러면 엄마 마음이 얼마나 아프겠어요? 아이가 다칠까 봐 걱정도 되고요. 그래서 잡으려고 하면 '엄마는 나를 왜 이렇게 못살게 해?' 그러면서 울고 생떼를 부리고 어떤 때는 그 자리에 누워서 난리를 칩니다. 그래도 한국 아이들은 착한 것 같아요. 제가 보기에 미국은 뭐든지 극단적인 것 같아요. 한국에서는 그 정도까지 떼쓰는 아이를 아직까지 본 적이 없습니다.

요새는 변했는지 모르겠지만, 우리 때는 그렇게 떼를 썼다가는 집에 가서 정말 큰일이 납니다. 한국에서는 아이들이 미리 알고 적당히 칭얼거리다가 마는데, 미국의 백화점에서는 아마 하루에 한 번씩은 보는 것 같습니다. 아이가 90도 각도로 갑자기 쓰러지면서 머리를 시멘트 바닥에 막 찧고 데모를 합니다. 두세 살밖에 안 된 아이들이 그럽니다. 그러면 미국 엄마들은 그냥 내버려두더라고요. 야단도 안 치고 화도 안 내고 그냥 내버려둡니다. 이 끔찍한 두 살이 지나가요. 지나가면서 이 아이들이 아, 우리 엄마 아빠한테 떼쓰는 것 안 통하는구나, 이걸 배우면서 철이 듭니다. 그리고 네 살, 다섯 살이 되면 식당에 가도 돌아다니는 아이도 없고, 뛰어다니는 아이도 없고, 굉장히 정돈된 아이들이 됩니다. 그래서 이런 생각을 했어요. 아이들이 자라는 과정에서 엄마 아빠와의 상대적 관계의 역동적인 힘, 내가 이렇게 했을 때 엄마 아빠가 어떻게 반응하는가에 따라 관계가 형성된다는 것이지요. 미국의 부모자식 간의 관계가 다르고, 한국의 부모자식 간이 다릅니다. 어느 한쪽이 옳다는 것이 아니라 미국 사람들은 유전자가 달라서 그런가보다고 생각했었습니다.

어떻게 감히 백화점에서 그렇게 뒤로 자빠지고 난리를 칩니까? 우리들은 그렇게 하면 절대로 안 되었던 일입니다. 우리나라는 어린아이들을 유교적인 방법으로 다루지 않습니까? 애들 때려주고 그러잖아요. 미국에서는 아이를 때리면 잡혀갑니다. 제가 검사를 할 때 한국 부모가 애를 좀 심하게 때려서 상처가 났는데 선생님이 그걸 보고 고발을 해서 잡혀 들어가고 그랬어요. 미국에서는 그러면 안 됩니다. 한국에서는 주걱으로도 때리고 난리잖아요? 두세 살 때 아이들은 엄마가 무서우니까 반항을 못 합니다. 그러다가 이 아이들이 좀 커서 때리면, 도망갈 수 있겠다 싶은 일곱 살이 되면 반항을 하는 것 같아요. 아무튼 그렇기 때문에 엄마 아빠와의 역동적인 관계가 형성되는 거예요. 엄마가 때리니까 참는다. 그런데 더 이상 못참겠으니까 반항한다. 그러다가 아이가 일곱 살이 되면 때리기만 할 수 없으니까 그때 가서는 엄마 아빠의 반응이 달라집니다. 관계라는 건 반응이 있는 거예요. 그래서 꼭 미국식으로 기르는 것이 좋다, 한국식이 좋다, 이런 게 아니라 제 말은, 실제적으로 내가 누구인지가 엄마 아빠의 반응에 따라 많이 달라진다는 거예요.

사랑하는 방식에 따라 반응도 다르다

엄마 아빠가 사랑해주는 방식도 아이가 반응하는 것에 따라 달라집니다. 제가 애 넷을 길렀는데 넷이 다 달라요. 첫째 아이는 별로 야단 안 쳐도 혼자 잘 커줬어요. 둘째 아이는 미국에서 태어난 아이답게 두 살에 '테러블 2'를 시작하더니 열여섯 살에 끝났습니다. 그래서 그 아이와 저의 관계가 큰아이와 아주 달라요. 그런데 셋째 아이는 둘째 형이 너무 난리를 쳐서 그런지 태어나면서부터 품성도 조용하고 여태까지 크게 야단을 쳐본 기억이 별로 없습니다. 이 아이들을 붙잡고 '너희 엄마는 어떤 엄마냐?'고 인터뷰를 해보면 우리 첫째 아이는 '우리 엄마는 야단도 안 치고 내버려두는 좋은 엄마입니다' 할 거예요. 둘째 아이는 '우리 엄마는 하루 종일 야단치고 잔소리하는 엄마입니다' 할 것이고, 셋째 아이는 '우리 엄마는 나에게 한 번도 야단친 적이 없는 정말 천사 같은 엄마입니다' 그럴 거예요.

셋째 아이한테는 정말 천사 같은 엄마였거든요. 왜냐하면 아이가 천사 같은 아이라서 야단칠 일이 없었으니까요. 셋째는 아침에 일어나면 항상 '어떻게 하면 엄마를 기쁘게 해드릴 수 있을까?' 하고 생각하는 아이거든요. 태어나면서부터 별로 울지도 않았어요. 울면 엄마에게 폐가 될까봐 그러는지는 몰라도요. 그런 아이와 저의 관계가 말 안 듣는 아이와 같을 수는 없지요. 저는 같은 사람인데 말이지요. 그런데 둘째 아이는 남에게 피해를 주고 하니까 자꾸 야단을 치게 되는 거예요. 책방 같은 곳에 가면 온 동네 아이들을 때리고 다니는 거예요. 그래서 쫓아다니면서 남에게 피해 주지 않게 말려야 해요. 저는 어렸을 때 그러면 큰일 난다고 배웠기 때문이에요. 한국적인 엄마로 이 둘째 아이를 키우려고 하다보니까 점점 아이와 부딪치면서 애는 애대로 '엄마는 항상 나를 미워해, 항상 화만 내는 엄마야'라고 이미지가 딱 굳어버렸어요. 그러다보니까 둘째 아이는 엄마 말이라면 무조건 안 듣는 거예요. 엄마가 '밥 먹자' 그러면 밥 안 먹는다고 하고, '학교 가자' 그러면 안 간다고 하니까 하루 종일 싸울 수밖에 없지요.

제가 그때 청소년 사역을 했었는데 우리 청소년들 사이에서는 천사로 소문났었습니다. 그 아이들한테 아주 잘해주었거든요. 그런데 일주일에 한 번 만나는 아이들에게 잘해주기는 쉽습니다. 아주 교양 있게, 하나님 이야기를 해주면서, 저는 항상 엄마들에게 '너무 야단치지 마세요, 사랑해주십시오, 사랑하면 다 됩니다'라고 했습니다. 이래서 그 아이들의 가정이 다 회복되었어요. '나는 이런 변호사다, 나라는 사람은 이런 크리스천이다' 하는 제 이미지라는 게 있었어요. 그런 이미지 때문에 그 사람들에게 더 착하게 행동하게 되더라고요. 그 사람들도 저를 그렇게 봐주니까요.

그중에 한 의뢰인 아이가 있었는데 저를 많이 좋아했어요. '변호사님하고는 대화가 잘되는데 우리 엄마하고는 너무 안 돼요. 나는 변호사님이 우리 엄마였으면 좋겠어요'라고 했어요. 그래서 저는 '그래, 나는 저 아이 엄마보다는 좀 낫지' 하는 우월감을 가졌습니다. 그런데 그 아이 집이 우리 아이가 다니는 학교 바로 옆이었어요. 그 아이와 식당에서 밥을 맛있게 먹고 있는데 그날따라 아이가 자기 속에 있는 이야기도 많이 하면서 우는 거예요. 그래서 이 아이를 달래다보니 우리 아이를 데리러 가야 할 시간이 많이 늦어버렸어요. 집에 데려다주고 가려고 했는데 시간이 없어서 우리 둘째 아이를 먼저 데리러 가게 되었어요.

그래서 제 의뢰인과 우리 아들이 만나는 비극적인 사건이 벌어졌어요. 둘째를 픽업하려고 하는데 아이가 말을 안 들어요. 차를 안 타고 저쪽으로 도망가니까 제가 화가 나서 주차도 제대로 못 하고 아무렇게나 주차를 해놓고 아이를 잡으러 뛰어갔어요, 손님도 있는데 창피하잖아요. 이 아이는 잡으려면 꽉 잡아야 돼요. 안 그러면 또 미꾸라지처럼 금방 도망가버리거든요. 그래서 못 도망가게 꽉 잡았는데 남들이 보기에는 제가 아이를 너무 심하게 다루는 것처럼 보였을 거예요. 아이 왼팔을 틀어서 잡았거든요. 그래도 안 따라오니까 질질 끌고 올 수밖에 없었어요. 차를 오래 세워두면 딱지를 떼거든요.

처음부터 소리를 지른 것은 아닙니다. 처음에는 우아하게 말했습니다. 의뢰인들에게 하는 것처럼. "빨리 차에 타야 돼요." 이렇게 예쁘게 말했어요. 그래도 말을 안 들으니까 "차에 타야 된다니까!" 그래도 안 들어서 "너 안 탈 거야!" 그래도 안 들으니까 "너 죽을래!" 하게 되는 거지요. 차에 빨리 태워야 하니까 협박의 강도가 점점 높아지게 된 거예요. 얘는 10이면 10까지 가야 말을 듣습니다. 그러니까 항상 소리를 지르게 돼요. '너 빨리 안 탈 거야!' 하고 소리 지르니까 그때까지 저를 천사인 줄 알았던 제 의뢰인이 너무 충격을 받고 말았어요. 여태까지는 아무도 안 보는 곳에서만 그랬기 때문에 몰랐었거든요. '변호사님도 우리 엄마랑 다를 게 하나도 없구나' 하는 것을 알게 된 거지요. 그래서 그날 제가 너무 망신을 당했습니다.

그런데 제 의뢰인 아이가 우리 아들을 보고 '너는 엄마가 이 사람이어서 참 좋겠다. 나는 너희 엄마가 우리 엄마였으면 좋겠다'라고 하는 거예요. 그날 이 아이가 저하고 진심으로 친해졌거든요. '저는 정말 이렇게 털어놓고 이야기할 사람이 하나도 없었습니다. 변호사님 아이들은 참 좋겠네요.' 아이가 이러던 중이니까 이야기를 한 거예요. 그랬더니 우리 아이가 '왜요?' 의아해하면서 묻는 거예요. '너희 엄마는 아주 멋지고 좋잖아!' 하니까 '그러면 형이 우리 엄마 가져가. 나는 우리 엄마만 보면 겁이 나' 그러는 거예요. 그래서 내가 누구인가, 어떤 사람인가를 물어보면 사람들마다 얼마나 다르게 나올까를 생각해보게 되었습니다. 정말 인간관계라는 것이, 관계를 형성하는 것이 힘들다는 생각을 했습니다.

그런데 우리 막내는 딸이라서 또 다릅니다. 첫째, 둘째 아이 때만 해도 저는 성숙한 부모가 아니었어요. 실수를 많이 했습니다. 게다가 풀타임으로 일할 때였어요. 제가 일에 대한 욕심도 많았고 또 꼭 일을 해야 되는 줄 알았기 때문이에요. 저희 어머니가 항상 여자도 자기 직장이 있어야 된다고 하셨거든요. 셋째 아이를 낳으면서는 둘째 아이 때문에 지치기도 했고 아이들이 어리기도 해서 파트타임으로 일을 줄였습니다. 그러고는 막내가 태어날 때쯤에는 완전히 일을 그만두었어요. 변호사로 힘들게 일하다가 1년을 쉬는데 주위에서는 왜 아깝게 쉬느냐면서 핍박이 많았습니다. 이 아이는 제 힘으로만 길러야겠다고 생각했거든요. 그래서 완전히 저 혼자의 힘으로 갓난아기 때부터 젖 먹여가면서 길렀습니다.

제가 밖의 일을 안 하고 기른 아이는 막내딸밖에 없어요. 그런데 어느 날 제가 참 놀라운 것을 본 것이 아이가 두 살쯤 됐

을 때였어요. '테러블 2'의 시기가 된 거지요. 아기가 여태까지
는 하라는 대로 잘 하더니 이제는 뭐를 하라고 하면 '싫어!' 하
고 고집을 부리는 거예요. 그래서 엄마한테 이렇게 하면 안 되
니까 아이를 훈련시켜야겠다고 생각을 했어요. 그렇게 하면
안 된다고 해도 이 아이가 고집을 부리는 거예요.

그래서 그날 처음으로 엉덩이를 딱 때려줬어요. 그랬더니 아
이가 너무 충격을 받은 거예요. '우리 엄마가 나를 때리다니' 하
고 놀랐던 모양이에요. 그런데 울먹울먹하다가 '으앙' 울음을
터뜨리더니 '엄마 안아줘!' 하면서 나한테 안겨오는 거예요. 그
래서 제가 안아주면서 이 아이가 여자라서 그런가 아니면 내가
집에서 이 아이를 길러서 그런가, 참 다르다는 것을 느꼈어요.

위의 세 아이들은 내가 때려주면 '으앙!' 하면서 또 때릴까봐
도망갔거든요. 특히 둘째 아이는 엄마가 주걱을 들기만 해도
도망갔습니다. 그런데 우리 막내딸은 내가 자기를 아프게 했
는데도 내가 사랑으로 했다는 것을 안 거예요. 그래서 '엄마,
안아줘!' 하고 나에게 오는데 내가 안아주면서 아이에 대한 사
랑이 어떻게 표현할 수 없이 솟아오르는 거예요. '내가 널 얼마
나 사랑하는데, 엄마가 너 사랑해. 그런데 그렇게 엄마 말 안
들으면 안 돼지!' 하니까 아이가 '이젠 안 그럴게' 하는데 더 이
상 그 아이를 때릴 이유가 없었습니다.

하나님을 알면 알수록 하나님 아버지와 자식으로서 우리와

의 관계가 이렇게 천차만별이라는 걸 느낍니다. 우리 셋째 아이처럼 항상 엄마의 말을 어떻게 하면 순종할 수 있을까에 관심이 가 있는 아이와는 대화를 더 많이 하게 돼요. 그리고 그 아이에게는 뭘 더 사주고 싶고, 더 해주고 싶어요. 왜냐하면 이 아이는 원하는 게 딱 하나거든요. 엄마를 기쁘게 해주고 싶은 거예요. 그러니까 신뢰가 갑니다. 우리 둘째 아들은 '엄마는 나보다 셋째를 더 사랑해'라고 합니다. 그러나 그렇지 않습니다. 사랑은 똑같아요. 불이 타는 집 안에 이 두 아들이 있는데 저보고 둘 중에 하나만 구하라고 하면 저는 누구를 선택할 수 없습니다. 저는 못 해요.

〈소피의 선택〉이라는 영화가 있습니다. 참 슬픈 영화인데, 유대인을 핍박하는 독일 병사들이 너무너무 비인간적인 행동을 많이 했습니다. 그중에서도 주인공 소피를 괴롭히려고 정말 악한 행동을 많이 합니다. 영화에 두 아이가 나옵니다. 그런데 오늘 한 아이는 죽어야 하고, 한 아이는 살려주겠다고 합니다. 엄마에게 둘 중에 하나를 선택하라고 합니다. 이 이야기를 들은 엄마는 누구를 선택해야 할까요? 착한 애를 선택해야 합니까, 나쁜 애를 선택해야 합니까? 약한 애를 선택해야 합니까, 강한 애를 선택해야 합니까? 정말로 둘 중에 하나가 죽어야 한다면 예쁜 애를 선택해야 할까요, 못생긴 애를 선택해야 할까요? 엄마는 누구도 선택할 수 없습니다. 못 합니다. 할 수 없어요.

저는 어렸을 때 우리 엄마가 저보다 동생을 더 사랑한다고 항상 생각했습니다. 우리 동생이 아마 저의 셋째 아들 같은 아이였고, 제가 우리 둘째 아이 같았나봅니다. 엄마가 열심히 일하고 오면 저는 맨날 삐딱하고 우리 큰 동생은 엄마를 굉장히 좋아했어요. 엄마, 엄마 하고 따르니까 엄마의 반응이 달라질 수밖에 없지요. 그런데 저는 항상 엄마가 동생 편만 든다고 생각했습니다. 그 애가 어리니까, 엄마는 어린애 편을 들 수밖에 없지 않습니까? 그래서 제가 삐쳤었습니다. 어머니께서 일을 하셨기 때문에 사랑의 탱크가 조금 부족했던 것 같아요. 그런 상태에서 저는 엄마의 사랑을 더 받고 싶었어요. 엄마가 저녁에 오시면 독차지해도 성이 안 차거든요. 엄마가 오는 그 순간부터 잘 때까지 나만 쳐다보고 밥도 안 먹고 놀아줘도 채워질까 말까 했거든요. 아마 제가 딴 사람보다 채워야 할 사랑의 탱크가 좀 컸던 것 같아요. 다른 애들은 보니까 안 그러던데 저는 독점력이 강했습니다. 저는 다섯 살까지 엄마 젖을 잡고 잤어요. 엄마와의 스킨십을 굉장히 필요로 하던 애였습니다. 저 혼자일 때는 엄마 옆에서 자고 그래서 겨우겨우 채워졌었는데 동생이 내 허락도 없이 태어난 거예요. 그리고 잘하는 것도 하나 없는 갓난아이에게 그냥 모든 관심이 가 있는 거예요.

제가 다섯 살 때, 그때 내 인생의 첫 번째 상처를 심하게 받았던 것 같아요. 그 어린 나이에 '내가 없어져도 우리 엄마는 괜찮을 거야' 하고 가출을 했습니다. 그 동네에 있는 공원으로요. '아무도 나를 사랑하지 않아. 해는 뉘엿뉘엿 지는데 왜 우리 엄마는 날 찾으러 안 오는 거야' 그러고 있는데 우리 할머니가 저를 찾아다니다가 발견하신 거예요. 혼만 났어요. 우리 할머니에게 들켜서 혼만 나고 다시 돌아왔어요. 그때부터 우리 동생에게 항상 피해 의식이 있었던 것 같아요. 저 아이가 엄마의 사랑을 나한테서 빼앗아갔어. 그러면서 동생하고 경쟁심이 자꾸 늘어가고 샘을 냈어요. '엄마는 동생만 좋아하고, 엄마는 동생만 좋아하고.' 내가 그러니까 '다섯 손가락 깨물어봐라. 안 아픈 손가락 있나' 엄마가 그러셨어요. 그래서 제가 깨물어봤습니다. 그랬더니 정말로 모든 다 아팠습니다. '아, 엄마가 동생하고 나를 똑같이 사랑하나봐.' 그런 생각이 그때 들게 되었습니다.

항상 좋아하시는 것은 아니다

그래서 제가 사랑하는 것하고 좋아하는 것이 다르다는 것을 깨달았어요. 사랑은 똑같이 하지만 다 좋아할 수는 없습니다. 예수님이 태어나시자마자 하나님이 예수님을 너무나 사랑하섰어요. 태어나는 그 순간, 우리 부모님은 우리를 더없이 사랑하십니다. 우리가 하나님을 영접하는 그 순간 더할 수 없는 사랑으로 완벽하게 사랑하셔요. 그런데 하나님이 저를 항상 좋아하시는 것은 아닌 것 같아요. 어떤 때는 저것은 안 되겠다고 하시지요. 저는 사랑하시지만 제가 하는 행동은 안 좋아하실 수 있습니다. 잘못된 것은 때려서라도 고쳐야겠다. 그게 사랑입니다. 왜냐하면 내가 좋아하는 아이니까. 내가 좋아하는 아이가 내가 싫어하는 행동을 할 때 아버지가 그냥 그것을 내버려두는 것이 사랑은 아닙니다.

우리 아이한테 제가 어떤 때는 이럽니다. '너 왜 이렇게 바보 같은 짓을 했어.' 그러면 자기 인권을 침해했다고 난리가 납니다. '엄마가 날 바보라고 했어'라고 대듭니다. 그러면 '아니야, 나는 너를 바보라고 한 적이 없어. 너는 바보가 아니야. 너는 똑똑한 아이잖아. 너는 엄마가 좋아하는 정말 똑똑한 내 딸이잖아. 그런데 왜 그런 바보 같은 짓을 해! 그 짓을 하지 말라는 소리지' 이렇게 이야기합니다. 하나님이 항상 우리가 하는 모든 행동을 좋아하는 것은 아니에요.

그런데 하나님이 싫어하는 행동을 자주 하게 되면 저를 신뢰하시지 않습니다. 그 신뢰는 공짜로 받는 게 아니에요. 믿어주시는 것은 나의 행동에 달려 있어요. 예수님이 태어나시자마자 30년 동안 하나님이 예수님을 완벽하게 사랑하셨다고 생각해요. 완벽하게 좋아하셨다고 생각해요. 그리고 예수님은 30년 동안 하나님이 싫어하시는 일은 하나도 안 한 것 같아요. 그래서 30년 동안 완전한 신뢰가 생겼던 것 같습니다. 예수님이 서른 살이 되었을 때, 때가 되었을 때, 장성하였을 때, 이 장성한 당신의 자식에게 하나님이 말씀하십니다. 그 말씀이 들리면서 관계가 변해요.

하나님이 기뻐하시는 장성한 아들

그때까지는 하나님과 아들이었는데 이제는 하나님의 아들로서 이 땅에서 하나님을 대표하는 하나님의 사역자, 하나님의 대표자, 하나님의 대사로 임명을 해주셨습니다. 그래서 하늘 문이 열리면서 이런 소리가 들립니다. "이는 내 사랑하는 아들이요, 내가 기뻐하는 아들이다."

내가 사랑하는 내 아들이라는 것, 그것은 행동하고는 상관이 없습니다. 그것은 신분이에요. 태어나는 순간 우리는 다 하나님 아버지의 사랑하는 자녀들입니다.

그러나 신뢰는 공짜로 주어지는 것이 아닙니다. 하나님이 예수님을 기뻐하신 것은 그분의 순종 때문입니다. '너는 내가 정말 기뻐하는 내 아들이다. 나는 내 아들을 신뢰한다. 내가 가진 모든 권한을 다 줄 만큼 이 아들을 내가 믿는다.' 이렇게 공개적으로 아들을 인정하셨습니다. 그 아들의 사역이 시작됐습니다.

예수님은 3년 동안 이 땅에서 하나님을 보여주셨어요. 하나님이 하시는 말씀을 예수님은 하셨습니다. 하나님의 대변자가 되셨습니다. 하나님과 예수님의 관계는 가까운 정도가 아니라 완전히 하나였어요. 하나님이 하시는 것을 예수님이 그대로 하셨습니다. 그것이 하나님이 원하시는 자녀의 모습이에요. 하나님의 사랑의 언어는 순종입니다.

관계를 만드는 사랑의 표현

아침부터 저녁까지 하루 종일 교회에서 예배드리는 형제님과 자매님이 있습니다. 그게 나쁘다는 소리가 아니에요. 하나님이 원하시는 예배를 드릴 수 있습니다. 그런데 온종일 예배드리고 내일 또 그렇게 예배드리고, 그다음 날도 똑같이 반복을 하는데 정작 나의 삶은 전혀 변하지 않고, 그러다가 죽었다고 한다면 과연 하나님이 사랑을 받으시는 느낌이 들까요?

이혼 직전까지 간 분들을 상담할 때가 있습니다. '아니, 어떻게 부인한테 그렇게 잘못할 수 있습니까?' 하고 결혼 상담을 할 때가 있습니다. 작년 한 해 동안에 완전히 헤어지겠다며 이혼 서류가 법원까지 들어갔던 가정이 회복되는 것을 많이 보았어요. 너무 싱겁게 회복되는 거예요. 왜냐하면 남편이 아내를 사랑하고 아내가 남편을 사랑해요. 그런데 너무 오랫동안 대화가 단절되고 서로에 대한 기대가 무너지다보니 사이가 멀어지고 맙니다. 두 사람이 서로 완전히 딴 세계에서 살다보니까 한집에서 살 수 없게 된 거예요. 아내는 자신의 남편이 자기가 원하는 걸 해준 적이 없다고 말합니다. 아내가 원하는 것은 남편이 사랑의 표현을 해줬으면 좋겠다는 것입니다. 그래서 남편에게 왜 그렇게 사랑의 표현을 안 해줬느냐고 물었습니다. 그랬더니 남편은 아침부터 저녁까지 자신은 사랑을 표현하는데도 아내가 모른다는 거예요. 남편은 아침이면 일하기 싫어도 처자식을 먹여 살려야 하기 때문에 일하러 직장에 간다는 거예요. 본인이 일터로 가는 이유는 하나밖에 없다고 해요. 직장에 가는 것이 너무너무 싫은데도 우리 마누라가 옷 사고 싶을 때 사고, 친구에게 기죽지 않게 하고 싶어서 일을 한다는 거예요. 그런데 정작 고생해서 돈을 벌어다주면 여자는 '돈이면 다야!' 이런다는 거예요. 이 남편의 입장에서 이야기를 들어보면 아내가 엄청 못되고 이기적이라고 판단할 수 있습니다.

그런데 저는 그 아내를 먼저 만났거든요. 그 아내는 한없이 착한 자매였어요. 그 자매님이 울면서 하는 소리가 자신의 남편은 일밖에 모른다는 거예요. 남편이 자기에게 관심을 보여 줬으면 좋겠대요. 이 여자는 자기와 함께 시간을 보내주는 것이 사랑이라고 생각해요. 남자는 돈을 벌어다주는 것이 사랑이라고 생각하고요. 남편이 사랑을 안 하는 것도 아니고, 여자가 사랑을 안 하는 것도 아닌데 여자는 여자대로 사랑에 굶주리고 남자는 남자대로 상처가 많았던 거예요. 그래서 집에 가면 싸울까봐 둘을 앉혀놓고 여자에게 어떻게 하면 사랑을 받는다고 느끼는지 한번 물어봤어요. 남편이 아내에게 뭘 어떻게 해줬으면 좋겠느냐고 말했어요. 그랬더니 여자는 "연애할 때는 당신하고 손잡고 바닷가도 많이 걷고 그랬잖아. 그런데 결혼하고 애 낳는 순간부터 당신은 나를 가구 취급했어. 돈만 벌어다주면 다야? 그러니까 나는 그냥 바닷가를 걷자는 거야" 라고 대답했어요. 그 부부는 관계가 싱겁게 해결이 됐어요. 바닷가를 한번 걷고 나서 다 좋아졌어요. 이 부부 관계가 잘못된 이유는 대화를 할 줄 몰라서였던 것입니다.

사랑은 상대방이 원하는 것을 해주는 것이다

그런데 하나님은 우리에게 편지를 자세하게 써서 보내주셨어요. '이것이 나에게 사랑이다. 나는 이것을 너에게 바란다.

이렇게 해줄 때 나는 사랑받는 느낌이 든다. 나를 사랑해달라.'
이렇게 충분히 설명해주셨어요. 요한1서 5장 3절에 '하나님을
사랑하는 것은 이것이니 우리가 그의 계명들을 지키는 것이라
그의 계명들은 무거운 것이 아니로다'라고 하셨어요. '이것이
하나님의 사랑이다.' 굉장히 확실하죠. 하나님은 돌려서 말씀
하시는 분이 아닙니다. '이것이 하나님이 생각하는 사랑이다.
우리가 그의 계명을 지키는 것'이 하나님에게는 사랑입니다.

제가 부모가 되어보니까 그것이 이해가 갑니다. 왜냐하면
우리 딸이 '엄마 사랑해, 엄마 사랑해' 그러는데는 별로 사랑받
는 느낌이 안 듭니다. 그 아이의 사랑 표현이 저에게는 별로
사랑으로 느껴지지 않아요. 그런데 이 아이가 내가 정말 원하
는 것을 나에게 해줄 때 내가 사랑받는 느낌이 들겠죠. '엄마
사랑한다, 사랑한다' 그러지 말고 내가 아침에 깨울 때 세 번씩
깨우지 않게, 한 번에 일어났으면 좋겠어. 엄마가 일어나라고
하는데 '내버려 둬!' 그러지 말고 '네, 엄마! 그러고 일어나면
엄마가 아주 사랑받는 느낌이 들 것 같아' 이렇게 말해주고 싶
어요. 그런데 제가 그렇게 이야기를 못 해요. 왜냐하면 저도
그런 말을 할 줄 모르기 때문이에요. 그런데 하루는 요한1서 5
장 3절의 말씀을 묵상하다가 '하나님은 사랑을 참 잘 표현하는
분이시구나. 나도 이렇게 해야겠다'고 깨닫고 실천하게 되었
어요. 그래서 딸과의 관계가 지금 개선되고 있는 중입니다.

앞에서 말한 것처럼 우리 셋째 아들은 항상 저를 기쁘게 해주려고 한다고 그랬잖아요? 그 아이하고 있으면 사랑받는다는 느낌이 듭니다. 사람은 사랑받는다는 느낌이 들 때 자신의 사랑도 표현할 수 있어요. 그래서 그 아이하고 있으면 나도 모르게 손을 자꾸 잡게 되고 '내가 너 사랑해'라고 표현하고 싶어져요. 그리고 이 아이가 나를 기쁘게 해주니까 나도 기쁘게 해주고 싶어요. 우리 셋째 아들하고 있으면 항상 '뭐 사고 싶은 거 없니? 뭐 사줄까?' 하고 말하게 돼요. 그러면 이 아이는 늘 '괜찮아요, 엄마'라고 대답해요. 그래서 제가 끌고 가서 사줍니다.

저만 그런 줄 알았더니 아이들 할아버지도 같으신 거예요. 첫째, 둘째, 넷째한테는 한 번도 그런 적이 없으셨던 것 같아요. 그런데 우리 셋째 아들이 와서 할아버지 할머니를 공경하고 엄마를 공경하는 걸 보고 할아버지가 마음이 흐뭇하셨던 거예요. 할아버지도 이 아이에게서 사랑받는다는 느낌을 받으신 거예요. 이 아이가 떠날 때가 됐는데 할아버지께서 '얘, 너 컴퓨터는 있냐?'고 물으셨어요. 그러니까 우리 아들이 '필요 없습니다'라고 했지만 사실 셋째는 컴퓨터가 없었어요. 경제적으로 한정되어 있으니까 사달라 조르는 아이부터 사주게 돼요. 그래서 셋째까지 차례가 가지 않아요. 사실 작년에 경제적으로 조금 풍족하지 못했기 때문에, 그리고 셋째가 자꾸 양보를 하니까 아직 못 사줬거든요. '돈이 생기면 사줘야지' 하고 있었어요. 마음 아픈 부분이었어요. 그때 마침 할아버지가 최신형으로 사주셨습니다. 그래서 아이들 중에서 제일 좋은 컴퓨터를 갖게 되었어요.

하나님 아버지도 똑같습니다. 우리가 하나님 아버지에게 사랑의 언어로 하나님이 사랑받는다는 느낌을 드릴 때 그분도 자신의 사랑을 표현하고 싶어서 우리에게 오십니다. 어떤 관계든지 모두 마찬가지예요. '이렇게 해야 준다'고 해서 주는 게 아니에요. 우리가 지금 원하는 것들을 하나님은 더 주고 싶어하세요. 이 아이에게 뭐를 주면 제일 행복해할까 생각하는 것이 부모님의 마음이에요.

그런데 우리의 행동 때문에 그것을 막는 수가 있습니다. 우리가 계명을 안 지키고, 하나님이 하라는 것을 하나도 안 하고 내 멋대로 살고 있을 때는 하나님의 마음이 슬프세요. 사람은 자기가 슬프면 저 사람에게 뭘 해주고 싶다는 생각이 잘 안 듭니다. 행동하는 것이 마음에 들지 않으면 저 사람을 어떻게 고치나 하는 생각이 먼저 들지요.

하나님과의 관계에서 제가 변하기 시작한 것이 몇 년 되지 않았습니다. 셋째 아들을 보면서 제가 변하기 시작했어요. '나도 저런 아들이 되고 싶다. 저 아이를 보면 내가 마음이 이렇게 기쁜데, 나도 하나님의 마음을 기쁘게 해드리고 싶다'고 생각하게 되었습니다. 내가 아들을 보면서 어느 때 마음이 기뻤

나를 생각해봤더니 내가 원하는 행동을 해줄 때였습니다. 이 아이가 가끔씩 저에게 '엄마, 나 공부 열심히 하고 있으니까 걱정하지 마세요' 하고 메일을 보냅니다. 이 아이는 제가 뭘 원하는지 알아요. 이 아이는 내가 아파서 한국에 있는 동안 저희들이 공부 안 하면 어떡하나 걱정하는 걸 미리 알고 자기가 먼저 '엄마, 나 공부 열심히 해서 지난 학기보다 성적이 더 올라갔어' 하지요. 그러면 아이가 그렇게 예쁠 수가 없어요. 그러면 '너 뭐 필요한 거 없니?' 이 소리가 입에서 그냥 나옵니다. 대화가 그렇게 돼요.

그렇지만 '엄마, 나 이거 필요해, 저거 필요해!' 아이가 그런다면 '넌 뭐가 필요하니?' 하는 말이 나오지를 않아요. '너 돈 좀 아껴써라, 학교는 잘 다니니?' 하고 잔소리가 나옵니다. '나한테는 왜 잔소리만 해'라고 생각할지 모릅니다. 그렇기 때문에 제가 항상 하나님을 오해했던 거예요. 하나님은 나에게 잔소리만 하시는 분인 것 같았습니다. '하나님은 나에게 하지 말라는 게 왜 이렇게 많으실까?' 그랬었습니다.

하나님이 좋아하시는 사랑의 언어

어느 날 제가 계시적으로 깨달은 것이 '아, 하나님에게도 사랑의 언어가 있구나. 내가 하나님이 듣고 싶은 말씀을 해드려야겠다. 내가 하나님이 기뻐하시는 행동을 해야겠다'는 것이었습니다. 그렇게 마음이 바뀌고 나니까 나의 관심도 바뀌었습니다. '하나님은 지금 무슨 말씀을 하시나, 하나님은 지금 어떠신가' 하는 것으로 말입니다.

관심이 바뀌면 기도가 바뀝니다. '하나님, 무엇 때문에 마음이 아프십니까? 하나님, 제가 어떤 기도를 하기 원하십니까? 하나님, 저의 인생에서 뭐를 해드리면 기쁘시겠어요?' 하고 물어보기 시작하면 하나님이 저에게 하는 대화가 바뀝니다. 여태까지는 '하지 마라, 이거 하지 마라'라고만 하시더니 대화가 바뀌더라고요.

하나님이 저를 기뻐하시기 시작했습니다. 그러면서 기도 응답이 너무 쉽게 되는 거예요. 제가 우리 아이한테 '너 뭐 갖고 싶어?' 했을 때 이 아이가 대답하는 것이 말하자면 기도죠. 그것이 대화니까요. 이 아이가 마지못해서 '엄마, 사실은 계산기가 필요한데……' 그랬을 때 계산기는 이미 그 아이의 것입니다. 그게 영적 중보기도예요. '하나님, 무엇을 원하세요?' 하고 내가 먼저 가면 하나님은 내가 온 것이 너무 기뻐서 '너는 뭐를 원하니?' 물어보세요. 그랬을 때 '하나님, 저는 뭐를 원해요'라고 굳이 말하지 않아도 내 안에서 나온 말은 이미 다 응답이 된 것입니다.

관계성이 제일 중요한 거예요. 그래서 예수님이 이렇게 말씀하셨습니다. '나는 포도나무요 너희는 가지라 그가 내 안에, 내가 그 안에 거하면 사람이 열매를 많이 맺나니 나를 떠나서는 너희가 아무것도 할 수 없음이라(요 15:5)'고 관계를 이야기하셨습니다. '나와의 관계를 떠나서는 단순한 종교생활밖에 할 수 없다. 내 안에 있어야 한다. 내가 네 안에 있고, 네가 내 안에 있으면, 그래서 신뢰하게 되면' 예수님에게 하나님이 한 말씀처럼 '내 사랑하는 딸이다'에서 끝나는 것이 아니라 '내가 이 딸을 정말 기뻐한다' 이렇게 되는 것이 하나님과 하나 되는 것입니다. 예수님 안에 우리가 붙어 있을 때만 되는 것입니다. 하나님을 기쁘게 해드리는 건 예수님밖에 없기 때문에 우리가 예수님께 딱 붙어서 예수님이 하라고 하는 것만 하면, 예수님이 생각하는 것이 내 생각이 되고 예수님이 원하시는 것이 내가 원하는 것이 되면 하나님이 원하시는 내가 될 수 있습니다.

예수님 안에 거하지 않는 자는 떨어진 가지처럼 시들어버린다고 했어요. 생명이 없어집니다. 그렇게 말라버린 가지는 불 속에 던져버린다고 하셨어요. '네가 내 안에 있고 내 말이 네 안에 거하면, 내 계명이 네 안에 있으면' 이 말은 '네가 내 계명을 지키면'이라는 말입니다. 그런데 억지로 종교적으로 지키는 것이 아니라 하나님의 말씀이 내 안에 와서 거하는 거예요. 하나님이 '이웃을 용서하라'고 하시는 그 말씀이 내 안에 와서 나의 일부가 되고, 내 안에 거하는 거예요. 그래서 용서하고 싶은 사람으로 변하는 겁니다. 하나님의 자녀답게 변해가는 거예요. '네가 내 안에 거하고, 내 말이 네 안에 거하면 네가 원하는 것 무엇이든지 이루어지리라'는 이것이 하나님과 내가 하나 되는 비결입니다.

어떤 부모든지 자식과 이런 관계를 가지고 싶어 합니다. 하나님도 우리와 이런 관계를 가지고 싶어 하십니다. 그러면 하나님이 내가 기도하는 것마다 이루어주시니까, 나를 통해서 사람들에게 하나님이 어떻게 보이겠습니까? 기가 막힌 아버지로 보이겠지요. 그러면 그 사람들도 그 아버지를 갖고 싶어 할 것입니다. '저 자매의 아버지가 내 아버지였으면 좋겠다.' 이럴 때 자매님이 함박꽃 같은 웃음을 띠면서 간증을 하는 거예요. '우리 집에는 이것도 해결해주시고, 저것도 해결해주시고, 어제는 쌀이 떨어졌더니 쌀을 가지고 오시고 막 자랑거리가 넘쳐납니다.' 이런 것이 간증이에요. '저의 하나님 아버지가 자매님의 아버지가 될 수 있는데 너무 간단해요. 예수님만 영접하면 돼요.' 그러면 불교 신자든, 모슬렘이든 저는 예수님을 영접할 거라고 믿습니다. 이것이 내 아버지께 영광을 드리는 거예요. '너는 일어나서 빛을 비추라. 너의 빛을 보고, 너의 착한 행실을 보고 내가 영광을 받는다'고 하나님이 그러셨어요. 남편이 옆집 사람을 보면서 '저 사람은 어떻게 남편에게 저렇게 잘해준대?' 그러면 '몰라요. 사랑의교회 다닌대요, 온누리교회 다닌대요, 한빛교회 다닌대요'라고 하면 은근히 남편이 '당신도 사랑의교회 가봐, 온누리교회 가봐, 한빛교회 가봐' 이럴 것입니다. 왜냐하면 빛을 비춰주기 때문이지요.

하나님이 가장 원하시는 것은 우리의 기도에 응답해주시는 거예요. 하나님은 당신이 이런 아버지라는 것을 우리가 세상에 보여주기를 원하십니다. 그런데 에스겔서 26장을 보면 너무 슬퍼요. 이것이 하나님과 저의 10년간의 관계였습니다. 젖과 꿀이 흐르는 땅에 들어가서 내가 너희를 축복하고, 열방이 너희를 보고 '야! 이스라엘의 하나님이 대단하다! 우리도 이스라엘의 하나님으로 개종하자!' 하나님이 이렇게 계획을 세우셨는데 우리가 너무너무 하나님 말을 안 듣고 매일 우상숭배하고, 도망가고 했던 것이지요.

누가 둘째 아들의 엄마로 나를 보면 '저 여자는 왜 저렇게 하루 종일 쫓아다니면서 잔소리를 할까, 왜 저렇게 야단을 칠까?' 아마 속으로 이렇게 생각했을 거예요. 실제로 "애한테 너무 야단을 치지 마세요"라고 말씀하시는 분들도 계셨으니까요. 그런데 이 아이는 야단을 안 칠 수 없어요. 야단을 안 치면 학교를 안 가니까요. 이 아이가 학교에 안 가면 이 아이의 장래가 어떻게 됩니까? 나는 사랑으로 한다고 했지만 내가 나쁜 엄마처럼 보일 수밖에 없었을 거예요. 하나님이 '너희들이 내 이름을 완전히 땅에 떨어뜨려버려서 온 세상 사람들이 나를 무서운 하나님인 줄 안다. 그러므로 내가 너를 회복시키리라. 내가 너에게 새 마음을 주리라. 그래서 내가 너에게 축복을 주리라' 하셨거든요.

그래도 하다 하다 안 되니까 할 수 없이 예수님을 보내신 것입니다. 그래서 죄를 다 해결해주시고 축복해주셨어요. 젖과 꿀이 흐르는 땅으로 그냥 들어가게 하셨어요. 구원해주셨습니다. 그제야, 너희들이 구원받고 나의 영으로 너희 마음이 완전히 바뀐 후에야 '아, 내가 하나님께 이렇게 죄를 지었구나. 진정한 회개를 할 것이다'라고 로마서 2장 4절에서 그분의 선하심이 우리를 회개하게 한다고 했습니다.

우리는 잘한 것도 없는데 하나님이 우리를 너무 좋아하시기 때문에 예수님을 통해서 우리에게, 그냥 사랑하니까 모든 것을 우리에게 주신 것입니다. 우리가 마치 하나님이 원하시는 사랑의 언어로 모든 것을 순종한 자식처럼 그렇게 주신 것이 복음입니다. 그 복음을 깨달아야 진정한 회개가 나옵니다. '내게 자격이 없는데 왜 나를 구원해주셨지? 왜 이렇게 축복해주셨지? 왜 응답을 해주셨지? 아, 예수님 때문이구나' 하는 것을 알아야 합니다. 그래서 '예수님이 나를 위해 죽지 않으셨으면 나는 하나님을 알 수도 없고, 하나님의 자녀도 될 수 없었구나!' 깨달았을 때 그 부서진 심정으로 진정한 회개가 나오게 됩니다.

'하나님, 이제부터는 하나님이 원하시는 일만 하고 싶어요. 하나님이 원하는, 하나님 마음에 드는 자녀가 되고 싶어요. 이제는 예수님 때문에 매번 죽을 건데 용서받는 신앙이 아니라 나도 예수님처럼 아버지를 기쁘게 해드리는 장성한 분량까지 자랐으면 좋겠습니다'라고 고백할 때 하나님께서 계명에 대해 말씀하기 시작하십니다. '내가 제일 기뻐하는 것은 네가 네 부모님을 공경하는 거야. 내가 제일 기뻐하는 것은 네가 네 이웃을 네 몸처럼 사랑하는 거야. 내가 제일 기뻐하는 것은 네가 원수를 용서해주고 그것으로 끝나는 것이 아니라 그 원수를 위해서 기도해주고 축복해주는 내 아들, 내 딸이 되는 거야.' 이렇게 하나님이 그것을 사랑의 언어로 받아들이십니다. 그래서 저와 부모님의 관계, 원수와 나의 관계, 이웃과 나의 관계가 변하기 시작하는 것입니다. 이것이 저는 진정한 예배, 진정한 하나님에 대한 순종, 그리고 진정한 하나님의 아들의 삶이라고 생각해요.

'하나님, 사랑합니다.' 이렇게 고백하고 싶습니까? 그러면 성경에서 하나님께서 말씀하신 계명 '네 이웃을 네 몸같이 사랑하라'에 대해서 묵상해보세요. '내 몸처럼 사랑할 수 없는 나에게 가장 가까운 이웃이 누구인지 하나님, 보여주세요. 남편입니까? 말 안 듣는 우리 아들입니까? 아니면 우리 교회의 목사님이십니까? 하나님이 내 옆에 이웃 되라고 주신 자들 중에 내가 사랑하기 힘든 사람이 있습니다. 하나님 오늘, 정말 사랑하기 싫은데, 정말 용서하기 싫지만 아버지 때문에 제가 그렇게 할게요.' 이렇게 고백하면 아버지가 그렇게 기뻐하십니다. 그것이 하나님이 들으시는 사랑의 언어예요. 그러면 이렇게 반응하십니다. '사랑하는 내 딸아, 네 소원이 뭐냐? 네가 내 소원을 알고 들어준 것처럼 나도 네 소원을 들어주고 싶다'고 하실 거예요. 여호와를 기쁘게 하면 나의 마음의 소원을 이루어 주신다고 시편 37편에서 말씀하셨습니다. 내가 여호와를 기쁘게 하면 그분이 나를 기뻐하십니다. 여호와가 기뻐지면 그분의 계명이 무겁지 않습니다.

앞에서 요한1서 5장 3절(하나님을 사랑하는 것은 이것이니 우리가 그의 계명을 지키는 것이라 그의 계명들은 무거운 것이 아니로다)을 읽었었죠.

내가 그의 계명을 지키는 것이 하나님이 받으시는 사랑이라. 이제 그의 계명은 나에게 무겁지 않습니다. 예수님이 나의 멍에는 절대로 힘든 멍에가 아니라고 했습니다. 그리고 나의 짐은 무거운 짐이 아니라고 했습니다. 서로 사랑하면, 사랑하기 때문에 그 사람이 무엇을 원하는지 그 사람이 가장 기뻐하는 것이 무엇인지를 알게 됩니다. 사랑하는 사람을 위해서 하는 행동은 무겁지 않습니다. 하나님의 계명이 여러분에게 가벼워지기를 원합니다. 아멘.

다섯 번째 장

치유자 하나님과의 만남

신앙생활을 하면서 믿는 사람이나 믿지 않는 사람에게 똑같이 다가오는 어려움 중의 하나가 질병입니다. 정신적인 괴로움과는 다르게 육체의 질병은 밖으로 드러나는 것이기 때문에 우리가 신앙생활을 하는 데 하나님께 영광 올려드리지 못하는 것 같은 생각이 들 때가 많습니다. 다른 사람들은 모르겠지만 저는 그랬어요. 제가 아픈 것도 속상했지만 저는 정말 하나님 나라를 세상 사람들에게 보여주고 싶거든요. 저는 하나님 나라가 얼마나 좋은지, 예수님이 우리에게 주신 것이 얼마나 좋은지 믿지 않는 형제나 자매들에게 하나님을 자랑하고 싶었습니다. 그런데 저의 그러한 깨달음과 일치되지 않는 아주 심한 질병이라든지 세상 사람들보다 더 안 좋은 상황을 겪는 것으로 하나님을 증거하기가 어려워지는 것에 마음이 굉장히 아팠어요.

그리고 우리 아이가 빨리 낫지 않을 때, 또 제 눈이 빨리빨리 낫지 않고 계속해서 보이지 않을 때는 당장 그 순간이 괴로웠습니다. 물론 아이가 아픈 것도 괴로웠지만 믿지 않는 사람들의 손가락질에 더욱 곤혹스러웠습니다. '너의 하나님은 어디 있느냐? 네가 그렇게 하나님이 좋다고 하는데, 하나님이 너의 아버지라며? 그런데 왜 아이가 아픈데 안 고쳐주느냐?'라고 공격할 때 마음이 굉장히 아팠어요. 제 믿음이 부족한 것 때문에 우리 아버지 하나님이 사람들에게 오해를 받는 것, 그리고 예수님의 능력이 사람들에게 전해지지 않는 것, 그것이 저에게는 굉장한 고민이었습니다.

특히 저에게 왔던 믿음의 큰 시련은 실명 위기를 접했을 때입니다. 저희 아버지와 어머니가 안 믿으시고, 막냇동생 한 명만 빼놓고는 우리 집안 식구 전체가 하나님을 믿지 않았을 때였어요. 제가 그때 '하나님, 저 정말 볼 수 있으면 좋겠습니다. 안 보이면 불편하니까요. 그런데 저한테는 그것보다 더 불같은 소망이 있습니다. 그것은 하나님을 믿지 않는 우리 형제, 자매, 아버지, 어머니께 하나님이 살아 계신다는 것을 보여드리고 싶어요. 그리고 예수님이 나의 질병을 치료하러 오셨다는 것을 보여주게 해주십시오'라고 기도했습니다. 그렇게 7개월 동안 기도를 했습니다. 그때 하나님께서 저에게 치유에 대한 깨달음을 주신 것들이 있습니다. 어린아이가 아버지의 마음을 이해하지 못하는 것처럼 어떤 때는 우리가 하나님의 마음을 이해하지 못할 때가 있습니다. 하나님은 치유뿐만 아니라 더 좋은 것을 주시려고 좀 더디게 치유해주시는 경우가 있어요. 그런데 그것을 거부한다든지 '하나님은 날 사랑하시지 않아', 아니면 '내가 아무리 믿어도 소용없어!' 하면서 절망하면 시간이 더 걸릴 수 있습니다.

하나님께서 시간을 지연시키시는 이유는 딱 하나입니다. 그 치유를 기다리는 동안에 깨달음을 주시려는 것입니다. 그리고 어둠 가운데에서도 하나님을 찬양할 수 있는 비밀을 알게 하시려는 거예요. 하나님과 긴밀해질 수 있는 친밀감, 음침한 사망의 골짜기를 다닐 때만 만나는 목자, 이러한 것들로 인해 계시적인 깨달음이 있다는 것을 알게 해주시는 거예요. 우리가 아버지의 마음을 모르고 원망하고 불평하면 광야에서 40년을 헤맸던 이스라엘 백성들처럼 원래 하나님의 계획과 우리가 어긋나게 되는 것입니다. 시간이 더 오래 걸리게 됩니다. 가나안에 들여보내려는 하나님의 원래 계획은 1년이었는데 그것이 40년으로 변할 수 있습니다.

지금 생각해보면 저 같은 경우에도 하나님이 지연시킨 기간이 있었는데, 제가 지연시킨 기간도 있었습니다. 제 아들의 병이 나을 때까지는 10년이란 기간이 걸렸는데 그중에 8년은 제가 지연시킨 것이었습니다. 저의 불신과 원망과 지침으로, 하나님의 계시적인 의미를 깨닫지 못했기 때문입니다. 애가 조금 좋아지면 '하나님이 날 사랑하시나보다'라고 생각했고, 조금 나빠지면 '아니야, 나를 사랑하지 않으시는 거야'라고 낙망하면서 '하나님, 어떻게 이러실 수가 있어요?' 이렇게 불평하고 원망을 했습니다.

감사와 찬양이라는 열쇠

그런데 제가 나중에 깨달은 것이 치유는 이미 우리에게 주어진 유산이라는 것입니다. 그런데 이 유산은 아버지의 집에 있습니다. 우리가 아버지의 집에 들어가서 그곳에 거할 때, 그 안에서 치유의 방에 걸어 들어갈 수 있는 열쇠를 주십니다. 아버지의 집에 들어가는 열쇠가 딱 두 개가 있다고 했지요. 우선 대문을 들어가야 하는데 대문은 '감사함' 없이는 못 들어갑니다. 그리고 대문을 들어가고 난 다음 뜰을 지나가야 성소와 지성소에 들어갈 수 있는데 그 뜰은 '찬양' 없이는 못 들어갑니다. 감사함으로 그 문에 들어가고, 찬양으로 그 뜰을 밟는다고 시편 100편 4절에서 그랬습니다.

감사와 찬양이 없는 마음으로는 아버지 집에 들어갈 수 없어요. 하나님이 이미 주신 하나님의 나라에 들어갈 수 없습니다. 우리는 하나님 나라 밖에 있기 때문에 출입증이 없어서 우리 것으로 우리가 이용하지 못하는 거예요. 예를 들어, 은행에 중요한 것을 넣어놓는 대여 금고가 있지요. 그걸 내가 빌리면 다른 사람은 그 안에 물건을 못 넣습니다. 그 안에 들어 있는 물건들은 다 내 것입니다. 그래서 내가 거기다가 남편에게 받은 다이아몬드 반지도 갖다놓고, 현금도 갖다놓고, 또 여권이나 중요한 서류, 도둑이 들면 안 되는 것들을 다 갖다놓지요. 그 물건들이 누구 것이에요? 내 것입니다. 그런데 어느 날 내가 가방을 잃어버렸는데 가방 안에 은행의 대여 금고 열쇠가 들어 있을 수 있지요. 열쇠가 없으면 그 안에 든 것이 다 내 것이라도 이용할 수 없습니다. 열쇠를 다시 맞춰서 가져올 때까지는 문이 열리지 않습니다. 치유가 그렇습니다. 치유는 우리의 것이에요. 우리의 대여 금고 안에 예수님이 비싼 값을 치르시고 이미 갖다놓으신 것 중의 하나가 치유입니다. 그런데 항상 출입증이 있는 것이 아니에요. 내가 그 열쇠를 잊어버릴 수 있습니다.

하나님 나라의 열쇠를 잃어버리게 하는 것들

하나님 나라에 들어갈 수 있는 열쇠를 잃어버리게 만드는 것들에 대해서 이야기하려고 합니다. 왜냐하면 열쇠가 있어야 그 안에 들어가서 내 치유를 받아서 누릴 수 있거든요. 그것은 나를 위한 것뿐만 아니라 내가 내 치유를 받아서 누림으로써 예수님이 십자가에서 이렇게 굉장한 구원을 주시고 가셨다 하는 간증이 됩니다. 그것이 믿는 자에게나 안 믿는 자에게 보여져서 이 세상에 빛이 되고 소금이 되는 큰 역할을 할 수 있어요. 그것은 우리의 몸에 직접 임하는 질병 또는 우리의 정신병 같은 것이 실질적으로 낫는 것이에요.

예수님은 맹인의 눈을 뜨게 하러 오셨다고 하셨습니다. 다리를 저는 자를 걷게 하신다고 하셨어요. 질병을 낫게 하러 오셨다고 하셨습니다. 예수님이 그렇게 하신 이유는 딱 한 가지입니다. '아버지가 이렇게 너희들을 사랑한다. 하나님의 나라는 능력이 있다'는 것이에요. 하나님의 나라와 아버지를 보여주시려고 한 것이지, 나 이렇게 능력이 있다, 나에게 치유 능력이 있다 자랑하려고 하시는 게 아닙니다. 치유가 일어났을 때 오히려 '말하지 말라, 이건 너만 알고 있으라, 사람들에게 가서 말하지 말라'고 하셨어요. 이렇게 겸손하신 분이셨어요.

겸손하신 예수님이 왜 사람들 앞에서 공개적으로 계속해서 치유를 하셨을까요. 그것은 '나를 본 자는 아버지를 보았다'는 말씀을 증거하시는 것이에요. 사람들이 하나님에 대해서 오해들을 너무 많이 했어요. 구약 때 우리의 죄로 인해서 하나님과 단절이 되었어요. 그래서 하나님 아버지를 우리가 알 수 없었고, 아주 두꺼운 장막이 하나님과 우리 사이를 갈라놓았어요. 그 장막을 찢고, 아버지를 보여주고 아버지께 나아가는 출입구를 열어주려는 예수님의 첫 번째 사역이 치유였습니다.

아버지는 치유의 하나님이시죠. 그리고 그분이 우리를 사랑하신다는 증거가 예수님입니다. 예수님은 '당신이 정말 하나님의 아들입니까? 그렇다면 나를 고쳐주십시오' 하고 믿음으로 와서 고쳐달라고 한 사람들은 다 고쳐주셨습니다. 신약의 사복음서를 읽어보시면 아시겠지만 단 한 명도 예외 없이 모두 치유를 받았어요. 믿음이 있는 사람이건, 없는 사람이건, 약한 사람이건, 유대인이건, 심지어는 이방인까지도 예수님께 '나를 고쳐주십시오'라면서 믿음으로 다가온 자는 다 고쳐주셨습니다.

믿음이 그렇게 크지 않은 사람들이 있었어요. 예를 들자면 간질병이 있었던 아들의 아버지, 이 아버지가 예수님께 기가 막힌 말을 했습니다. '당신 할 수 있으면 한번 고쳐봐!' 이것은 가장 바닥에 있는 믿음입니다. 그것은 우리가 교회에 가서 '하나님 아버지, 저를 구원하실 수 있으면 구원해보세요' 하는 것과 똑같습니다.

예수님은 그 말을 듣고 기가 막히셨어요. '할 수 있거든이 무슨 말이냐 믿는 자에게는 능히 하지 못할 일이 없느니라 하시니(막 9:23)'라고 그 자리에서 즉석으로 성경 공부까지 시켜주셨습니다. 그래도 이 사람은 그 말이 무슨 소리인지 잘 모르는 거예요. 믿음이 없었으니까요. 이 아버지는 아들이 아기 때부터 물속에 들어가고, 불속에 들어가서 너무 지쳐 있었는데(마 17:14-20) 그래도 이 교회에 가면 낫는다고 해서 난리를 치는 아이를 겨우 끌고 온 거예요. '이 목사님한테 안수를 받으면 낫는다더라. 저 사람이 기도해주면 낫는다더라. 저 선교사님은 진짜 예수님께 계시를 받은 자라고 하더라.' 그래서 예수님의 사도 아홉 명에게, 제자들에게 갔습니다. 제자들 한 명씩 한 명씩한테 가서, 그 없는 믿음으로 '우리 아들 좀 고쳐주세요. 당신, 예수님 따라다니는 사람이라며, 열두 명 중에 뽑힌 사람이라며, 사도라며, 그러고 칠십 명하고 같이 나갔을 때 기가 막힌 기적과 이적이 일어났었다며(눅 10:1-20)' 하고 애원했습니다.

이 사건은 칠십 명을 보낸 이후의 사건입니다. 예수님이 별로 능력도 없는 칠십 명에게 능력을 줄 테니 한번 나가보라고 해서 이들이 나가서 예수 그리스도의 이름으로 명하니까 정말로 갑자기 귀신 들린 사람들이 낫는 거예요. 예수 그리스도의 이름으로 병에 걸린 사람을 안수했더니 낫는 거예요. 그래서 엄청난 부흥이라는 결과를 가지고 돌아왔습니다. 그 소식이 이미 이스라엘에는 퍼졌어요. 예수님의 제자들은 별로 실력이 없어도 예수님의 이름으로 하면 그 칠십 명 중에만 끼면 낫는

다더라. 그런데 이 사람이 찾아간 사람은 그냥 칠십 명도 아니고 그중에서도 선정해서 뽑힌 열두 명의 사도였어요. 예수님이 하나님에게 밤새도록 기도해서 이름을 받은 사람들이었지요. 그중에서 세 명만 데리고 변화산에 올라가셨으니까, 열두 명에서 세 명을 빼면 아홉 명이겠지요. 아홉 명이 아직 남아서 사역을 하고 있었습니다. 그런데 사람들이 그들에게 가서 나병도 낫고, 정신병도 나았다고 하니까 이 아버지도 '나도 한번 믿어볼까'라고 생각한 것입니다. 이 사람은 기적에 대한 믿음 밖에 없었던 사람입니다.

믿음 중에 여러 가지 단계가 있는데 하나님과 예수님에 대한 믿음이 없어도 기적과 치유에 대한 믿음이 먼저 생기는 사람이 있어요. 그것은 기적으로 나은 사람을 옆에서 봤기 때문이에요. 하지만 기적에 대한 믿음은 하나님에 대한 믿음, 예수님에 대한 믿음으로 성장하는 기회에 불과합니다. 사람들은 맨 처음에는 눈으로 보고, 귀로 들었기 때문에 예수님을 찾아갑니다. 그것이 나쁜 것은 아니에요. 중요한 것은 그렇게 찾아가서 실제적으로 치유를 받았을 때 어떻게 하느냐입니다. 다음 장에서 치유를 받았을 때 우리가 어떻게 해야 잃지 않는지, 그리고 그 치유 안에서 진짜 하나님이 원하시는 예수님을 만나고, 하나님을 만나고, 그 성령의 인도받는 삶이 시작되는 도구로, 징표로, 이정표로 이 치유가 어떻게 계속해서 쓰일 수 있는지 나누겠습니다.

첫째, 치유를 유지하기 위해서는 우선 치유를 받아야겠지요. 아이의 아버지는 믿음이 없었어요. 그런데 아마 옆집 사람이 부흥회에 갔다가 그 칠십 명 중의 한 명에게 치유를 받았나 봐요. 눈으로 보니까 이것은 부인할 수가 없었죠. '저 사람이 분명히 쩔뚝쩔뚝했었는데, 의사가 못 고친다고 했었는데, 뛰어다니잖아. 그러면 나도 저 교회를 가봐야겠다'고 했겠지요. 너무 급하니까요. '불에도 넘어지며 물에도 넘어지는(마 17:15)' 아이를 안 길러본 부모는 그 심정을 모릅니다. 저는 그 심정을 압니다.

죽음보다 더 강한 모성애

아이가 어떻게 될지 몰라 하루도 불안하지 않은 날이 없었습니다. 잠도 오지 않고, 아침에 일어나면 하루를 어떻게 보내나 또 걱정되고 그런 삶을 10년간 살았어요. 저는 신유를 좋아하지 않았어요. 뭔가 시끄럽게 박수 치고, 안수를 해주면 뒤로 확 넘어지고 하는 것이 전혀 적성에도 맞지 않았고 다 사기처럼 보이고, 무슨 약장수 같기도 하고, 그래서 전혀 좋아하지 않았어요.

저는 좀 우아하게, 고상하게 말씀 위주로 신앙생활을 하고 싶었던 사람입니다. 그런데 당장 아이가 너무 아프니까 달라지더라고요. 우아하게 조용히 말씀 공부하는 데에서는 아이가 안 낫는 거예요. 내 아이를 어떻게 해서든지 잘 길러야겠다는 동물적인 모성애는 아무도 못 말립니다. 그것은 교양도 필요가 없고, 동서남북도 차이가 없어요. 공부 많이 한 사람이나 안 한 사람이나, 착한 사람이나 못된 사람이나, 백인이나 흑인이나, 멕시칸이나 한국 사람이나 중국 사람이나 일본 사람이나 자기 배 속에서 생명을 잉태해본 엄마가 아니면 이 심정을 모릅니다. 저는 내가 죽어도 이 아이는 살려야 된다는 마음뿐이었습니다.

6·25전쟁 때 한 엄마가 피난을 가다가 너무 추우니까 그 자리에서 얼어 죽게 되었대요. 아이 엄마가 죽기 직전에 자기는 어차피 얼어 죽을 것 같고 품에 안고 있는 갓난아기만은 살려야겠다는 마음으로 옷을 하나씩 하나씩 벗어서 그 아이를 덮어주고 품기 시작했어요. 어떻게든 아이를 살리려고 속옷까지 벗어서 아이를 덮어주었어요. 그러다가 결국 엄마는 아이를 안은 채 얼어 죽었어요. 얼마 후 지나가던 군인들이 벌거벗은 채 죽어 있는 여자를 발견했어요. 그런데 아이 울음소리가 들려서 자세히 들여다보니 여자의 품속에서 갓난아이가 울고 있더라는 거예요. 아이의 엄마는 수치스러움도 잊어버린 거죠.

아이만 살릴 수 있다면 자신의 수치스러움 따위는 전혀 중요하지 않았던 것입니다. 이 이야기는 실제로 있었던 일로 신문에도 실렸다고 합니다.

죽을 때도 예쁘게 보이고 싶은 게 여자의 본능이지요. 제가 고등학교 다닐 때 우스갯소리로 '너, 깨끗한 속옷 입었니? 오늘 교통사고 날지도 몰라' 그렇게 서로 놀리고 그랬죠. 무슨 소리예요? 여자는 죽고 난 후에도 자존심이 있다는 얘기죠. 그런데 이 엄마는 자존심까지 다 버린 거예요. 누군가가 자신의 벌거벗은 모습을 보게 되더라도 아기가 얼어 죽지 않게 하려고 마지막 속옷까지도 다 벗어서 싸준 거예요. 아이를 한 번이라도 더 싸서 살리려고 한 것이지요. 이것이 모성애입니다.

그러니까 그 모성을 건드리면 나의 다른 모든 것을 버릴 수 있는 힘이 생기는 거예요. 사람으로서는 못 하는 것이지만 어머니만이 할 수 있는 강함이 있다고 셰익스피어도 말했어요. '여자는 약하지만 어머니는 강하다.' 저도 인간으로서, 여자로서는 약한 사람이었어요. 그리고 세상 관습도 무섭고, 내가 살고 싶은 나의 스타일도 있고, 그 스타일을 고집하고 싶고, 나는 공부를 많이 한 사람이니까 공부를 많이 한 사람처럼 하나님을 믿으리라는, 그런 어떤 틀이 있었습니다.

우리 교회에 어떤 다른 종파의 목사님이 한번 오셔서 치유 집회를 했는데 제가 중간에 걸어 나온 사람이에요. 너무 거짓말 같고, 사람들이 앞에 나가서 '나는 오늘 하나님이 고쳐주심을 믿습니다' 하는데 그 사람들이 하는 말이 다 거짓말처럼 들리는 거예요. 그래서 그냥 집회 하는 중간에 나와버렸습니다. 그랬는데 아이가 안 낫는 거예요. 마음이 조급해졌어요. 그래서 할 수 없이 제가 그런 집회에 아이를 데리고 다니기 시작했습니다.

앞의 이야기에 나오는 아버지와 제가 비슷한 것 같아요. '할 수 있다면 한번 고쳐보세요' 하는 그런 겨자씨보다도 못한 믿음을 가지고 제가 신유 집회에 갔습니다. 거기에 간 이유는 딱 한 가지예요. 옆에 사람이 나았거든요. 제 눈으로 봤어요. 저와 같은 검사 출신의 변호사로 제 후배였어요. 한국 여자로서 검사 출신인 변호사가 거의 없으니까 우리는 무척 친했습니다. 후배의 남편이 의사였어요. 이외에도 우리에게는 또 다른 공통점이 있었어요. 저처럼 그 후배에게도 자폐 아이가 있었습니다. 그런데 그 아이가 제 아이보다 훨씬 심했어요. 장애 아이를 둔 어머니의 심정을 잘 모르시겠지만 내 아이보다 조금이라도 못한 아이가 있으면 마음이 더 아픕니다. 왜냐하면 그것이 얼마나 힘든지 알기 때문이에요. '그래도 우리 아이는 말이라도 하는데 저 아이는 말도 못 하는구나!'라고 생각하면 정말 마음이 아파요.

변호사여서뿐만 아니라 같은 장애아를 기르는 엄마니까 그 엄마의 마음을 알게 되어서 서로 더욱 친해졌습니다. 학교나 어떤 공동생활을 할 때 장애가 나타나는 우리 아이는 그래도 말도 잘하고 멀쩡해 보였습니다. 아스퍼거라는 특수 장애였습니다. 겉으로 볼 때는 멀쩡하기 때문에 저도 그렇고 아이도 오해를 많이 받았어요.

　그런데 제 후배의 아이는 말도 못 하고 거의 짐승 같은 소리밖에 못 내는, 그리고 사람들을 보면 아무나 가서 때리고, 그래서 교회도 데려올 수 없는 그런 아이였습니다. 이 아이가 우리 아이보다 몇 살 아래였는데 일곱 살 때부터 심하게 장애가 일어나기 시작해서, 치유 집회하시는 목사님의 이름을 듣고 갔었다는 거예요. 그랬는데 2년 후에 이 아이가 완전히 나았어요. 말 못 하던 아이가 똑바르게 말도 잘하게 되었어요. 예수님이 고쳐주신 거죠. 목사님은 예수님에 대한 계시적인 치유에 깨달음으로 인해서 도와주신 것뿐이지, 치유는 예수님이 하신 거죠. 그 말씀과 예수님의 치유 능력을 그 부부가 믿기 시작했습니다. 남편이 의사니까 믿기가 힘들었을 것 아니에요? 그래서 기도하고 나서 아이가 달라져가는 모습을 병상일지를 쓰듯이 쓴 거예요. '비디오게임 같은 거 보이지 말아라. 그 대신에 찬양을 틀어주라'고 목사님이 그러면 집에 와서 비디오게임이나 텔레비전을 없애고 찬양을 틀어주고 했을 때 아이가 나아가는 모습을 2년간의 일기로 쓴 거예요.

그리고 이 아이의 아버지가 '이것은 하나님이 한 것이다. 이것은 기적이다'라고 결론을 내린 거예요. 그래서 자폐가 기적적으로 나은 것을 간증하면서 사역을 하기 시작했습니다. 이 자매가 '언니, 그 집회에 한번 가봐. 그분에게 하나님의 말씀이 있어'라고 저에게 권유를 했어요. 다른 사람이 그렇게 말했으면 제가 절대로 안 갔을 거예요. '그래서 그 아이가 나았니?' 그랬더니 '언니, 이번에 특수교육 학교 회의에 갔더니 이제 거기 오지 말래요. 정상 학교를 갈 수 있대요.' 그 아이가 완전히 정상이 되어서, '수'도 받고, '우'도 받고 합니다. 미국에서 'A'도 받고 'B'도 받고 하는 것이지요. 그걸 보니 너무 부러운 거예요.

믿기만 하면 돼요

당시 저는 하나님을 믿는다고는 하지만 하나님의 능력에 대한 믿음은 없었던 사람입니다. 기적을 안 믿었어요. 그런데 '가만있어봐, 하나님이란 분이 이런 분인가. 정말 자폐를 고칠 수 있다면 우리 아이도 나을지 모르겠다'는 실낱같은 희망이 있었을 때 그 믿음을 가지고 나아가게 되는 것입니다. 그것이 겨자씨만 한 믿음이에요. 그 믿음이 얼마만 한지 어떻게 생겼는지 하나님은 관심이 없으십니다. 믿기만 하면 돼요. 하나님을 믿기만 하면 됩니다.

그래서 제가 그분이 하시는 집회를 갔는데 설교를 세 시간을 하시더라고요. 하나님의 말씀, 성경 말씀을 세 시간이나 나누는데 제가 그냥 몸이 너무너무 힘든 거예요. 집회 끝에 드디어 '오늘 여러분 믿음이 생기셨습니까? 믿음이 있는 분들은 앞으로 나오십시오. 제가 기도해드리겠습니다' 하셨어요.

줄을 쫙 서는데 우리 아이가 저를 걷어차고 난리가 난 거예요. 세 시간을 앉아 있으니까 참을 수 없었던 거지요. 그러다 보니까 아이가 도망가는 거예요. 뛰어서 도망가는 아이를 잡으려다보니까 줄이 점점 길어져서 저는 맨 끝에 설 수밖에 없었어요. 그런데 겨우 내 순서가 되려고 하면 아이가 또 도망을 가고, 겨우 아이를 잡아 데리고 오면 내 앞에 사람들이 또 서 있는 거예요. 아까 분명히 기도받은 엄마인데 내 앞에 또 서는 거예요. 그렇게 기도 시간이 한 시간이 넘어가니까 밤이 늦어지고, 그다음 날 학교에도 가야 되고 어떻게 할 수가 없었어요. 제가 너무 절망감에 빠진 채 기도도 못 받고 집으로 돌아갔습니다. 저는 만일 사역을 하게 된다면 정말 끝까지 기도해주는 그런 사역자가 되었으면 좋겠다고 생각했어요. 이렇게 장애아를 가지고 힘들어 하는 엄마가 실망하게 되면 겨자씨만큼 있던 믿음도 나중에는 다 없어지고 맙니다. 지쳐요.

믿음이 없는 것과 지치는 것과의 싸움

　믿음이 없는 것과 지치는 것은 치유가 될 때까지 나타나는 두 가지의 장애입니다. 이 두 가지의 장애가 병이 완전히 나을 것이라는 것을 믿지 못하게 하는 가장 큰 방해자입니다. 성경에 나오는 간질병자 아들의 아버지도 지쳤을 거예요. 아홉 명에게 기도를 받기란 참 힘든 일이었을 것이라고 생각합니다. 이 아버지는 믿음도 없는 사람인데 '옆집 아줌마의 나병이 나았어요. 그리고 갈릴리 동네에 사는 아저씨가 그러는데, 앞 못 보는 자도 나았다고 해요' 그런 말을 들으면 혹시 내 아이가 정상이 될 수 있지 않을까 하는 생각에 포기하고 살았던 소망이 살아납니다. 소망이 살아날 때 기쁨도 오지만 굉장히 두려워요. 이랬다가 또 안 되면 얼마나 더 지칠까, 생각만 해도 끔찍한 일이거든요. 그런 여러 가지 복잡한 심정으로 왔을 거예요.

　그래서 제자들이 모이는 데를 소문 듣고 겨우겨우 찾아갔더니 목사님은 어디 가서 안 계시고 그 대신에 제자들이 해줄 수 있다고 하는 겁니다. '그럼 해주십시오' 했어요. 첫 번째 제자가 기도를 했습니다. 지난번에 내가 기도했더니 나았었지 하는데 이 아이가 전혀 안 낫는 거예요. 옆에 있던 다른 제자가 '내가 해볼게' 이렇게 해서 한 번에서 두 번, 두 번에서 세 번, 세 번에서 네 번, 네 번에서 다섯 번 정도 갔을 때 이 아버지는 신경질밖에 안 났을 거예요. 제가 이렇게 수년을 해보았기 때문에 알아요. 제가 아이를 데리고 수년 동안을 거기 가면 낫는다고 하면서 능력 있다고 하는 곳은 다 쫓아다녔어요. 그랬지만 아이는 낫지 않았습니다.

결국은 처음 집회에 갈 때, 친구의 말을 듣고 '우리 아이가 나을지도 몰라' 하고 믿었던 작은 믿음까지도 완전히 바닥나는 상황이 저에게도 왔습니다. 그 목사님께서 집회를 하실 때 제가 통역을 도와드렸거든요. 거기서 다른 사람들이 낫는 것을 보았어요. 다른 엄마들이 자폐 아이를 데리고 오면 낫는 거예요. 그러니까 우리 아이도 나았겠지 하고 집에 가보면 우리 아이는 안 낫는 거예요. 내 애는 낫지도 않는데 한 번 가고, 두 번 가고, 세 번 가고, 네 번 가고. 아홉 번까지 갈 때에는 믿음이 하나도 남아 있지 않았습니다. 이 아이의 아버지도 그랬습니다. 믿음이 바닥까지 떨어졌을 때 시끌시끌해서 보니까 이 팀의 리더인 예수라는 분이 수제자 세 명을 데리고 내려오시는 거예요. 변화산에서 내려오셨습니다. 그런데 이 아버지가 예수님을 봤을 때 '이제 됐다. 우리 아이는 나았다'가 아니라 저 사람인들 뭐 별 볼일 있겠나 하는 절망밖에는 남아 있지 않았어요. 정말 겨자씨의 껍질 정도의 믿음밖에 남아 있지 않았습니다. 이 사람이 마지막에 할 수 있는 것은 그 자리를 떠나지 않는 것뿐이었습니다. '그래도 한 번만 더 부탁해보자' 하는 마음이 있었어요. 하나님은 그런 마음만이라도 있으면 고쳐주실 수 있는 분이세요. 아들의 아버지는 그 많은 절망을 가지고 다가갔습니다. '예수님, 당신이 이 사람들 다 가르친 분이세요? 하실 수 있으면 당신도 기도 한번 해주세요. 하실 수 있거든 뭐든지 한번 해봐주세요'라고 한 것이지요.

예수님이 이 사람 마음에 믿음이 하나도 없음을 보셨습니다. 그러나 예수님은 '너는 그따위로 나한테 올 것이면 40일 새벽기도 더 하고 회개하고 오라'고 하지 않으셨어요. 꾸짖지 않으셨어요. 무슨 이유에서든지 고쳐달라고 자기에게 온 사람은 단 한 명도 돌려보내지 않으신 분이 예수님이십니다. '할 수 있음이 무엇이냐. 하나님에게는 능치 못함이 없다. 믿는 자에게는 능치 못함이 없다'고 하셨어요. 이 아들의 아버지가 큰일 났거든요. 믿는 자에게는 능치 못함이 없다 했는데 믿음이 없음을 깨달았습니다. 그래서 '믿습니다!' 하고 기도를 해놓고는 예수님 앞에서 자기 마음에 믿음이 없음을 깨달았습니다. 그래서 그 자리에서 통회하고 회개했어요. '제가 믿음이 없습니다. 도와주십시오. 저의 믿음 없음을 도와주십시오.' 그거면 되는 거예요.

시편 51편에서 다윗이 그랬어요. 하나님은 통회하는 심령, 부서지는 심령을 절대로 무시하시지 않는다고 했어요. 상한 갈대를 꺾지 않는다(마 12:20)고 했어요. '이 아이가 정말 나아

야 합니다. 그런데 믿을 능력조차 없습니다. 도와주십시오.'
이런 마음으로 왔을 때 예수님께서 그 자리에서 아이를 고쳐
주셨어요. 이 아버지의 믿음 때문이 아니라 자기한테 온 이 겨
자씨의 껍질만 한 믿음을 긍휼히 여기셔서, 자기에게 온 자들
은 한 명도 빼놓지 않고 다 고쳐주셨습니다.

　그중에는 소리소리 지르면서 모든 역경을 극복하고 끝까지
예수님께 기도하여 받아낸 바디매오 같은 사람(막 10:47-52)도
있었고, 사람들이 막 걷어차는데도 기어서라도 와서 옷자락을
잡는 혈루증을 앓는 여인 같은 사람(마 9:20-22)도 있었습니다.
그런데 바디매오와 혈루증 여인 이야기만 하면 우리는 기가
죽습니다. 왜냐하면 나에게는 그런 믿음이 없기 때문입니다.
저는 혈루증을 앓는 여인이 아닙니다. 저는 바디매오 같은 사
람이 아니에요. 저는 이 아버지 같은 사람이었어요. 그리고 저
는 나병 환자 같은 사람이었어요. 믿음의 피라미드로 보면 제
일 끝에 가서 대롱대롱 목매달려 있는 사람 같았어요. 시험 볼
때도 보면 일등으로 붙는 아이가 있으면 꼴찌로 붙는 아이가
있죠? 여기 성경에도 꼴찌로 붙은 두 사람이 있습니다. 이 아
버지와 나병 환자가 그렇습니다. 이 아버지는 '할 수 있으면
해보십시오' 하고 하나님의 능력을 무시했습니다.

　그런데 예수님을 보니까 예수님의 눈에서 사랑, 연민이 느
껴졌습니다. 그래서 '당신을 보니까 이 사람들하고 다른 것 같

은데 능력은 없겠지만 할 수 있으면 해보십시오'라고 한 것입니다. 이 아버지는 예수님의 사랑은 믿었지만 능력에 대한 의심이 있었습니다. 왜냐하면 이 사람의 제자라고 큰소리 뻥뻥 치던 아홉 명이 못 고쳤으니까요. 능력에 대한 의심이 있었어요. 그런데도 예수님이 자기에게 오는 겨자씨만 한 믿음 때문에 고쳐주셨습니다. 나병 환자(마 8:1-2, 눅 17:11-18)에게는 사랑에 대한 믿음이 없었어요. 능력에 대한 믿음은 있었습니다. 주위에 보니까 이 사람도 낫고, 저 사람도 나으니까 '당신이 굉장히 능력 있는 사람인 것 같습니다. 당신을 보내셨다는 하나님이 능력의 하나님이라는 것은 믿겠습니다. 그런데 나 같은 사람도 사랑하십니까? 나 같은 사람도 고쳐주십니까?' 이렇게 문둥병자가 물어봅니다.

'당신은 하실 수 있습니다. 그런데 나도 고쳐주십니까?' 했던 나병 환자와 같은 의심이 저에게도 있었습니다. 다른 사람은 낫는데 내 아이는 안 낫는 걸 보니까 하나님이 '저 사람은 사랑하고 나는 사랑하지 않나보다. 뭔가 편애를 하시나봐' 그런 생각이 들어서 별로 믿지 않았어요. 그런데 이 나병 환자에게도 '너는 내가 너를 사랑하는 하나님의 아들인데 어떻게 그따위 소리를 하느냐, 너는 보니까 믿음이 없어서 안 되겠다. 돌아가라' 하지 않으셨습니다.

내가 너를 고쳐주기 원한다

'왜 안 낫습니까?' 하고 병자들이 물으면 '믿음이 없어서 그 래요'라고 우리 치유 사역자들이 말합니다. 성경을 다시 읽어 봐야 합니다. 성경을 보면 예수님은 믿음이 없는 자, 약한 자 일수록 더 품고 가르쳐주시고, 길러주시고, 고쳐주셨습니다. 자기에게 온 자는 다 고쳐주셨다니까요. 나병 환자가 왔는데 쭈뼛쭈뼛하면서 '나 같은 사람은 안 고쳐주시겠지' 그런 마음 이 있었지만 그래도 왔습니다. 그런 마음을 예수님께서는 기 쁘게 받으셨습니다. 그 용기를 기쁘게 받으셨어요. '나한테 왔 구나!' 그거면 되는 거예요.

'수고하고 무거운 짐 진 자들아 다 내게로 오라 내가 너희를 쉬게 하리라(마 11:28)'라고 하시잖아요. 너희들은 내게로 오라. 너희 짐들을, 걱정들을, 질병들을 나에게로 던져버려라. 내가 너를 사랑한다. 이것이 복음입니다. '원하시면 저를 고쳐주십 시오'라고 하는 말은, '나는 하나님이 나를 고치시는 게 하나님 의 뜻인지 아닌지 잘 모르겠습니다'라는 뜻입니다. '하나님이 정말 나를 사랑하시는지 안 믿어집니다.' 이런 고백이에요. 그 러나 예수님이 '너 그딴 소리 하는 것 보니까 하나님을 너무 모 른다'고 야단치시지도 않습니다. 그렇다고 '너는 가서 믿음을 더 길러가지고 와라' 이러시지도 않고, '너 왜 안 낫는지 알아?

믿음이 없어서 그래'라고 하시지도 않으셨습니다.

'내가 원한다. 내가 원한다. 나는 너를 고쳐주시기 원하는 너의 하나님이다. 나를 본 자는 아버지를 보았다'고 예수님은 말씀하십니다. '나의 아버지가 너를 고쳐주시기 원한다. 누구든지 나에게 오는 자는 고쳐주시기 원한다.' 이것이 놀라운 진리입니다. '우리가 진리를 알지니 진리가 우리를 자유케 한다(요 8:32)'고 하셨어요. 제가 이 이야기를 통해서 하나님이 이렇게 저에게 말씀하시는 음성을 들었습니다.

'민아야, 내가 너를 고쳐주기를 원한다. 내가 네 눈을 뜨게 하기 원한다. 네 아들의 자폐를 고쳐주기 원한다.'

그 소리를 들으면 내 속에 있는 모든 의심이 없어집니다. 논리적으로 생각하면 바로 나오는 질문이 '그런데 왜 안 고쳐주세요?'입니다. 그러나 그것은 육적인 질문입니다.

영적으로 말씀하시는 하나님 말씀에 내가 영적으로 대답을 해야 합니다. 예수님의 말씀을 들으면 내 안에는 영이 살아나서 '네, 예수님, 제가 믿겠습니다. 제가 하나님을 찬양하겠습니다'라고 대꾸를 합니다. 그 사이에 나병 환자에게 '너 고치기를 내가 원한다. 내가 너를 고치기 원한다. 하나님이 너를 고치기를 원한다'라고 하셨던 이 진리를 알게 되어서 마음에 있던 딱딱한 불신이 깨지기 시작했다고 생각해요. 그런데 이 나병 환자가 믿음을 가지려면 상처가 너무 많기 때문에 더 치유되어야 합니다. 그래서 예수님이 다른 사람에게는 하지 않았던 행동을 하십니다. 손을 뻗어서 모든 율법을 깨뜨리시고 나병 환자를 만지십니다. 이것이 안수예요. 사람들이 '왜 안수를 합니까?' '그냥 말로만 해도 됩니다' '말로만 해도 되는데 왜 안수를 합니까?'라고 반문들을 합니다. 그것은 성경을 안 읽어서 그런 소리를 하는 것입니다. 예수님이 어떤 때는 말로 고치셨어요. 그 사람의 믿음이 지금 말로만 해도 될 만한 사람이면 말로만 고치셨습니다. 그렇지만 대다수의 사람이 그런 믿음을 가지고 있지 않다는 것을 예수님은 아셨어요. 그래서 직접 손을 얹어서 안수하셨던 것입니다.

아이들을 위해 기도해달라고 했을 때 제자들은 이 아이들을 쫓아내려고 했던 것 같습니다. 당시 아이들은 지금 우리의 아이들처럼 깔끔하지 않았을 것입니다. 아이들은 흙 만지고, 벌레 만지고, 콧물 나오고, 그것을 먹고, 그러니 애들이죠. 그런 새까만 아이들이 몰려드니까 제자들이 '우리 선생님 옷 더러워진다. 저리 가라. 애들을 왜 이런 데 데리고 왔어? 애들은 자모실에 데리고 가세요'라고 하니까 예수님이 '아니다, 데리고 와라'라고 하신 것입니다. 예수님은 놀랍게도 데려온 아이들을 한 명 한 명 다 손을 얹어서 기도해주셨습니다. 왜냐하면 아이들은 손을 안 얹으면 못 알아들으니까요.

아이들은 '내가 너를 사랑한다'고 그러면 무슨 소리인지 못 알아들어요. 안아주고, 만져줘야 사랑하는 줄 알아요. 예수님은 그 아이들 한 명 한 명에게 다 손을 얹고 안수해주셨다고 합니다. '손을 얹고 기도해주셨더라'를 저는 그냥 그렇게 읽었어요. 그런데 어느 날, 그 부분을 묵상하면서 깊게 읽고 있었어요. 그 그림을 생각하면서 읽고 있는데 저에게 깨달음이 왔어요. '아, 온 사람들 모두에게 손을 한꺼번에는 못 얹어주는구나' 하는 것이었어요. 말은 한꺼번에 할 수 있습니다. 여러분들이 다 '저 기도해주세요. 이런 문제가 있습니다, 저런 문제가 있습니다' 하는데 저에게 그때 단 5분밖에 시간이 없다면 그럴 때 제가 할 수 있는 것은 한 가지밖에 없습니다. '예수님, 오셔서 이 사람들 한꺼번에 다 치유해주십시오'라고 기도합니다. 기도는 열 명에게 한꺼번에 해줄 수 있어요. 찬양은 천 명을 한꺼번에 변화시킬 수 있습니다.

안수는 '네가 소중한 존재'라는 사인이다

그러나 안수는 한 번에 한 명에게밖에 못 합니다. 그것이 사랑이에요. 예수님이 안수해주신 이유는 딱 하나밖에 없어요. '나에게는 네가 이렇게 중요하다. 너와 이렇게 시간을 보낼 만큼 나에게는 네가 소중한 존재란다'라는 것을 알려주시는 것입니다. '이 사람들 다 한꺼번에 묶어서 집단으로 하는 게 아니라 내가 너를 치유해준다'라는 것이지요. 예수님이 그 주위의 모든 사람이 보는데 이 나병 환자에게 손을 얹어주었습니다. 하나님의 사랑이 그렇게 개인적이라는 것을 보여주는 것이 안수기도예요.

예수님이 손을 얹어 안수하셨을 때 이 나병 환자는 몸이 낫기 전에 모든 영혼의 상처가 치유되었다고 생각합니다. 왜냐하면 구약에서는 나병 환자들을 죄인이라고 했어요. 그래서 성전에도 못 들어오게 했습니다. 나병 환자에게는 나병이 옴과 함께 사람에 대한 상처, 그리고 하나님에 대한 상처가 있습니다. '하나님은 왜 나를 미워하실까? 왜 성전에도 못 들어오게 하실까?' 하는 것이에요. 사람들이 나병 환자가 왔다고 막 도망가잖아요. 왜냐하면 율법을 지켜야 하니까요. 그런 사람이 교회에 가면 쫓겨납니다.

간통을 했어요. 저 죄가 나한테 묻으면 어떡해?

저 아이랑 놀지 말아라.

저 아이는 깡패야. 놀지 마라.

마약 해?

우리 아이가 장로님 아들인데 안 돼지.

너는 장로 아들이니까 저런 애들이랑 놀지 말아라.

나병 환자들은 멀리해라.

이렇게 배웠습니다. 그래서 이 사람은 사람들이 자기를 사랑한다는 것을 포기한 지 오래된 거예요. 더군다나 하나님께 사랑받는다는 것은 포기한 지 오래되었습니다.

우리가 '당신이 원하시면 나를 고쳐주십시오' 하는 나병 환자와 같은 이런 기도를 얼마나 많이 하는지 모르겠어요. 성경에서 하나님이 예수님을 보내신 이유는 하나님을 보여주기 위해서입니다. 하나님이 예수님의 입을 통해서 우리들에게 이렇게 말씀하십니다. '내가 원한다. 내가 너를 고쳐주기를 원한다'고 하십니다. 나병 환자를 고쳐주기 원하시는 하나님이 왜 우리를 고쳐주시지 않겠습니까?

구약에 모세에게 율법을 주신 하나님이 나병은 죄의 상징이라고 했어요. 그런데 죄의 상징으로 나병이 이렇게 심한 이 사람은 나병이 완전히 만연한 사람이라고 했어요. 아마 코도 떨어지고, 팔도 떨어진 흉측한 상태였을 거예요. 나병은 전염병입니다. 고름이 나는 몸을 잘못 만지면 옮아요. 그런데 예수님이 손을 뻗어서 안수하시고 그 사람을 낫게 하셨습니다. 저는 예수님이 살짝 만졌다고 생각하지 않아요. 저는 그 사람을 가서 끌어안았다고 생각합니다. 제가 말씀 안에서 만난 예수님은 나병 환자 같은 죄인인 나를, 정말 고름이 나는, 하나님이 만져주셔도 감각을 잃어서 그 만져주심을 깨닫지 못하는 그런 나를 안수를 해주셨어요. 하나님의 사랑을 모르는 나에게 오셔서 예수님이 이렇게 '내가 너를 사랑한다'고 하시면서 만져주신 거예요. 그 접촉이 저를 치유시켰습니다. 그렇게 해서 이 나병 환자가 사랑에 대한 자신이 생기면서 믿음이 겨자씨만큼 생겼을 때 나병도 나았습니다.

이사야서 53장 1~5절 말씀을 보면 '우리가 전한 것을 누가 믿었느냐' 하나님이 이렇게 말씀하십니다. 선지자를 통해서 하나님이 전하신 것이 무엇입니까? 예수님이 오셔서 우리의 슬픔과 우리의 모든 질병, 약함을 짊어지셨다고 하셨습니다. 우리의 죄로 인해서 그분이 상처를 받으셨습니다. 그분이 피 흘리셨습니다. 그것은 내가 지은 죄 때문에, 우리가 지은 죄 때문입니다. 제가 얼마 전에 굉장히 몸이 아팠습니다. 밤새도록 머리부터 발끝까지 통증이 와서 잠을 못 잤어요. '하나님, 너무 아파요. 고쳐주세요. 고쳐주세요' 하면서 새벽에 이사야서의 이 말씀을 읽었어요. 이 말씀이 처음으로 저에게 살아 있는 하나님의 말씀으로 들려왔습니다. 이 말씀은 제가 백 번도 더 읽었고, 설교는 천 번도 더 들었어요. 제가 치유 사역을 하기 때문에 이것을 가지고 몇 십 번이나 설교를 했습니다.

그런데 그 새벽에 이사야서 53장의 '너의 죄악을 대신해서 그분이 찔리시고, 상처받고, 통증을 몸에 느끼셨다. 네 죄를 대신해서 그분이 찔림을 받으셨다'는 말씀이 처음으로 제 영혼 속으로 들려왔습니다. 그때 제가 굉장히 많이 아팠던 그 통

중은 위에 복수가 차서 비장과 위장이 눌렸기 때문이었습니다. 그래서 그렇게 많이 아팠어요. 정말 칼로 찌르는 것처럼 아프더라고요. 그런데 그때 하나님이 '네가 지어야 하는 질병, 네가 지어야 하는 저주, 네가 지어야 하는 죄의 결과로 생긴 이 통증들을, 내 아들이 너를 대신해서 찔림을 받았다. 너 때문에 상함을 당했다'고 하시는 거예요. 그것이 제게 진리로 받아들여졌습니다. 말씀이 저에게 믿어졌어요.

우리의 죄악으로 인해서 온몸에 상처를 실제적으로 받으셨습니다. 십자가에서 완전히 몸이 찢기신 예수님을 생각하면서 그 하나하나가 내가 받아야 했던, 내가 가져야 하는 통증이었고, 내가 받아야 하는 상처라는 것을 깨닫게 되었습니다. 내가 평강을 누리지 못하는 이유는 죄악 때문입니다. 내가 지은 죄악이든지, 남이 나에게 지은 죄악이든지, 그 죄악 때문에 내가 평강을 잃은 것이 고통이에요.

불면증으로 밤에 잠도 안 옵니다. 남이 미우면 잠이 안 오죠. 그리고 배도 아프고, 어깨도 아프고, 허리도 아픕니다. 이것이 우리가 평강을 잃은 결과예요. 그런데 우리가 그것을 다 해결해야지만 평강을 찾을 것 아닙니까? 그래서 평강을 받기 위해 내가 치러야 하는 모든 형벌, 처벌을 하나님이 예수님에게 대신 지우셨다는 거예요. 예수님이 가시 면류관을 쓰고, 십자가에서 피를 흘리시면서 내가 받아야 할 그 통증과 고통을 대신 받으신 거예요. 예전에 두통이 정말 심했을 때는 옥죄이는 것 같더라고요. 예수님은 이미 그 머리를 가시 면류관으로 옥죄이고 피를 흘리셨습니다.

'그분이 나에게 평강을 주시기 위해서 모든 형벌을 미리 받으셨다. 그가 채찍을 맞음으로 우리는 나음을 입었다. 우리는 나았다.' 이것이 베드로전서 2장 24절에서는 과거형으로 나옵니다. '너희들은 이미 치유를 받았다.' 너무너무 감사해서 눈물을 한없이 흘렸습니다. 내가 받아야 되는 고통을 그분이 왜 받았을까? 내가 받아야 하는 죄악의 결과를 그분이 받으셨구나. 왜 그분이 채찍으로 맞았을까? 그분의 고통에 비하면 나는 지금 아무것도 아니구나. 그런 깨달음이 오면서 내가 너무 감사해서 울었습니다. 예전에는 밤새도록 아파서 울었는데 이번에는 아파서 운 게 아닙니다.

새벽에 이사야 53장 1~5절(그가 찔림은 우리의 허물 때문이요 그가 상함은 우리의 죄악 때문이라 그가 징계를 받으므로 우리는 평화를 누리고 그가 채찍에 맞으므로 우리는 나음을 받았도다)을 읽다가 감사의 눈물이 터져 나왔습니다. 새벽에 그렇게 예수님께 감사드리고 그분이 나에게 '내가 너를 고쳐주기를 원한다. 나는 네가 낫기를 원한다. 그래서 내가 십자가에서 죽었다. 내가 채찍을 맞았다' 하는 진리가 나를 자유케 하면서 마음에 기쁨이 회복되고, 평강이 회복되었습니다. 그리고 저녁때쯤 온몸의 통증도 다 사라졌습니다.

엘리사 선지자가 나병 환자였던 나아만 장군에게 요단강에 일곱 번을 들어가라고 했을 때, 처음에 들어가서 나왔어요. 아무 일도 일어나지 않았어요. 두 번째 들어갔다가 나왔습니다. 아무 일도 일어나지 않았습니다. 여섯 번을 그렇게 들어갔다 나왔다 할 때 이 사람의 믿음이 다 없어졌을 거예요. 그 아버지처럼, 나병 환자처럼. 이 사람은 별로 믿음이 없는 상태까지 갔습니다. 그런데 한 번만 더 들어가자, 그리고 몸을 일곱 번째 담갔다가 일어났을 때 그 나병이 완전히 다 나아서 어린아이 살처럼 깨끗하게 되었다고 했습니다.

하나님께 접속만 하면 됩니다

하나님의 사랑이 너무 크기 때문에 우리의 믿음은 적어도 돼요. 그냥 접속만 하면 됩니다. 하나님의 사랑이 너무 완벽하기 때문에 우리 믿음은 완벽하지 않아도 돼요. 하나님을 버리지만 않고, 떠나지 않고, 하나님께 계속 돌아가기만 하면 됩니다. 병이 나을 때까지. 여섯 번째 안 되면, 일곱 번, 일곱 번째도 안 되면 여덟 번. 그러면 반드시 이루어지는 것이 치유라고 생각합니다. 왜냐하면 하나님이 그렇게 약속하셨기 때문입니다. 그분이 채찍을 맞음으로 우리는 치유를 받았습니다. 예수님 앞에 나가다 말고 돌아서서 도망가지만 않으면, 그분에게로 계속 가기만 하면, 그리고 그분 앞에서 나을 때까지 그 기간이 아무리 고통스럽더라도 기다리면 됩니다. 여호와를 앙망하고 기다리는 자는 언젠가는 독수리처럼 날개를 얻고 올라갈 것입니다. 그 믿음만 있으면, 포기하지만 않으면 반드시 치유받을 수 있다고 믿습니다.

우리 아들 때문에, 제가 그렇게 포기하고 싶을 때마다 다시 기도하고 다시 믿고, 그렇게 10년을 기도했는데, 2007년에 자폐가 완전히 나았습니다. 모든 자폐 증상이 사라졌습니다. 저의 망막이 박리가 되어서 다시는 붙지 않는다고 했는데, 그런 기간이 7개월 지났을 때 예수님이 나를 사랑하신다는 것, 그리고 하나님이 나를 고치고 싶어 하신다는, 그 두 가지 믿음을 놓지 않고 끝까지 잡고 있었을 때 저의 망막이 완전히 다시 붙는 기적이 일어났습니다. 제가 지금 하고 있는 투병도 두렵지 않습니다. 지금 당장 눈에 보이는 것이 없다고 하더라도 믿고 나아갈 수 있습니다.

마지막으로 한 구절만 더 나누어보겠습니다. '하나님이 예수님에게 기름을 부어주셔서 마귀에게 억눌린 모든 자를 치유해주셨다'는 사도행전 10장 38절 말씀입니다. 고린도후서 5장 7절 말씀 '이는 우리가 믿음으로 행하고 보는 것으로 행하지 아니함이로라'처럼 우리는 눈에 보이는 것, 내가 느끼는 것, 내가 만질 수 있는 것으로 사는 사람이 아니라 오직 믿음으로 산다는 믿음을 가져야 합니다. 병원에서는 아직 제 암이 낫지 않았다고 합니다. 눈에 보이는 것들은 아직 온전해지지 않았어요. 그렇지만 하나님의 말씀에 대한 깨달음으로 내가 계속 선포할 때 언젠가는 눈으로도 보이는 것이 반드시 눈에 보이지 않는 것, 우리의 믿음에 복종해야 한다는 그런 진리를 깨달았기 때문에 두렵지 않습니다.

사복음서와 사도행전을 읽고 난 다음에 제가 얻은 결론이 다음과 같은 것입니다. 우리가 눈에 보이는 대로 살면 세상 사람들과 다를 것이 하나도 없어요. 내 몸이 지금 아파서 썩어 문드러져가더라도 예수님이 나를 만져주시기만 하면, 그 자리에서 나을 수 있다는 믿음을 가지고 계속해서 예수님에게 다가가기만 하면, 그리고 그분 앞에서 떠나지 않고 가만히 머물기만 하면 그러면 치유는 90프로, 95프로, 97프로도 아니고 백프로 예수님 안에서는 항상 일어난다는 것이 하나님 말씀 안에서 얻은 저의 믿음입니다. 저는 그 믿음으로 살기 때문에 늘 그분의 은혜 안에서 이미 자유합니다. 이미 기쁩니다. 여러분들에게도 동일한 은혜가 이 순간 임했음을 믿습니다. 아멘.

여섯 번째 장

완전한 치유와 회복

치유를 지키는 것

제가 치유 사역을 하면서 사람들이 제일 많이 물어보는 것
이 두 가지 있어요. 저 자신에게도, 하나님에게도 가장 많이
물어봤었던 두 가지였습니다. 첫 번째는 하나님이 정말 사랑
이시고 능력이 있으시다면 왜 믿음이 있는데 낫지 않는 사람
이 있습니까? 정말 믿음의 거장이시고 우리가 봤을 때는 그분
에게 병이 날 이유가 없는데도 질병으로 고생하시다가 어떤
때는 낫지 않고 그렇게 가시는 분들도 계시잖아요? 그것에 대
한 질문이 저 자신에게도 항상 있었습니다. 두 번째는 '왜 하나
님이 분명히 고쳐주셨는데 다시 재발합니까? 왜? 일단 하나
님이 고쳐주신 것이 왜 완전하지 못합니까?' 이렇게 물어보는
사람들이 있습니다. 저 자신이 이 두 가지를 가지고 많이 씨름

하면서 하나님께 물어보고, 또 하나님의 말씀 안에서 찾으려고 했었기 때문에 완벽하지는 않지만 스스로 얻은 대답들이 있습니다.

'왜 낫지 않는 사람들이 있습니까?' 하는 질문에 대해서는 저도 계속 생각하고 있습니다. 제 아들이 10년 동안이나 낫지 않았고, 제 눈의 박리 현상으로 저는 7개월 동안 보지 못했습니다. 그리고 지금도 저는 투병 중입니다. 지금도, '왜 오늘 낫지 않을까, 왜 기다려야 할까, 그리고 치유를 보지 못하고 낫지 않은 채로 가시는 분들이 왜 있는 것일까?' 그런 것에 대해서 계속 하나님께 여쭈어보고 있습니다. 그분들이 절대로 믿음이 없는 것이 아닐 수도 있거든요.

제가 가장 사랑하고 저에게 많은 영향을 주신 제 영적인 어머니 중의 한 분이 폐암으로 돌아가셨습니다. 그분처럼 어린 아이와 같은 깨끗한 믿음을 가지신 분을 저는 본 적이 없습니다. 소천하시던 바로 그날까지도 '하나님이 날 고쳐주셔!' 하면서 밝게 웃으셨거든요. 얼굴이 해처럼 빛나셨는데, 그런데 가셨어요. 그러니까 그분을 많이 따르던 저 같은 딸들, 또 주위에 있는 사람들은 혼란이 왔습니다. 믿음이 없어서 그런 것은 아닌데, 왜 그럴까?

하나님이 주신 대답은 하나님의 말씀이 하늘에서 이루어진 것처럼 완벽하게 이 땅에 임하지 않았기 때문이라는 것입니다. 하나님의 나라가 아직 이곳에 이루어지지 않았기 때문이라는 것입니다. 개인 개인으로 하나님의 나라에 들어갈 수 있는 기회가 있지만 아직은 하나님의 나라가 완전히 임한 상태가 아니기 때문에, 무엇인지 모르지만 우리가 이해할 수 없는 것들로 이루어진 그 회색 지대가 아직 있다는 것입니다.

빌 존슨이라는 정말 믿음이 좋으신 목사님이 계십니다. 수백, 수천 명이 이분의 사역을 통해서 이미 치유를 받았습니다. 지금도 받고 있습니다. 특히 청각장애인들은 '벧엘'이라는 그 교회에 가면 다 낫는다고 합니다. 그런데 그분의 아들이 아직 청각장애인입니다. 이 아이는 안 낫는 거예요. 그분이 믿음이 없어서는 절대로 아니죠. 하나님에 대한 계시가 없어서도 아닙니다. 하나님이 안 고쳐주시고 싶어서도 아니죠. 하나님이 사랑이 없어서도 아니에요. 대답이 없는 일들이 이 세상에 일어날 수 있습니다.

그런데 하나님이 저에게 가르쳐주신 것은 나의 경험을 기초로 해서 절대로 집을 짓지 말라는 것입니다. 모든 것은 하나님의 말씀을 기초로 해서 지어져야지 창수가 들고 공격이 왔을 때, 소낙비가 올 때 무너지지 않습니다(마 7:25, 27, 눅 6:48-49). 그런데 내 경험, 내가 본 것, 내가 만진 것, 내가 느낀 것을 경험으로 지어놓은 집들은 우리가 생각할 수 없는 어떤 상황들이 벌어져서 내 생각대로 되지 않으면 무너집니다. 모든 것을,

하나님의 말씀에만 기초해서 '하나님이 하신 말씀만 믿으라'는 것입니다.

그런데 간혹 사람들이 저에게 '그런데 자매님은 나았다며 왜 아직도 아파요? 왜 아직까지도 종양이 있어요?' 하고 묻습니다. 그럼 거기에 대해 대답할 수 없습니다. 하나님이 지금 왜 기다리게 하시는지 저도 모릅니다. 그리고 또 제가 낫지 않고 죽을 수도 있어요. 저는 그 가능성이 절대 없다고 말하지 않습니다. 그렇지만 그것이 하나님의 뜻이 아니라는 것을 하나님의 말씀대로 선포할 수가 있습니다. 시편 103편에서 하나님은 우리 모두의 죄악을 용서하시고 우리의 모든 질병을 고치시는 분이라고 했습니다.

그리고 예수님은 두루 돌아다니시면서 마귀에게 억눌린 모든 자를 고치셨다고 했습니다. 마태복음, 마가복음, 누가복음, 요한복음을 보면 몇 십 번, 몇 백 번 되풀이해서 나오는 말이 있습니다. '그들을 모두 고치셨다, 그들을 모두 고치셨다, 그들을 모두 고치셨다, 그 즉시 모두 고치셨다.' 이것이 하나님이 말씀하신 것이라면 나의 믿음은 그 말씀에 의거해야 합니다. '내가 보니 열 명은 나았는데 열한 명째는 안 나았더라, 하나님은 어떤 때는 고치시고, 어떤 때는 안 고치시는 분이다.' 이런 데서 틀린 신학이 나옵니다. 왜냐하면 그것은 나의 경험에 기초가 있는 것이지 하나님의 말씀에 의한 것이 아니기 때문입니다. 그것이 첫 번째 저의 대답입니다.

제가 남에게 그것을 완전히 설득시킬 수 없을지도 모르지만 저 자신은 그 안에서 평강을 찾았습니다. 하나님이 눈에 보여주셔야만 제가 믿는 것은 아닙니다. 고린도후서 5장의 말씀처럼 우리는 믿음으로 사는 것이지 눈으로 사는 사람은 아닙니다. 눈으로 사는 것에는 내가 보는 것뿐만 아니라 우리의 오감, 우리의 경험, 우리가 인간으로서 이 세상에서 자연적으로 체험할 수 있는 모든 것이 포함되어 있습니다.

내가 보아서, 내 경험으로 믿는 믿음에는 한계가 있습니다. '내가 기도했더니 우리 아이의 자폐가 나았더라. 그러므로 하나님은 고치시는 분이시다.' 이런 믿음은 아이가 낫지 않으면 없어집니다. '내가 암에 걸렸었는데 바디매오처럼 소리 질렀더니 낫게 해주시더라. 그러므로 하나님은 암을 고쳐주시는 분이시다' 하는 믿음은 '내가 기도했는데 우리 아버지나 어머니가 안 나으시더라' 하면 모래성처럼 무너집니다.

하나님의 말씀은 변치 않습니다. '내 일생에서 그것이 이루어지든 안 이루어지든 저는 그것을 믿겠습니다' 하고 결정하는 순간 우리는 내 눈에 보이는 것, 내가 세상에서 아는 것, 그리고 내 경험대로 사는 세상적인 사람들과 구별되면서 믿음으로 사는 믿음의 사람들이 되는 것입니다. 하나님이 우리에게 치유보다 더 주고 싶어 하시는 것이 믿음입니다. 이 믿음만이 우리의 영혼을 구원할 수 있습니다.

너무너무 기가 막힌 체험을 한 적이 있습니다. 제가 갑상선 암에서 기적적으로 나았습니다. 의사는 갑상선암이 호르몬 암이기 때문에 절대로 완치가 안 된다고 했거든요. 그런데 똑같은 의사의 입에서 '나는 이것을 이해할 수 없습니다. 당신의 몸에는 갑상선암이 하나도 없습니다'라고 했습니다. 다른 것으로 죽을지는 모르지만 갑상선암으로는 절대 죽지 않습니다. 갑상선암은 특수 암이기 때문에 갑상선 호르몬 안에서만 자랍니다. 제 경우처럼 호르몬이 다시 자라도 암은 자라지 않는다는 것은 의학적으로 있을 수 없는 일이라고 해요. 그렇게 저는 엄청난 기적을 체험했습니다.

그러면 제게 다시 병이 안 생겨야 할 텐데, 그런데 왜 병이 또 재발했는지 모르겠어요. 그리고 병이 나면 '아, 지난번에 이렇게 하니까 됐더라' 해서 똑같이 하면 나을 것 같은데 그렇지 않은 거예요. 거기에 대한 의문이 있었습니다. 이번에는 다시 위에 암이 생기면서 암세포가 난소와 뼈로 확장이 되었다는 이야기를 들었어요. 처음에는 굉장히 실망스럽더라고요. '왜 이렇게 됐을까? 왜 한 번 나았는데 다시 이렇게 됐을까? 그렇지만 지난번에 고쳐주신 하나님이 이번에도 고쳐주실 거야' 하고 믿음으로 제가 선포하기 시작했는데 빨리빨리 안 낫더라고요. 7, 8월에는 복수도 많이 차고 통증도 굉장히 심했습니다. 지금은 통증이 많이 없어졌으니까 믿기가 좀 쉽습니다. 그러나 아플 때, 통증이 당장 엄습해올 때, 그리고 당장 복수가 빠지지 않을 때, 그럴 때 믿음을 놓지 않는 것은 참 힘든 일입니다. 다시 똑같은 대답을 하나님이 주셨습니다. 그것은 하나님의 말씀 안에서만 치유를 받는 것뿐만 아니라 하나님의 말씀으로 지킬 수 있다는 것입니다.

치유, 흔들리지 않는 믿음으로

그래서 그 치유를 지키는 것에 대해서, 놓치지 않는 것에 대해서 이야기하고 싶습니다. 내가 어제는 나았는데 오늘은 또 아프고, 그래서 내일 또 낫고 이러면 피곤하잖아요. 그러니까 한번 치유라는 곳에 들어가서 그곳에서 머무를 수 있는 것이 중요합니다. 치유는 우리를 구원하지 않습니다. 그런데 이 치유를 계속 유지하는 과정 안에서 내가 만나는 하나님, 그리고 그 예수님에 대한 믿음은 우리를 구원합니다. 하나님이 우리에게 주고 싶어 하시는 것은 어떤 상황 속에서도 흔들리지 않는, 하나님을 아는 것, 하나님에 대한 믿음입니다. 그러면 치유가 내 것이 되어서 내가 치유받았다는 간증을 할 수 있을 뿐만 아니라 이 치유 안에서 살 수 있습니다. 저는 '이 치유가 있는 하나님의 나라 안에서 살고 있습니다. 아버지 집에 거합니다' 하는 간증을 할 수 있습니다. 그 간증이 진정한 구원의 간증이라고 저는 생각합니다. 거기에 저는 지금도 완전히 가지는 못했지만 들어가려고 노력하고 있습니다.

'너희는 그 안식에 들어가도록 힘쓰라'고 히브리서 4장에서 그랬죠? 안식이라는 장소가 있습니다. 예수님이 우리를 위해서 보혈을 흘리시고 문을 열어놓으신 휘장 안으로 걸어 들어갈 수 있는 지성소, 하나님의 임재하심이 항상 있는 곳, 그곳에는 질병도 없고, 악도 없고, 흑암도 없습니다. 그곳에 들어가서 머물기만 하면 그 어떤 불치병도 사라질 수 있습니다. 바로 이곳은 하나님이 임재하시는 곳입니다.

말씀과 성령으로 사는 삶

베데스다 연못에서 고쳐주신 병자 이야기를 아시지요(요 5:1-9). 이 병자는 믿음의 피라미드 맨 밑에서 겨우겨우 입시에 턱걸이로 붙은 사람입니다. 나병 환자와 간질병자의 아버지가 믿음 약한 자들의 전형이라고 이야기했었죠. 그런데 제가 생각해보니까 그들보다 더 밑에 있는 사람이 한 명 더 있었습니다. 이 사람들은 그래도 겨자씨만 한 믿음이라도 있었는데 아예 믿음이 없었던 사람이 있었습니다. 예수님에게 온 사람들, 그래도 겨자씨만 한 믿음이든 겨자씨 껍질만 한 믿음이든 고쳐달라고 온 사람들은 제일 적은 믿음이나마 가지고 있었습니다. 그런데 아예 그런 믿음조차도 없었던 사람이 있었어요. 이 사람은 예수님에게 올 수 있는 믿음이 전혀 없었습니다. 그래서 예수님이 찾아가셨습니다.

제가 설교를 들을 때 어떤 목사님이 다음과 같은 말씀을 하셨습니다. 예수님은 자기에게 믿음으로 고쳐달라고 온 사람은 백 프로 다 고쳐주셨습니다. 그런데 가끔씩은 믿음이 없는데도 예수님께서 찾아가셔서 일방적으로 고쳐주시는 경우가 있습니다.

베데스다 연못의 이야기는 그렇게 믿지 않는 사람들의 이야기입니다. 이 사람은 잘못된 믿음에 빠져 있었어요. '베데스다 연못에 물이 동할 때 가면 낫는다더라' 하니까 사람들이 우르르 몰려들었습니다. 거기에서 남들은 가끔씩 낫기도 하는데 그 사람들 틈에 끼지도 못하는 사람이었어요. 이 사람은 38년 동안 병에 걸려서 일어나지도 못하기 때문에 예수님께 올 수 없었어요. 성경에는 예수님께 오기만 하면 되는데 제 힘으로는 올 수 없는 또 다른 사람이 등장합니다. 그 사람은 중풍병자였는데, 친구들이 예수님께 데리고 가지요. 아무튼 남들을 통해서 가기는 갔습니다. 그런데 38년 된 병자는 데려가줄 친구도 없었어요. 그는 '나에게는 저 안에 넣어줄 사람조차 없습니다'라고 하지요. 완전히 인생의 땅끝 중의 땅끝에 있는 사람이었죠. 그런데 놀라운 것은 그 사람을 예수님이 찾아가셨다는 거예요.

예수님이 찾아간 또 한 사람으로 나인의 과부(눅 7:11-17)가 있습니다. 이렇게 전혀 믿음도 없고, 하나님께 고쳐달라고도 안 하고 예수님에게 오지도 않았는데 하나님과 예수님이 일방적으로 불쌍히 여기셔서 고쳐준 이야기가 성경에 있습니다. 우리에게도 그런 일이 일어날 수 있다는 소망을 주시는 것입니다.

그러므로 여러분들께 믿지 않는 가족이 있다고 절망하지 마십시오. 하나님이 베데스다 연못에 가셨듯이, 나인에 가서 과부의 눈물을 보고 그 아들을 살려주셨듯이, 자기의 믿음은 없는 사람에게도 찾아가서 고쳐주시니까요. 예수님이 찾아가주세요. 꿈속에서 찾아가 만나주세요. 그냥 '지금 가서 고쳐주세요'라고 중보할 수 있습니다. 베데스다 연못의 병자는 믿음이 없었을 뿐만 아니라 부정적인 생각으로 꽉 차 있었어요. 그래서 예수님이 고쳐주려고 가셔서 앞에 서 있는데도 못 알아봅니다. 일방적으로 찾아가신 것입니다. 믿음이 없어도 돼요. 그런데 이 사람은 딴소리만 합니다. '너 왜 이러고 있느냐?'고 하시니까 '나는 저 안에 들어가고 싶은데 나를 저 안에다 넣어줄 사람이 없습니다. 중풍병자라는 사람은 나처럼 똑같이 믿음이 없는데도 친구들이 가서 지붕을 뚫고 예수님 앞에 내려다줘서 나았잖아요. 나는 아무도 사랑해주는 사람이 없고, 중보해주는 사람도 없고, 기도해주는 사람도 없는 정말 땅끝에 있는 사람입니다'라고 했습니다. 그런 사람을 예수님이 직접 찾아가셨어요.

그런데 지금 모슬렘 국가에서 이런 일들이 일어나고 있습니다. 선교사들이 못 들어가는 곳에 예수님이 직접 찾아가셔서 정말 중풍병자들보다 더한 입장에 있는, 이 베데스다의 병자와 같은 사람들, 친구도 없고, 간증해줄 사람도 없고, 전도해줄 사람도 없고, 중보해줄 사람도 없는 그들을 만나주십니다. 이슬람권에 있는 하나님의 자녀들을 찾아가십니다. 그래서 꿈을 통해서, 또 갑자기 질병이 낫는다든지 그런 것을 통해서, 선교사들도 없는데 기적적인 체험을 통해서 자생적으로 예수님을 믿는 크리스천들이 지금 생기고 있어요.

아이들 둘을 데리고 어떤 엄마가 죽었습니다. 이것은 방송에도 한번 나왔던 사건입니다. 나중에 죽인 사람들이 잡혀서 엄마와 아이들을 어디에 묻었다는 자백을 했습니다. 그래서 가서 파보니까 어린아이가 살아 있더래요. 그래서 모두 너무 놀랐습니다. 아마 어떻게 공기가 들어가게 묻었던 모양입니다. 거기까지는 이해가 가지만 2주 동안 아무것도 못 먹었는데 어떻게 살았느냐고 물었더니 밤마다 무서워서 울고 있는데 아주 인상이 좋은, 하얀 옷을 입은 아저씨가 와서 자기에게 먹을 것을 주었다는 거예요. 그래서 어떤 크리스천 선교사가 그림을 보여주면서 '이분처럼 생겼냐?'고 물으니까 그렇다고 하더랍니다. 그 그림 속의 인물은 예수님이었어요. 이 아이가 살아날 수 없는 상황에서 기적적으로 살아났기 때문에 그것이 사우디아라비아의 국영 방송에 나왔다고 합니다.

예수님이 이렇게 일방적으로 찾아가서 만나주실 수 있어요. 그리고 베데스다 연못의 이 사람을 고쳐주셨습니다. 이 사람은 수지맞은 거지요. 자기가 잘한 것이 하나도 없는데 완전히 백 프로 은혜로 치유를 받은 거니까요. 요한복음 5장 7절에 보면 예수님을 알아보지도 못하고 그분 앞에서 엉뚱한 말만 합니다. 자신을 베데스다 연못에 넣어줄 사람이 없습니다. 7절에서 이렇게 틀린 대답을 했는데 예수님은 8절에서 이 말을 무시하십니다. 그것을 가지고 논쟁하지 않습니다. '사람이 그러면 안 돼, 너는 왜 그래?'라고 교회들은 네가 잘못된 교리를 가지고 있으니까 치유를 못 받는다고 하겠지요.

그러나 예수님은 그냥 능력으로 보여주셨습니다. 8절에서 이 기가 막힌 말에 대한 대답으로 '일어나서 네 자리를 들고 걸어가라'고 예수님이 이렇게 말씀하십니다. 7절을 보면 믿음이 하나도 없던 사람이었어요. 딴소리하던 사람이었어요. '어디가서 유명한 목사님이 안수를 해주면 걸을 수 있겠는데 아무리 줄을 서도 내 차례가 안 옵니다'라고 말하던 사람이었습니다. 예수님이 '너는 그러면 어떡하냐, 사람을 보지 말고 나를 봐라'라고 하시지도 않고, 일어나서 네 자리를 들고 이제 일어나라, 걸어라, 나아라' 이렇게 말씀하셨습니다. 그러니까 이 사람이 믿음을 가지려고 노력할 시간도 없었습니다. 9절에서 보면 그 말을 듣자마자 나았습니다. 이것이 예수님이 하신 사역이고, 이것이 예수님이 교회에 주고 가신 사역입니다. '내가 진실로 진실로 너희에게 이르노니 나를 믿는 자는 내가 하는 일을 그도 할 것이요 또한 그보다 큰 일도 하리니 이는 내가 아버지께로 감이라(요 14:12).'

예수님이 어떤 사역을 하셨는지를 알아야 우리도 우리의 어디가 잘못되었는지 깨달아 알 수 있습니다. 믿음이 없었던, 회의에 가득 찼던, 상처가 가득했던, 38년이나 되어서 아팠던 날짜조차 기억이 없는 사람(요 5:5)이 예수님의 음성을 들었다는 그 한 가지 사실 때문에 나을 수 있었습니다. 예수님이 일어나 걸으라고 하시자마자 그 자리에서 걸었습니다. 그것은 '빛이 있으라(창 1:1)' 했더니 그 자리에서 빛이 생긴 것과 똑같습니다.

예수님의 말씀에는 이렇게 힘이 있습니다. 예수님의 살아 있는 음성을, 성경을 읽다가 이것이 살아 있는 음성이 되어서 성령님이 기름 부어주셔서, 내가 그 말을 듣는 순간 낫습니다. 예수님이 이렇게 명령하셨죠. '일어나라, 네 자리를 들어라, 걸어가라.' 이 세 가지를 말씀하시자마자 이 사람이 생각할 겨를도 없이 그 자리에서 나왔습니다. 못 일어나던 사람이 일어났습니다. 매일 누워 있어야 되니까 자리가 있었죠. 그 자리를 자기가 들어 올렸습니다. 그리고 걸었어요. 이 사람은 못 걷던 사람이에요. 언제부터? 엄마 배 속부터. 38년 동안 한 번도 걸어본 적이 없는 사람입니다. 그런데 예수님의 음성을 듣는 순간 일어나서 걸었습니다. 이런 치유가 일어납니다.

치유는 시작일 뿐입니다

이런 치유는 시작이지 끝이 아닙니다. 치유는 사람을 구원하지 못합니다. 치유받았다고 사람이 구원받는 것이 아니에요. 치유는 너무너무 하나님을 모르는 다리를 저는 병자와 같은 이 사람에게 하나님이 충격 요법으로 '내가 하나님이다, 내가 너를 사랑한다, 내가 살아 있다' 하고 보여주시는 것에 불과합니다. 그것을 보고 그냥 집에 돌아가서 옛날처럼 똑같이 살면 그것이 치유가 일어나기 이전보다 더 나빠질 수 있어요. 왜냐하면 치유는 나를, 내 영혼을 완전히 구원하지는 못합니다. 내 몸은 일방적으로 고쳐주실 수 있어요. 고쳐주시는 이유는 그 치유를 통해서 내 영혼이 구원받도록 하기 위해서입니다. '나를 고쳐주신 이분이 누구인가. 내가 이분을 좀 알아야겠다.

내가 이분과 관계를 맺고 싶다. 이분을 찬양한다'고 하는 영혼의 변화가 치유로 인해서 일어나야지만 구원이 이루어집니다.

제가 암이 낫고 기적이 있어도 그 자리에서 하나님을 완전히 믿은 것은 아닙니다. 또 의심하고, 하나님의 힘으로 안 되는 것 같으면 내 힘으로 하려고도 했습니다. 하나님이 다시 나를 만나주시지 않으면 암을 치유받았던 기억만으로는 구원의 길을 계속해서 걸어갈 수 없습니다. 베데스다 연못에서 고침을 받은 사람이 이렇게 굉장한 기적을 체험하고 교회로 돌아가서 간증을 했습니다. 이 사람이 걸어 다니는 것을 보고 사람들의 반응이 좋을 줄 알았는데 '아니, 저 사람이 어떻게 나을 수가 있었지?' 하고 혼란스러워 합니다. 왜냐하면 교회에서는 치유를 가르치지 않았기 때문입니다. 그리고 예수님을 하나님의 아들이라고 인정하지 않는 종교 지도자들이 화가 났어요. 그래서 그 사람은 핍박을 받게 됩니다. 기적을 체험한 다음에는 핍박이 옵니다. 핍박을 받으면 상처가 되겠지요. 유대인들이 병 나은 사람에게 이르되 '안식일인데 네가 자리를 들고 가는 것이 옳지 아니하니라(요 5:10)'고 합니다. 종교 지도자들에게 상처를 받아요. 종교 지도자들이, 유대인들이 '너 안식일인데 왜 자리를 들고 왔다 갔다 하느냐'고 야단을 칩니다.

하나님을 실제적으로 체험하지 못한 종교인들은 실제로 기적이 일어나면 처음에는 두려워합니다. '저 사람은 왜 그럴까?

잘못하면 저 사람 때문에 우리 교회 이상해지겠다. 안식일에 그렇게 자리를 들고 다니면 안 된다'고 합니다. 그런데 예수님이 자리를 들고 다니라고 했어요. 예수님의 음성을 듣고, 예수님의 음성대로 살기 시작하면 기적도 일어나지만 바로 핍박도 옵니다. 왜냐하면 예수님이 하라고 해서 했는데 교회 갔더니 그렇게 하면 안 된다는 거예요. '안식일에 왜 자리를 들고 왔다 갔다 하느냐?'고 하자 이 사람은 '나를 고쳐주신 사람이 자리를 들고 가라고 했습니다'라고 합니다.

이 사람은 자신을 고쳐준 사람이 누구인지 몰랐어요. 치유는 일어났지만 아직 예수님과의 관계가 형성되지 못했습니다. 아직 거듭나지 못한 상태였어요. 거듭나지 못한 상태에서 치유가 먼저 일어날 수도 있습니다. 우리가 치유 사역 할 때도 불교를 믿는 사람, 무신론자들이 친구 옆에 따라왔다가 갑자기 낫는 경우가 있습니다. 그러면 옆에 있는 친구들은 화가 납니다. '내가 10년 동안이나 새벽기도를 하고 치유를 받으려고 얼마나 열심히 기도를 했는데, 이 사람은 그냥 내가 치유받는 것을 보고 하나님을 믿게 하려고 데려왔더니 왜 이 사람이 낫는 거야?' 이런 생각을 하게 될 때가 있습니다.

하나님이 하시는 일은 우리가 상상이나 예측을 할 수 없습니다. 병이 나았을 때 눈물을 흘리면서 '나를 고쳐준 이 사람이 누구냐? 이 사람을 알고 싶다. 나를 고쳐준 이분이 누구냐? 이 하나님을 나도 믿고 싶다'고 해서 영접기도를 하는 것을 많이 보았습니다. 나았다고 해서 그 자리에서 하나님을 믿는 것이 아니에요. 영접기도를 해야 합니다. 로마의 백부장 중에 고넬료라는 사람(행 10:1-2)이 있었습니다. 그는 거룩한 사람이었어요. 그리고 교회에 헌금도 많이 했습니다. 그리고 항상 기도했습니다. 하지만 아직 거듭난 사람은 아니었습니다. 아직 예수님을 구주로 영접하지 않았어요. 그런데 이 사람이 했던 기도와 선행, 교회를 도와준 것을 듣고 하나님이 베드로를 보냈습니다. 베드로가 가서 네가 예수님을 영접하면 하나님의 자녀로 태어날 수 있다고 하니까 그제야 비로소 하나님을 영접하고, 거듭나고, 그 사람의 온 가족이 구원을 받았다고 했습니다.

몸과 영혼을 다 고치시는 하나님

그때 한 설교가 그 유명한 사도행전 10장 38절 '하나님이 나사렛 예수에게 성령과 능력을 기름 붓듯 하셨으매 그가 두루 다니시며 선한 일을 행하시고 마귀에게 눌린 모든 사람을 고치셨으니 이는 하나님이 함께 하셨음이라'는 말씀입니다. 여기에서 고치셨다는 말은 우리의 몸과 영혼을 완전히 고치셨다는 뜻이에요. 예수님께서 모든 사람을 고치셨다고 했습니다.

그래서 백부장이 그제야 구원을 받지요.

그러니까 베데스다에 있던 이 사람도 치유를 받기는 했지만 아직 구원을 받지 못했던 거였어요. 그런데 너를 누가 고쳐주 었느냐 하니까 잘 몰라요. 어떤 남자가 고쳐줬는데 누군지 모른다는 거예요. 그러다가 교회에서 이 사람이 쫓겨났어요. 그러고는 교회에 대한 원망, 불만을 품게 되었을지 모릅니다. 보통 성령 체험을 한 다음에 이런 체험을 하는 사람들이 굉장히 많습니다. 그러고는 지도자들에게 상처를 받고는 '이 교회는 안 돼, 이 교회는 나를 쫓아냈어'라고 비판하면서 입술로 죄를 짓게 되는 경우가 있습니다.

다른 죄도 죄지만 남을 판단하거나, 특히 하나님의 종이 잘하건 못하건 그분에게 내가 입으로 불만을 말한다든지 원망하는 것을 하나님은 굉장히 싫어하십니다. 로마서 14장에서 그러셨지요. '너는 누군데 남의 종을 가지고 이랬다 저랬다 하느냐. 잘했다 못했다 하느냐. 내가 책임진다. 내 종이니까. 쓰러졌어도 내가 일으켜 세울 수 있다.' 하나님이 굉장히 싫어하시는 죄 중에 하나가 주의 종인 종교적 지도자, 하나님이 나에게 주신 영적 아버지, 이런 분들에 대해서 불만하고, 원망하고, 판단하는 것입니다. 아무리 그분들이 잘못을 했더라도 판단하려 들면 안 됩니다. 그런데 제 생각에는 베데스다 이 병자가 그런 죄를 짓지 않았나 싶습니다. 교회에서 쫓겨났지요. 물론 교제도 없어졌습니다. 누가 자신을 고쳐줬는지도 몰라요. 이런 경우가 가장 안 좋은 상황입니다.

그런데 이와 비슷한 상황에 처한 젊은 아이들을 참 많이 봅니다. 아이들이 수련회 같은 곳에 가서 강하게 성령 체험을 해요. 병이 낫는 경우도 있고, 은사를 받는 경우도 있습니다. 그런데 이 아이들이 신이 나서 교회로 돌아와서 '예수님이 이렇게 나를 만져주셨습니다. 내가 몸이 뜨거워지는 체험을 했어요. 내 허리가 나았습니다' 했을 때 교회가 받아주면 참 좋겠는데, '너 쓸데없는 소리 하지 마. 너 자꾸 그런 소리 하려면 교회 오지 마'라고 합니다. 이래서 쫓겨나는 경우도 있습니다. 그러면 아직 하나님을 온전히 만나지 못했고 구원받지 못한 아이들은 실족합니다. 그래서 결국 교회를 떠나게 돼요.

하나님이 제게 하나님을 떠나 있는 그런 아이들을 참 많이 만나게 하시고 땅끝에서 다시 아버지의 사랑으로 돌아오게 하는 사역을 시키셨습니다. 그래서 제가 그런 아이들에게 해주는 이야기가 바로 '예수님이 얼마나 좋은 분이시냐' 하는 것입니다. 이렇게 몸은 나았지만 이번에는 영혼의 상처를 받아서 하나님의 사람들에 대한 미움, 하나님의 사람들에 대한 원망 같은 것으로 가득 차 있는 병자에게 예수님이 다시 한번 찾아오십니다. '당신은 누구십니까? 당신 때문에 내가 이렇게 됐습니다.' '나는 예수다. 나는 하나님의 아들 예수다.' 이렇게 인격적으로 일대일로 만나주십니다. 예수님을 인격적으로 만나고 구주로 영접할 때 거듭나는 구원이 이르죠.

그리고 이 거듭나는 구원이 이루어지면서 예수님이 이 사람에게 하는 놀라운 말씀이 있습니다. 어떤 사람이 집을 깨끗하게 청소하자 귀신이 쫓겨납니다. 그런데 쫓겨난 귀신이 다시 들어가려고 물이 없는 곳을 찾아 여기저기 돌아다니다가 그런 곳을 찾습니다. 물은 많은 경우에 성경에서는 성령과 말씀을 의미하지요. 생수가 터져 나온다고 하는 것이 성령이지요. 그리고 물과 성령으로 거듭나야 한다고 말합니다. 물은 말씀입니다. 성령과 말씀으로 물처럼 나를 가득 채워놓아야 합니다.

치유를 통해서 하나님을 만난 이후에는 바로 아이들에게 우리가 가르쳐주는 것이 '너는 이제부터 하나님을 만났으니까 세상 사람처럼 살면 안 돼. 이제는 돌아가서 말씀과 성령으로 성령의 충만함을 매일 받아야 돼. 말씀으로 가득 채워야 돼'라고 말합니다. 성령으로 충만받는 가장 좋은 방법이 말씀으로 채우는 것입니다. 하나님의 말씀이 성령이에요. 성령이 말씀입니다. 그래서 저는 '말씀 사역을 하십니까, 성령 사역을 하십니까?' 하는 말처럼 성경적이지 않은 말이 없다고 생각합니다. '말씀과 성령의 균형이 맞아야 합니다. 치우치지 마십시오. 너무 말씀만 하지 마십시오. 성령만 하지 마십시오.' 저는 그것도 성경적이지 않다고 생각합니다.

예수님은 '내가 하는 말이 성령'이라고 하셨습니다. 예수님의 입에서 나오는 말씀이 성령이에요. 예수님이 내가 말씀이라고 하셨고, 하나님과 나는 하나라고 하셨고, 그러니까 예수님이 말씀이시고, 예수님이 성령이시고 성령님과 예수님은 한 분이세요. 아버지와 아들은 하나입니다. 삼위일체라는 것은 셋이 하나라는 거예요. 그것을 떼어놓기 시작할 때, 말씀과 성령을 분리한다는 것은 예수님과 성령을 분리한다는 거예요. 예수님과 성령은 절대로 분리될 수 없습니다. 그분은 한 분이십니다. 말씀이신 성령으로 나를 가득 채울 때, 매일같이 말씀 보고, 묵상하고, 말씀 안에서 하나님에 대한 계시적인 깨달음을 갖게 될 때, 내가 성령으로 충만하게 됩니다. 그러면 그 성령이 나에게서 흘러나오면서 자연스럽게 남들에게 전도도 되고 교제할 때도 살아나는 역사가 일어나지요.

그래서 예수님이 이 사람에게 네가 이제는 구원을 받았으니까, 내가 누구인지 아니까 너는 교회에서 세상 사람들처럼 화내고 원망하고 '목사님 싫어요' 이러면 안 된다고 가르쳐주십니다. 그래서 이 이야기를 보면 귀신이 막 돌아다니면서 어디로 갈까, 하다가 옛날 집이 그리워서 혹시 하고 다시 가본 것이에요. 그런데 깨끗하게 청소를 해놓았기는 했는데 물이 없었습니다. 그 안에 차 있지 않았어요. 물이 차 있지 않았다는 것은 말씀이 없었다는 것이고 성령이 없었다는 말입니다. 그것은 성령 체험을 불같이 했는데 그 이후에 나를 말씀으로 채우지 않으면 비어 있는 집같이 되어버린다는 경고예요. 그러니까 이 귀신이 '잘됐다. 전에는 더러웠는데 이제는 깨끗하기까지 하네. 물이 없으니 저기 가서 다시 살 수 있겠다'고 하는 거예요. 거기서 끝나지 않습니다. 물이 없는 곳을 찾아다니는 자기 친구들에게 '옛날에 살던 집에 가보니까 옛날보다 더 좋아졌는데 지금 거기에는 물도 없어. 저기에는 내가 무서워하는 것이 하나도 없어'라고 하면서 데리고 들어갑니다.

귀신이 무서워하는 것은 하나님의 말씀, 성령밖에 없습니다. 내가 하나님의 말씀으로 채우지 않고, 그냥 '3년 전에 엄청난 체험을 했어, 좋아' 이러고 다니면 공격이 반드시 옵니다. 그런데 이때 옛날에 있었던 것에만 공격이 들어오는 것이 아니라 다른 사람에게 나와서 돌아다니던 일곱 귀신까지 데리고 들어옵니다. 그래서 이 사람의 상태가 '이전보다 더 나빠졌더라'라고 나옵니다. 이 세대가 이전보다 더 나빠졌더라는 기가 막힌 말을 합니다. 그래서 예수님이 구원받은 거듭난 자녀에게 이렇게 경고하십니다. '너도 가서 이제부터는 죄짓지 말아라. 이제는 너의 죄가 완전히 씻겼다. 너는 내 자녀. 너에게는 빛이 들어갔다. 옛날에 어둠 속에서 하던 일을 하지 말아라. 남을 정죄하지 말아라. 교회에서 상처받았어도 그 교회에 다시 가서 겸손하게 네가 사랑을 가르쳐주어라. 그리고 이제는 말씀대로 살아라'라고 하십니다.

말씀과 성령으로 살기

그때 중요한 것은 첫 번째로 말씀을 봐야 하지만 두 번째는 하나님이 말씀하시는 대로 살아야 하는 것입니다. 하나님의 말씀에 내가 순종할 때, 하나님의 말씀이 내 안에 들어와서 역사하기 시작할 때 그것이 물처럼 나를 꽉 채우기 시작한다고 하셨습니다. 마귀는 항상 옛날에 있던 곳에 다시 돌아오고 싶어 해요. 쫓아내면 다시 돌아갈 수 없나 하고 돌아옵니다. 돌아와서 보니까 이 사람이 물로 가득 차 있는 거예요. 이웃을 사랑하는 거예요. 원수를 사랑하는 거예요. 그러면 못 들어옵니다. 우리가 치유와 구원을 놓치지 않는 첫 번째 비결은 말씀과 성령으로 나를 가득 채우는 것입니다.

찬양과 예배로 치유를 유지하는 삶

누가복음 17장에 나병 환자 열 명이 치유받은 이야기(눅 17:11-19)가 있지요. 이 사람들의 믿음은 A, B, C 중에 B 정도 되는 사람들이었습니다. 열 명이 단체로 왔어요. 고쳐달라고 온 사람들은 다 나았습니다. 예수님이 당장 고쳐주신 것이 아니고, 제사장에게 가서 몸을 보이라고 하셨습니다. 믿음으로 제사장에게 가고 있는데 열 명이 다 나아버렸어요. 선포하면서 갔더니 다 나아버렸어요. 그런데 이 중 아홉 명은 '아! 나았다!' 하고 좋아서 그냥 떠나가버렸어요. 그냥 옛날로 돌아간 것이지요.

그런데 한 명만이 '가만있어봐. 나병이 나았잖아. 그러면 아까 나에게 가라고 하신 분이 고쳐주신 거잖아? 그분이 누군지 좀 알아야겠다' 하고 다시 예수님에게로 돌아옵니다. 예수님에게 와서 엎드려서 '경배합니다. 찬양합니다. 감사합니다'라고 했습니다. 예수님께서 '내가 열 명을 다 고쳐줬는데 아홉 명은 어디 갔느냐? 왜 한 명만 왔느냐?'고 물으시고는 '네가 나에게 돌아와서 감사와 찬양으로 나를 찾았으므로, 네가 온전한 믿음을 가지고 이제는 온전한 치유를 받았느니라'라고 말씀하셨습니다. 누가복음 17장 19절에서 '네 믿음이 너를 구원하였느니라'라고 하십니다. 이 소리는 '이제 네가 받은 치유는 뺏기지 않는다. 네가 받은 구원을 너는 뺏기지 않는다'는 것입니다. 예수님에게로 계속 돌아오는 거예요. 예수님에게로 계속 돌아와서 감사하는 것이 이 비결입니다. 예수님에게로 계속 돌아와서 찬양을 해야 합니다. 우리의 구원을 뺏기지 않으려면 구원의 감격이 없어지면 안 돼요. 아침마다 내가 구원받았음을 떠올리고 예수님에게로 다시 돌아가서 '예수님, 저 구원해주셔서 너무 감사합니다'라고 해보세요.

구세군을 만든 윌리엄 부스(William Booth, 1829~1912)라는 사람이 그런 사람이었어요. 그는 매일 아침 일어나면 자신이 구원받았던 그날을 잊고 싶지 않아서 자기가 홈리스였을 때 입고 다니던 다 떨어진 양복을 걸어놓고 바라보았다고 합니다. 죄를 너무너무 많이 짓고 다니다가 예수님의 복음을 듣고 구원을 받고 난 후 윌리엄은 훌륭한 사역을 많이 했습니다. 구세군을 만들었습니다. 구원받고 나서 나중에 돈도 좀 벌었겠지요. 좋은 양복을 살 수 있었습니다. 그런데도 다 떨어진 이 양복을 옷장에 항상 걸어놓고 구원받은 날, 정말 가난해서 소망이 하나도 없었을 때 그 절망 속에서 복음을 들었던 그날 입고 있었던 그 누더기 옷을 항상 바라봤다고 합니다. 구원의 감격을 잊어버리지 않기 위해서 그랬던 것이지요. 그래서 그 나병 환자 같은 생활에서 매일 예수님께로 돌아오는 감격을 가지고 살았던 것입니다. 다시 돌아와 엎드려서 '나를 구원해주셔서 감사합니다. 나 같은 죄인을 구원하신 이 놀라운 은혜를 감사드립니다'라고 엎드려서 경배하고, 예배했다고 합니다. '네 믿음이'라고 말씀하셨지만 그것은 '너의 찬양이, 너의 예배가' 이런 말이지요. 그 믿음이 찬양과 예배를 하게 했죠.

나에게로 돌아오게 한 너의 믿음이, 나에게 와서 엎드려 찬양하게 한 너의 믿음이 너를 온전케 한다고 했습니다. 누가복음 17장 19절의 이 홀(Whole)이라고 하는 것은 힐링(healing)한 것하고는 다릅니다. 낫는 게 힐링이에요. 그런데 완전히 구원받아서 온전하게 되는 것은 내면의 치유 단계인 'Sozo'까지를 말하는 것입니다. 이것은 온전하게 되는 것입니다. 죄짓기 이전의 상태로 돌아가는 거예요. 질병이 다시는 나를 공격하지 못하고 공격해도 다시 내가 그 안에서 금방 치유 안으로 걸어 들어갈 수 있는 온전한 상태. 죄 이전의 상태. 이것은 찬양과 예배로, 예수님과 항상 교제하는 삶. 한 명의 문둥이만이 깨달은 그 찬양 속에 비밀이 있습니다.

저는 치유 사역 중에 아주 심한 압박 속에 있다가 구원받은 사람, 특히 조울증이라든지 자폐증이라든지 또 굉장히 어둠 속에 묶여 있던 사람이 낫는 경우를 보았습니다. 그러면 사람들이 좋아합니다. '그럼 오늘부터 돌아가서 이것을 잊어버리지 마시고 계속해서 감사와 찬양을 하십시오. 찬송가를 항상 틀어놓으십시오.' 제가 그렇게 말합니다. 감사와 찬양은 두 가지로 할 수 있습니다. 입으로, 예배로, 직접 하나님께 감사드릴 수 있습니다. '하나님, 감사합니다. 하나님, 고맙습니다' 하는 것입니다. 그리고 두 번째는 하나님이 좋아하시는 일을 우리가 해드리는 것입니다. 하나님의 사람들을 우리가 공경해드리고,

하나님이 만드신 몸 된 교회를 섬기는 것, 이것도 예배입니다.

그래서 하나님이 나에게 정말 축복으로 주신 것 중 하나가 헌금의 비밀을 가르쳐주셨어요. 저는 억지로 헌금을 해본 적이 없습니다. 교회에 가서 우리가 십일조나 헌금을 할 때 기쁜 마음으로 드리는 것을 하나님이 얼마나 기뻐하시는지를 가르쳐주셨습니다. 저는 어려우면, 힘들면 교회에 가서 헌금합니다. 제가 할 수 없는 양을 합니다. 감사함으로 합니다. 처음에는 '이것을 하면 좋은 일이 생길 거야'라는 불순한 동기로 했었습니다. 십일조를 테스트해보라고 해서 진짜 했더니 되더라고요.

이제는 정말 내가 사랑하는 하나님을 제일 기쁘게 해드리는 것 중의 하나가 주의 종을 공경해드리는 것과 주의 전에 물질을 가져가는 것이라는 것을 배웠습니다. 그것이 내 아버지가 기뻐하시는 것이라는 것을 내가 알았기 때문에 그 물질과 섬김을 통해서 내가 찬양과 예배를 드립니다. 감사의 표현을 합니다.

감사할 일이 있으면 항상 감사헌금을 합니다. 그러면 하나님이 정말 물 붓듯이 축복해주시는 것을 체험했어요. 나병 환자는 가진 것이 아무것도 없으니까 자기 몸을 헌신했습니다. 남들이 다 보는 데서 자기 몸을 바닥에 엎드려서 기도하고 예배드리는 것, 하나님이 굉장히 기뻐하십니다. 나에게 있는 전 재산을 다 털어서 내 옆에 있는 가난한 형제자매를 돕는 것을 하나님이 굉장히 기뻐하십니다. 그리고 몸 된 교회에서 내가 정말 섬긴다는 마음으로 정말 정성껏 십일조와 헌금하는 것, 이것이 하나님께서 기쁘게 받으시는 예배예요.

헌금은 예배라고 생각합니다. 왜냐하면 물질이 있는 곳에 마음이 있다고 했어요. 물질을 드릴 때 마음을 같이 드리면 하나님이 기뻐하세요. 그래서 이렇게 항상 감사와 찬양의 삶을 살 때 내가 받은 치유를 도둑맞지 않습니다. 도적은 훔치고 파괴하고 죽이러 온다고 했어요. 그런데 예수님은 '내가 온 것은 너희에게 더 풍성한 생명을 주러 왔다'고 하셨습니다. 풍성한 생명 속에는 내 몸의 치유가 들어 있습니다. 왜냐하면 지금 내게 통증이 있는데 풍성한 삶을 살기는 참 힘듭니다. 지금 몸이 너무 아파서 짜증이 나는데 사람들을 사랑하기는 힘듭니다. 도적이 나의 기쁨과 나의 헌신, 그리고 나의 평강을 빼앗으려고 오는 것이 질병이라고 생각합니다. 그것을 완전히 없애주려고 예수님이 채찍을 맞으시고 그 질병을 해결해주셨어요. 풍성한 삶을 주려고 오신 것입니다.

그리고 우리는 그 예수님에게 계속 다가가서 예수님과 하나가 되면 그 예수님이 하신 치유에 들어갈 수 있습니다. 감사와 찬양의 삶을 살면 예수님과 내가 하나가 되기 때문에 다시 공격을 받지 않고, 공격을 받는다고 하더라도 금방 극복할 수 있는 힘이 생깁니다. 그것이 저는 풍성한 삶이라고 믿습니다.

저는 지금 암 말기입니다. 그래도 금방 나을 거라고 믿고 웃을 수 있습니다. 그것이 풍성한 삶이기 때문입니다. 죽으면 어떡하지? 이곳저곳 뛰어다니고 여기저기 전화해서 '자매님, 어떡하지?' 하는 모습이 풍성한 삶이라고 생각하지 않아요. 찬양과 예배를 통해서 예수님과 온전히 합해지는 삶, 그것이 문둥병자의 이야기입니다.

하나님께 드려지는 삶

마지막으로 한 가지 이야기가 더 있습니다. 예수님이 또 하나 비밀을 가르쳐주신 것이 있어요. 예수님에게 우리가 헌신하는 삶. 나를 완전히 드려서 십자가에서 내가 죽어버리면, 죽어버린 사람은 마귀가 못 건드립니다. 건드려도 아프지 않아요. 그러니까 그다음에는 아무리 아무리 공격을 해도 원수가 몰려와도 나는 항상 기쁘게 매일 기쁘게 순례의 길을 걸을 수 있는 비밀이 십자가에 있습니다.

'아무든지 나를 따라오려거든 자기를 부인하고 날마다 제 십자가를 지고 나를 따를 것이니라(눅 9:23)'고 말씀하셨습니다. 이것은 예수님이 우리를 고생시키려고 하는 것이 아니라 우리를 자유케 하시려고 하신 말씀입니다. 이 십자가의 삶을 사는 순례의 삶은 치유를 유지하는 정도가 아니라, 질병이 못 건드리는 삶이라고 했지요. 질병이 건드려도 금방 극복할 수 있는 힘이 있다고 했습니다. 왜냐하면 이제는 내 안에 내가 산 것이 아니요, 오직 그리스도께서 사셨기 때문입니다(갈 2:20). 그리스도는 이 세상을 살면서 한 번도 병에 걸리신 적이 없습니다. 그리고 슬퍼서 우울증에 걸리신 적이 한 번도 없어요. 그분은 죽음을 두려워한 적도 없습니다. 십자가에서 여섯 시간 동안 죽음과 똑바로 쳐다보면서 '나를 삼켜라'라고 하신 분입니다. 그 예수 그리스도가 내 안에서 완전히 사실 수 있는 삶, 그것이 우리의 구원을 지키는 가장 큰 무기입니다.

"하나님, 나는 십자가에서 죽겠습니다. 이제부터는 나의 모든 정과 욕심을 십자가에 못 박겠습니다. 하나님, 오서서 오늘부터는 나의 주님이 되어주십시오. 그래서 나는 내 안에 계신 예수 그리스도의 음성만 듣겠습니다. 나는 예수님이 하시는 말씀대로만 살겠습니다. 나는 이분이 아니라고 하는 것은 안 믿겠습니다. 이분이 말씀하시는 것은 따지지 않고 무조건 믿겠습니다."

이렇게 내가 헌신하는 것, 내가 완전히 예수님에게 항복하는 삶, 이 삶이 바로 능력의 삶입니다. 그래서 예수님께서 너의 가족과 너의 전답과 너의 모든 생명을 버리고 나를 따라오면 이 세상에서 그것도 되돌려 받는다고 했어요. 그렇지만 핍박과 겸해서 되돌려 받는다고 했습니다.

영생의 축복을 누리는 삶

그러나 그것보다 더 중요한 영생을 받는다고 약속하셨습니다. 되돌려 받는 것 중에는 육체적인 신체적인 치유도 들어 있습니다. 실제로 나를 버리고 간 남편이 돌아올 수도 있어요. 또 나하고 아버지와 어머니가 실제적으로 회복될 수도 있습니다. 너희들이 나를 위해서 이 세상에 있는 너의 생명과 너의 관계, 그리고 물질, 이런 것들을 완전히 버리고 나만 쫓아오면, 그러면 이 세상에서도 네가 원하는 것을 되돌려 보내주시겠다고 했습니다. 그런데 그것이 문제가 아니라 그것보다 더 큰 것, 치유보다도, 관계 회복보다도, 그리고 물질의 회복보다도 물질의 축복보다도 더 중요한 영생을 누리게 된다는 것입니다. 예수님을 아는, 하나님과 하나 되는, 하나님의 자녀가 되는 이 영생의 축복이 이루어진다는 거예요. 그 영생 안에서 천국의 삶을 누리고 있는 사람은 구원 안에 있기 때문에 하늘 나라에 있는 것들이 인생에서 나타나게 됩니다. 그래서 저는 가장 중요한 것이 하나님께 내 인생을 완전히 드리는 헌신이라고 생각합니다.

하나님이 저에게 주신 구원, 저에게 주신 치유, 앞으로 주실 치유, 앞으로 주실 회복들을 감사드립시다. 그렇지만 그런 것들이 하나도 없다고 하더라도 '저는 하나님께만 초점을 맞추겠습니다'라고 하는 헌신의 기도를 우리는 하나님께 드릴 수 있습니다. 하박국이 그걸 깨달았어요. 하박국은 하나님을 만나기 전까지 의문이 많았습니다. 그런데 하나님을 직접 만났어요. 하나님이 어떤 분인지 계시적으로 깨달았습니다. 그래서 하박국서의 마지막에서 이렇게 고백합니다.

> 비록 무화과나무가 무성하지 못하며 포도나무에 열매가 없으며 감람나무에 소출이 없으며 밭에 먹을 것이 없으며 우리에 양이 없으며 외양간에 소가 없을지라도 나는 여호와로 말미암아 즐거워하며 나의 구원의 하나님으로 말미암아 기뻐하리로다(합 3:17-18)

'우리의 인생에서 지금 이루어지는 것이 내 눈으로 보고 손으로 만질 수 있는 치유가 없다고 할지라도 나는 나를 구원하신 구원의 여호와 당신으로 인하여 기뻐할 것입니다. 나는 감사할 것입니다. 나는 찬양할 것입니다' 하는 찬양과 감사가 있는 삶, 그리고 하나님에게 헌신이 있는 삶, 그러한 삶은 어떠한 환경 속에서도 이겨낼 수 있는 '승리의 삶'입니다. 그것이 하나님이 우리에게 주시려고 예수님을 십자가에 달리게까지 하시면서 우리에게 주신 영생이라는 우리의 가장 중요한 유업입니다. 그것이 오늘 여러분의 것이 확실히 되기를 원합니다.

하나님 아버지 감사합니다. 하나님이 예수님을 보내서 베데스다 연못에 있던 병자와 같은 저희들을 구원해주시고, 치유해주시고, 그리고 그 구원과 치유를 지키는 방법까지 가르쳐주셨으니 감사합니다. 그 한 명의 나병 환자처럼 우리가 항상 예수님께로 돌아가서 예수님의 발치에 엎드려 예수님을 예배하는 삶을 살기를 원합니다. 예수님만이 우리의 주인이 되시고 예수님께 우리의 인생이 바쳐지는 헌신의 삶을 살고 싶습니다.
예수님이 용서하라고 하면 용서하게 되고, 예수님이 사랑하라고 하면 사랑하게 되기를 원합니다. 나의 생각과 나의 의지와 나의 감정이 완전히 주님에게 굴복하는 십자가의 순교가 오늘 내 인생에 임하기를 원합니다. 이제는 내 인생에서 내가 산 것이 아니라 오직 나를 사랑하사 나를 위하여 자기 몸을 버리시고 채찍 맞으시고, 수치당하시고, 그리고 죽음까지 삼켜버리신 십자가의 예수 그리스도를 믿는 믿음으로만 살겠습니다. 예수님의 이름으로 기도드렸습니다. 아멘.

일곱 번째 장

하나님의 사랑

이번 장에서는 사랑에 대해 이야기를 했으면 좋겠습니다.

제가 이번에 귀고리를 하려고 귀를 뚫었습니다. 제 주위에 있는 자매들이 예쁜 귀고리들을 하고 다니는데, 그것을 보면 굉장히 샘이 나지만 못 했었습니다. 왜냐하면 20대 초반에 한 번 귀를 뚫었다가 굉장히 고생을 했었거든요. 제대로 할 줄 모르는 사람이 잘못 뚫었고 뒤처리하는 방법도 잘못 가르쳐주어서 염증이 너무 심했었습니다. 빨갛게 부어서 결국은 수술까지 했어요. 누가 예쁜 귀고리를 한 것을 보면 저도 하고 싶었습니다. 그렇지만 누가 귀 뚫겠느냐고 물으면 '절대로 안 뚫어'라고 대답합니다. 왜냐하면 귀를 뚫는다는 것이 저에게는 고통이었고, 고생했던 기억 때문에 두려웠습니다. 귀를 뚫어주는 사람을 신뢰해서 그 사람에게 내 귀를 맡겼잖아요. 그런데 그 사람이 실수를 했기 때문에 귀 뚫어주는 사람에 대한 불신이 있었습니다. 그래서 절대로 다시 귀를 누구에게 맡길 수 없었습니다. 어디 파티에라도 가게 되면 클립 이어링을 합니다. 그런데 그것은 오래 하고 있으면 아프기 때문에 조금 하다가 빼버립니다. 그러니까 길게 늘어지는 귀고리를 하고 있는 여자를 보면 부러운 거예요. 그렇지만 이십여 년이란 세월이 지났는데도 귀 뚫는 것이 두려웠어요.

두려움을 쫓아내는 온전한 사랑

두려움은 우리가 이 세상에서 사는 것을 힘들게 하고 신앙생활을 제대로 하지 못하게 만듭니다. 그런데 제가 참 좋아하는 성경 말씀인 요한1서 4장 18절에 '사랑 안에 두려움이 없고 온전한 사랑이 두려움을 내쫓나니 두려움에는 형벌이 있음이라 두려워하는 자는 사랑 안에서 온전히 이루지 못하였느니라'라고 쓰여 있습니다.

사랑 자체가 망가졌을 때나 사랑에 문제가 있을 때에는 두려움이 생깁니다. 그러나 완벽한 사랑은 두려움을 몰아낸다고 했습니다. 이것은 하나님의 사랑을 말한 것입니다.

하나님의 사랑이 아닌, 사람의 사랑은 그 사람이 굉장히 좋은 마음으로 나를 사랑하려고 최선을 다해도 그 사람 안에 있는 어떤 상처나 죄성 또는 그 사람의 문제 때문에 상대방을 아프게 할 때가 많습니다. 그 사람이 나를 아프게 하려고 일부러 그런 것이 아니라 능력이 없어서, 실수를 한 것이죠. 우리가 아주 갓난아기였을 때는 엄마 아빠의 사랑으로부터 시작해서, 사춘기 때는 우정을 나누는 친구들로부터, 그리고 그다음에는 커서 연애하고 사랑하게 되는 연애의 대상으로부터 우리는 상처를 숱하게 받습니다. 상처를 받는 정도가 아니라 저처럼, 다른 사람들은 조금 아프다가 마는데, 완전히 귀가 망가져서 수술까지 할 정도로, '다시는 내 귀를 남에게 안 맡길 거야. 절대로 안 뚫을 거야. 이제는 사랑하지 않을 거야' 할 정도로 상처를 깊이 받습니다. 이제는 절대로 사랑하지 않겠다고 결심을 하신 분들이 많죠?

그리고 그다음부터는 관계를 맺기는 하지만 마음을 잘 열지 못합니다. 사소한 것 같지만 귀를 뚫는 일만 해도 내 컨트롤을 그 사람에게 주어야 합니다. 맡긴다는 것은 그 사람이 몇 분 동안만이라도 내 귀를 완전히 장악하는 것이지요. 한번 크게 상처를 받은 사람은 그다음부터는 잘 맡기게 되지 않아요. '내 귀는 나만 만질 거야' 하게 되는 것이지요. 그래서 우리 안에 있는 가장 큰 상처 중 하나는 '사랑하지 않게 된 것'입니다. 그러면 사랑을 받을 수도 없고 할 수도 없습니다. 이들이 완전히 고립된 땅끝의 사람들이라고 생각해요. 너무 외롭고 소망도 없어집니다. 사람은 사랑을 하고 사랑을 받게 되어 있는 존재이기 때문에, 거기에서 나를 마치 섬처럼, 바위처럼 혼자 고립시키게 되면 그때에는 육적인 병이나 잘못된 일들이 일어날 수밖에 없습니다.

특히 미숙아들의 경우 그 아이들을 사랑해주고 쓰다듬어주면 의학적으로 회복될 확률이 훨씬 크다고 합니다. 만일 아이를 낳아서 안아주지 않고 사랑해주지 않으면 그 아이가 그냥 죽을 수도 있다고 합니다. 사람은 밥이나 공기만큼이나 사랑이 필요한 존재입니다. 다 죽게 되었거나 미숙아라서 완전히 포기할 수밖에 없는 아이라고 해도 엄마가 사랑해주고 말해주고 하면 깨어날 수도 있다고 해요. 사랑이라는 것이 그렇게 중요하기 때문에, 우리에게 생기는 우울증, 위궤양, 두통, 이런 여러 가지 병도 아무리 약을 먹거나 병원에 가서 치료를 받아도 낫지 않다가 사랑으로 치료되기도 합니다. 이런 병에 걸린 사람들이 정말 하나님의 사랑을 깨닫고 완벽한 사랑을 받게 되면 낫는 것이에요. 병원에서 잘 못 고치는 병들이 낫는 것을 참 많이 봐왔습니다. 우울증, 불면증 같은 것으로 굉장히 고생을 많이 했는데, 하나님의 완벽한 사랑을 깨닫고 누리기 시작하니까 그런 것들이 없어지기 시작했어요.

두려움을 쫓아내는 완벽한 사랑, 그 사랑을 주시려고 예수님께서 십자가에서 '내가 너를 이렇게 사랑한다. 내가 너를 위해서라면 너의 죄를 내가 해결해줄 수 있다면, 나는 이런 고통도 받을 수 있다'는 것을 직접 보여주신 거예요. 보여주셨기 때문에 우리에게는 우리가 믿는 것만 남아 있는 것입니다. 그런데 믿는 것이 힘이 드는 이유는 과거에 받았던 사랑에 대한 상처로 인해서 생긴 불신 때문입니다. 하나님도 우리 엄마 아빠 같다는 생각이 들고, 우리 초등학교 때 내 마음을 찢어놓은 어떤 선생님 같다는 생각이 들어서 믿지 못하는 거예요. 더구나 결혼에 실패한 경우에는 우리의 신랑 되신 예수님을 이야기할 때 남편의 이미지가 좋지 않기 때문에 믿기 어렵습니다. 하나님께 다 맡기라는데, 지난번 남편에게 나를 다 맡겼더니 버리고 도망간 것처럼 예수님이 나에게 상처를 주면 어쩌나 하고 두려워서 내 마음을 맡기지 못하는 것입니다.

'사랑 안에 두려움이 없고 온전한 사랑이 두려움을 내쫓나니 두려움에는 형벌이 있음이라 두려워하는 자는 사랑 안에서 온전히 이루지 못하였느니라'라고 말하고 있습니다. 두려움은 우리를 억압하고 고문하듯이 괴롭힌다고 했습니다. 이것 때문에 생기는 병이 많습니다. 심한 두통이나 심한 위장병, 심한 정신적인 증세 같은 것이, 두려움에서 오는 고통으로 생기는 것입니다. 믿으면서도 두려워하는 사람은 아직 사랑 안에서 완전하게 되지 않았기 때문에 그렇다고 했습니다. 예수님이 주시려고 하는 사랑은 완전한 사랑입니다. 그런데 완전한 사랑은 내가 그것을 믿을 때까지, 내가 누릴 수가 없기 때문에 위험 부담이 있습니다. 속는 셈치고 한번 더 믿어야 합니다.

'전도'란, '내가 귀를 뚫었는데 너무 좋아. 너도 해봐. 안 아파. 이 사람은 잘해'라고 말해주는 것입니다. 그리고 자기가 정말 체험했던 그 잘 뚫는 사람에게 데리고 가는 것입니다. '절대로 실수 안 해. 이분은 절대로 너를 아프게 하지 않아. 이분은 너를 완벽한 사랑으로 사랑해주시기 때문에 네가 두려워할 필요가 없어'라고 해주는 그것이 저는 진정한 전도라고 생각합니다. 우리 딸이 '엄마, 내가 잘하는 데를 알아. 괜찮아. 엄마하고 내 귀가 비슷하잖아. 나도 염증이 나지 않았으니까 엄마도 생기지 않을 거야' 하고 저를 부추겼습니다. 저는 속는 셈치고, 우리 딸을 사랑하니까, 믿으니까 따라갔습니다.

전도라는 것은 말을 잘해서 되는 것이 아니라 많은 경우에 관계에서 생깁니다. '주 예수를 믿어라 그리하면 너와 네 집이 구원을 받으리라(행 16:31)'고 한 이유가, 가족들끼리는 서로 사랑의 언어가 있기 때문에, 공통점이 있기 때문에 '아, 저 사람이 그렇다면 나도 한번 믿어볼까? 저 사람이 저렇게 변한 걸 보니까 뭐가 있나보다. 저 사람이 귀고리 한 것을 보니 예쁘다. 나도 해보고 싶다'고 하면서 쉽게 인정하고 믿을 수 있다는 것이지요. 그래서 하나님이 계획하신 전도의 능력이 있는 장소가 가정이라고 생각합니다.

'엄마, 나는 귓불의 위쪽을 뚫어도 아프지 않은데, 밑에는 더 아프지 않을 거야. 봐, 괜찮잖아'라고 딸이 말하는 바람에 저도 용기가 생겼습니다. 그런데 이번 경험은 정말 다른 거예요. 한국 사람이 확실히 예민해요. 손끝이 다른가봐요. 얼마나 잘하는지 몰라요. 지난번에 아팠던 기억이 있으니까 '아플 거야, 아플 거야, 따끔한데' 속으로 생각하면서 저는 위치를 잡는 줄 알았어요. 이를 악 물고 뚫기를 기다리는데 '다 끝났습니다' 그러는 거예요. 아프지 않게 잘 뚫더라고요. 집에 와서는 지난번처럼 염증이 생길지도 모른다는 두려움에 약을 바르고 잤는데, 아침에 일어나니까 아프지 않은 거예요. 하루 이틀 지나니까 싹 아물었어요. 얼마나 기뻤는지 모릅니다. 그때 옛날의 기억을 뛰어넘고 한번 더 해보기를 참 잘했다고 생각했습니다.

믿음은 두려움을 뛰어넘는 것

믿음은 바로 뛰어넘는 거예요. 두려움을 뛰어넘는 것입니다. 그렇기 때문에 처음에 접속되는 것이 참 힘들어요. 그렇지만 가면 좋은 곳. 그리고 믿어보면 정말 실망하지 않는 것. 그것이 완벽한 사랑으로 우리를 사랑하시는 하나님 아버지입니다. 그리고 그분의 집입니다.

예수님께서 우리에게 오셔서 이루신 것이 여러 가지가 있지만 가장 큰 것이 복음의 길을 여신 거예요. 우리가 다시 한 번 믿어볼 수 있게, 다시 한 번 돌아갈 수 있도록 길을 여신 것입니다. 우리의 두려움을, 우리가 어려워하고 힘들어하는 것을 알기 때문에 그렇게 보여주신 거예요. 많이 보여주셨습니다. 치유를 통해서도 보여주시고, 배가 고픈 사람에게 밥을 먹여주시는 것으로도 보여주셨습니다. '나는 네게 상처를 준 부모, 너에게 상처를 준 너의 남편, 네가 사랑했던 사람들 같은, 그런 사람이 아니다. 나는 하나님 아버지를 보여주러 왔는데, 하나님 아버지는 이런 분이다'라고 보여주셨습니다. 3년 동안 보여주신 기록이 성경의 사복음서에 잘 쓰여 있습니다.

그냥 한 명만 고치시고 '능력이 있었다'고 해도 되었을 텐데 왜 그렇게 자세하게 여러 사람의 병을 고친 이야기가 쓰여 있을까요? 제일 불치병인 나병 환자를 말씀으로 고치시면, 많은 사람들이 '아, 하나님의 아들이라 정말 능력이 있구나' 그러면 되잖아요? 능력은 한 번에 보여줄 수 있지만, 사랑은 그렇게 한꺼번에 보여줄 수 없기 때문입니다. 사람마다 사랑의 언어가 다르기 때문에, 그리고 여러 사람이 상처받은 종류가 다르기 때문이에요. 성격도 다르고, 믿음의 수준도 다르고, 남자와 여자, 성이 다르니까 그래서 예수님이 오셔서 남자도 만져주시고, 여자도 만져주시고, 어린아이도 만져주시고, 나병도 고쳐주시고, 맹인도 고쳐주시고, 죽은 사람도 살려주시면서 여러 사람에게 이 하나님 아버지의 사랑이 얼마나 완벽한지를 보여주신 것입니다.

예수님이 우리를 얼마나 사랑하시는지에 대한 가장 큰 표현이 예수님과 우리를 하나가 되게 해주실 수 있다는 약속입니다. 그분이 우리 안에 들어오신다는 것입니다. 완벽한 사랑을 가지고 우리 안에 들어오시기 때문에 그것을 믿기만 하면 됩니다. 그것이 영접이거든요. '들어오십시오' 하고 문을 열기만 하면 그분이 들어오셔서, 완벽한 사랑으로, 두려움을 완전히 몰아내주신다고 했습니다.

우리 안에는 구원을 받아도 두려움이 있어요. 심하게 상처받은 기억, 배반당한 기억, 자신을 정말 사랑해주리라 믿었던 자기 부모, 친척들에게 버림을 받거나 학대를 받거나 아주 심한 충격적인 일을 겪은 사람들이 의외로 참 많습니다. 이런 분들에게는 아무리 사랑을 한다고 보여주어도 그것이 믿기지 않는 거예요.

예수님이 3년 동안 다 보여주시고, 그것으로도 부족하다시며 결국은 마지막에 가장 극단적인 사랑의 표현을 하셨습니다. 바로 십자가에 매달리신 것입니다. 누구라도 마음을 조금이라도 열고 보면, 절대로 의심할 수 없는 그런 사건이었습니다. '너를 위해서 죽을 수 있을 만큼 나는 너를 사랑한다. 나는 너를 위해서 채찍에 맞아 내 몸이 피투성이가 되더라도 너를 치유해줄 수 있다면, 너를 자유케 할 수 있다면, 그러면 나는 내 모든 것을 다 버릴 수가 있다'고 하신 것입니다.

어떤 남자가 사랑하는 여자에게 '내가 너를 너무나 사랑하기 때문에 나는 일생 동안 네게 상처를 주지 않을 거야. 어떻게 하면 믿어주겠니?'라고 말했어요. 그런데도 이 여자는 상처가 너무 많아서 '아, 몰라, 당신도 마음이 변할 것 같아. 내가 당신이 그렇다는 걸 어떻게 알아?'라고 하는 거예요. '내가 정말 너를 사랑한다니까. 새끼손가락이라도 자르면 믿어줄 거야? 내가 이만큼 너를 사랑한다니까' 하고 새끼손가락을 자르려고 한다면 보통 여자 같으면 얼른 믿는다고 하겠지요. '이 사람이 정말 나를 사랑하는구나' 하고요. 왜냐하면 자기 몸을 고통스럽게 하거나 자기의 소중한 것을 버릴 수 있는 사람은 별로 없으니까요.

예수님은 새끼손가락을 자르고, 엄지발가락을 자르고, 벽에 부딪치는 정도가 아니라 온몸이 완전히 다 부서질 때까지 '나는 이렇게 너를 사랑한다, 너를 이렇게 사랑한다'고 하신 것입니다. 십자가에서 여섯 시간, 그리고 십자가를 지고 골고다를 올라가면서 흘리는 피 한 방울 한 방울이, 그 상처가 '나는 너를 죄에서 풀어주어야겠다. 내가 너를 이렇게 사랑한다' 하시는 우리를 향한 사랑의 고백인 것입니다. 그래서 그분이 십자가에서 죽으시면서 받으신 권리가 있습니다. 그것은 자기를 사랑하고 영접하고 신부가 되겠다고, 자기에게 시집오겠다고, 자기와 하나가 되겠다고 신앙고백을 하는 자에게는 자기처럼, 똑같이 구원해주실 수 있는 권리를 하나님께 받으신 것입니다.

네가 만일 네 입으로 예수를 주로 시인하며 또 하나님께서 그를 죽은 자 가운데서 살리신 것을 네 마음에 믿으면 구원을 받으리라 사람이 마음으로 믿어 의에 이르고 입으로 시인하여 구원에 이르느니라(롬 10:9-10)

위의 로마서 말씀처럼 '예수를 주로 시인하며' 하는 이 말은 곧 '당신이 나의 남편이십니다' 하고 같은 것입니다. 사라가 남편을 주인이라고 했죠. 여자가 남자에게 속하는 것입니다. 이제 중요한 결정은 무엇이든 당신이 내리시고 당신이 모든 것을 주관하십시오. 영접기도를 하는 것이 영적으로 시집을 가는 것입니다. 하나가 되는 것입니다. 그렇게 시집을 오겠다고 서약하는 자마다 그 여자가 했던 모든 잘못한 것, 빚진 것, 부족한 것, 약한 것에서 완전히 자유롭게 해주는 것입니다. 예수님은 죄가 없으시거든요. 그런데 피를 흘림으로써 그 피를 믿고 '당신을 나의 남편으로, 주님으로, 왕으로 섬기겠습니다' 하고 오는 자마다, 그 피의 권세로 모든 죄의 문제가 해결이 되고 마치 한 번도 죄를 지은 적이 없는 하나님의 아들처럼 그렇게 순결한 신부로 만들어줄 수 있는 권리를 십자가에서 쟁취하신 것입니다. 사망의 권세를 다 이기고 이 세상을 다스리는, 이 세상에서 가진 능력들을 완전히 부서뜨리고 승리하신 것입니다. 그분의 신부가 된다는 것은 그분과 하나가 되어서 모든 자유함, 그분의 모든 능력, 인생까지도 함께 누리는, 하나가 되는 기가 막힌 일이 일어나는 거예요.

그러면 이렇게 좋은 걸 왜 사람들이 받아들이지 못하느냐 하는 것입니다. 결국은 마귀가 우리에게 했던 모든 거짓말에 속은 것이지요. 인간관계에서 생겼던 상처들, 또는 사랑에서 왔던 상처들, 그것에서 온 불신들 때문에 하나님이 그렇게 사

랑한다고 확성기로 고백을 하셔도 믿지 못하는 것입니다. '뭔
가 있을 거야…… 믿었다가 지난번처럼 큰일 나…… 지난번처
럼 염증 생겨, 안 할래' 하게 됩니다. 안 하면 현상 유지는 되잖
아요.

무엇인가 새로운 것을 시작한다는 것은 그것이 성공하면
훨씬 좋아질 수도 있지만, 실패하면 지금보다 나빠질 수도 있
다는 거잖아요. 그러니까 사람들은 '가만있어봐' 하면서 지금
인생이 그냥 견딜 만하면 절대로 믿지 않겠지요. 만일 누가
클립 귀고리를 잘 발명해서 아프지 않게, 떨어지지 않게 발명
했다면 저는 절대로 귀를 뚫지 않았을 것입니다. 아파도 견딜
만하면 그냥 다른 귀고리라도 할 수 있었으면 하지 않았을 거
예요. 어느 때에 우리의 마음이 열리는가 하면, '예수님에게
시집가야겠다'는 그런 생각이 드느냐 하면 너무너무 힘들고
외로울 때입니다. 무엇인가 하고 싶은데 하지 못할 때 자유롭
고 싶은 간절한 소원이 생기는 것이 구원의 시작입니다.

예수님과 결혼하기

'제가 결혼해보니까 이렇게 좋습니다. 시집오십시오. 제가
가보았더니 너무 좋습니다' 하는 것이 간증이에요. 제가 오늘

하고 싶은 이야기는 그렇게 해서 제가 예수님에게 서약을 하고 시집을 가서 예수님과 하나가 되었더니 얼마나 좋았나 하는 이야기를 하고 싶은 것입니다.

예수님께서 이렇게 말씀하셨습니다. 요한복음 15장 4절에서 '내 안에 거하라'라고 하셨어요. '거한다는 것이 무엇이냐?' 하면, 같이 사는 것입니다. 우리가 결혼해서 시집을 가면 같이 살아요. 어제까지는 너무너무 좋아하는 연인 사이였지요. 밤 10시, 11시, 12시, 시간이 지날수록 마음이 급합니다. 왜요? 나는 내 집에 가야 하고 그 사람은 그 사람 집에 가야 하기 때문입니다. 그러면 또 '너 혼자 가면 위험해' 그러면서 데려다줍니다. 헤어지기 싫어서 그러는 것이지요. 그러면 문 앞에서 '됐어 자기야, 이제 그만 가' '가만있어봐. 들어가는 것 보고 갈게' 그럽니다. 둘이 같이 있고 싶어서, 헤어지기 싫어서 그러지요. 하나님이 우리하고 그렇게 같이 있고 싶어 하세요. 그렇게 우리를 사랑하십니다.

예수님이 하나님과 우리가 하나 될 수 있는, 남편과 아내처럼 함께 살 수 있는 길을 열어놓으셨어요. 이제 죄의 문제가 해결이 되었기 때문에 한곳에 있을 수 있는 것입니다. 함께 살 수 있습니다. 하나님께 시집가서 하나님과 하나가 되어서, 하나님의 집, 남편의 집에서 살면 이 땅에도 하늘나라가, 천국의 모든 것이 임하게 됩니다. 예수님이 '천국은 네 안에 있다'

고 했어요. 예수님이 우리하고 서약해서 하나가 되신 순간 우리 안으로 들어오십니다. 들락날락하려고 오신 것이 아니라 결혼해서 데리고 살려고 들어오시는 겁니다. '내 안에 거하라.' 우리가 예수님 안으로 들어가는 것입니다. 그래서 결혼이라는 제도를 이해하지 못하면 구원을 완전히 이해할 수 없습니다.

성경에서 보면 남편이신, 신랑이신 예수님이 온다고 하셨습니다. 재림의 날에 오시는 예수님은 신랑으로 오십니다. 신부인 교회를 맞으러, 신부를 데리러 오시는 것입니다. 휴거라는 것을 우리는 굉장히 신비하게 생각해서 '어떻게 몸이 뜨느냐' 하고 논란이 많습니다. 영적으로 결혼이 완전히 이루어지는 것, 서약한 결혼이 완전히 이루어지는 것에 대해서 유대 시대의 결혼 제도를 알아야 이해할 수 있습니다. 예수님의 재림 사건을 결혼식과 비교해보면 이해가 됩니다.

어린양의 혼인잔치

유대 사람들이 어렸을 때, 약혼하는 것을 예로 들어보겠습니다. 예수님의 어머니인 마리아가 아주 어렸을 때입니다. 그런데 이미 요셉에게 시집가기로 정혼을 했습니다. 그러면 마리아는 요셉의 여자입니다. 마리아가 요셉의 여자라고 나사렛에서는 다 알고 있습니다. 당시 정혼한 여자가 만일 다른 남자와 밤을 지냈다고 한다면 돌로 쳐서 죽였습니다. 그렇게 심각한 것이 서약입니다. 서약을 했으면 이 여자는 자기 자신의 것이 아닙니다. 자기 마음대로 아무 곳에나 가고 아무것이나 할수 없습니다. 요셉의 여자입니다. 그리고 완전히 성인이 되어 결혼 날짜를 받습니다. 그 결혼일이 되면 신랑이 신부를 데리러 옵니다. 그러면 그날은 완전히 부인이 되는 서약을 했을 뿐만 아니라 결혼식을 올리고 사람들이 보는 앞에서 남편과 아내로 인정을 받게 됩니다. 그날은 엄마 아빠 집의 내 잠자리에서 자는 것이 아니라 요셉의 집에서 잡니다. 요셉의 집으로 들어가는 것입니다.

이와 같이 예수님께서 우리와 서약을 맺습니다. 그러면 우리는 예수님의 여자가 되는 것입니다. 남자든 여자든 예수님의 신부가 되는 것입니다. 영적인 것이라고 했죠. 예수님이 이야기하는 것은 영적인 것인데 사두개인들이 이해하지 못하고 '남편이 일곱이나 있던 여자는 첫 남편의 동생들과 한 번씩 결혼했다가 죽으면 천국에 가서 누구의 부인이 됩니까?' 하고 물었습니다(눅 20:27-36). 천국은 그런 곳이 아닙니다. 일단 영적으로 거듭난 사람은 남자도 여자도 유대인도 헬라인도 없고 우리가 생각하는 한 사람과 결혼하는 것이 아닙니다. 우리가 다 예수님의 신부가 되는 것입니다. 예수님의 집, 천국으로 이사를 가는 것입니다.

그런데 제가 이런 생각을 해보았어요. 마리아는 아직 시집을 가지는 않았지만 요셉의 약혼자입니다. 요셉에게, '자기 집에 가서 자기와 시간 좀 보내도 될까?'라고 한다면 '안 돼, 결혼하기 전까지 너는 절대로 들어올 수 없어'라고 했을까요? 그런 남자가 어디 있겠습니까? 자기의 예쁜 약혼자니까 와서 아침도 먹고 점심도 먹고 같이 있을 수는 있어요. 그렇지만 결혼식을 치르지 않았기 때문에 아직은 같이 자면 안 되는 관계입니다. '내가 너를 깨끗하게 순결하게 지켜주고 싶어. 너는 집에 가서 자. 너희 집에 데려다줄게' 하고 데려다줍니다. 저는 약혼을 한 마리아가 요셉의 집에 왔다 갔다 할 수 있었던 것처럼, 정말 자기 인생을 예수님에게 완전히 드린, 예수님의 신부가 된 사람은 이 땅에서도 천국을 방문할 수 있다고 생각해요. 천국을 볼 수도, 누릴 수도 있다고 생각해요. 마지막 날, 내 몸, 육신을 벗어버리는 날은 그냥 완전히 들어가는 것, 그 차이밖에는 없는 거예요.

이렇게 좋은 것이 구원입니다. 예수님께서 이 완벽한 사랑을 우리에게 주려고 오셔서 우리의 신랑이 되셔서 우리와 하나가 되셨기 때문에 이렇게 말했습니다. 가지가 자기 혼자서 열매를 맺을 수 없는 것처럼 포도나무에 붙어 있지 않으면 절대로 혼자서 포도를 맺을 수 없습니다. 그것처럼 열매를 맺으려면 포도나무에 붙어 있어야 합니다. 가지를 자르면, 잘려 나간 가지에서 포도가 열릴 수 없습니다. 그래서 포도나무에 딱 붙어 있어야 하는 것처럼, 너도 하나가 되어야 결혼생활이 시작된다는 이야기를 하는 것입니다. '나는 포도나무요 너희는 가지라 그가 내 안에, 내가 그 안에 거하면 사람이 열매를 많이 맺나니 나를 떠나서는 너희가 아무것도 할 수 없음이라(요 15:5)'고 예수님이 말씀하셨습니다. 이 열매가 구원의 열매, 인생의 열매, 우리가 원하는 치유의 열매, 회복의 열매, 모든 축복의 열매입니다. 눈으로 보이는 것이 열매입니다. 그런 것들을 예수님이 주셨습니다.

그런데 '왜 이렇게 나는 열매가 없지, 아무것도 눈에 보이는 것이 없어'라고 생각한다면 이 성경 구절을 다시 한번 보십시오. 그리고 '내가 그러면 아직 완전히 시집을 가지 않았나보다. 내가 아직 내 마음을 완전히 드리지 않았나보다'라고 생각이 된다면 다시 한번 재차 영접기도를 하면 참 좋습니다. '예수님, 오늘부터 당신이 나의 생각과 마음과 모든 것을 다스리는 나의 주님이십니다. 나 정말 시집갈래요' 하고 다시 여러분은 온전히 신랑이신 예수님께 다 드리십시오.

하나님의 집

다윗이 시편 27편 4절에서 '내가 여호와께 바라는 한 가지 일 그것을 구하리니 곧 내가 내 평생에 여호와의 집에 살면서 여호와의 아름다움을 바라보며 그 성전에서 사모하는 그것이 라'고 이렇게 기가 막힌 고백을 했어요. 다윗이 '당신 집, 하나님의 집'에 대한 이 비밀을 알았습니다. 우리도 이것을 깨닫고 나면 고백이 간단해집니다. 기도도 간단해집니다. 시집만 가면 되거든요. 내가 원하는 단 한 가지는 '이 세상에서 사는 것이 아니라 이제는 당신의, 여호와의 전에, 나의 신랑의 집에서 사는 것입니다'.

메리라는 여자를 예로 들어서 이야기해보겠습니다. 메리는 아주 가난했어요. 집에는 먹을 것도 없었고, 집에서는 엄마 아빠가 매일 싸웁니다. 시끄러워요. 일만 시킵니다. 집에 있으면 굉장히 괴롭습니다. 그런데 '여기 시집오면 어떨까?' 하고 신랑의 집에 구경하러 갔더니 너무나 평화롭습니다. 평강합니다. 항상 기쁨이 넘칩니다. 아무도 싸우는 사람이 없어요. 아픈 사람도 그 집에 들어가면 낫습니다. 먹을 것이 넘쳐나고 완벽한 사랑으로 가득 찬 것이 신랑의 집입니다. 빨리 시집가서 신랑의 집에서 살고 싶은 소망으로 메리는 남은 기간을 견딜 수 있었다고 합니다.

다윗이 예배를 통해서, 예언적인 체험을 통해서 하나님의 나라를 본 것입니다. 다윗은 신랑의 집을 본 사람입니다. 그래서 이렇게 기도했습니다. '내가 원하는 단 한 가지'라고 했는데 왕인 다윗이 기도할 것이 얼마나 많았겠습니까? '나는 통치를 잘해서 우리나라가 제일 번성하는 나라가 되었으면 좋겠다'는 소원도 있을 수 있습니다. 또 '세상에서 가장 아름다운 여자를 신부로 삼고 싶습니다'라고 할 수도 있어요. 왕이니까 뭐든지 할 수 있었을 것입니다. 제일 맛있는 것을 먹을 수 있습니다. 그런 것이 너무 동물적이라고 한다면, 정서적으로 '나는 시를 잘 쓰고 싶습니다. 나는 머리가 좋았으면 좋겠습니다' 등등. 그런데 다윗은 원하는 것이 단 한 가지뿐이라고 했어요. 그것은 여호와의 전에 거하는 것입니다. 시편 23편 6절에서 이렇게 끝납니다. '내가 여호와의 집에 영원히 살리로다.' 이것이 다윗이 가장 원했던 것이었습니다. 예수님이 가장 원하시는 것도 그것입니다.

친밀감 회복하기

예수님은 우리가 예수님 안에서 예수님과 하나가 되는 것을 가장 원하세요. 그것은 예배를 통해서 완전히 예수님만 보이고 다른 것은 안 보일 때입니다. 그럴 때 예수님과 우리가 하나 되는 그 긴밀한 깊은 관계가 시작됩니다. 인티머시(intimacy), 우리나라 말로는 깊은 관계, 육체관계로 번역을 해야 할 것 같습니다만, 이것은 결혼한 첫날밤에 남편과 아내가 아무것도 가릴 것이 없는, 완전히 하나가 되는 그런 친밀감을 뜻하는 것입니다. 아담과 이브에게 죄가 들어오기 전에는 그런 친밀감이 있었습니다. 인티머시가 있었습니다. 그래서 벌거벗었지만 부끄럽지 않았다고 했습니다. 하나님과도 함께 거닐면서 하나가 되는, 가족과 같은, 부모와 같은 친밀감입니다.

그런데 죄가 들어와서 제일 먼저 깨진 것이 인티머시입니다. 제일 먼저 아담과 이브, 남편과 아내 사이에 친밀감이 깨졌어요. 그런 생각을 해봤습니다. 에덴동산에 아무도 없는데, 부부가 침실 안에 있습니다. 그런데 죄가 들어오니까 아담이 자신의 부끄러운 부분을 아내인 여자가 보는 것이 싫어졌습니다. 그래서 무화과나무 잎사귀로 자기를 가렸어요. 이브도 아담이 자신의 벌거벗은 몸을 보는 것이 너무 창피해서 가렸습니다. 두 사람이 서로 가리기 시작했어요. 그다음에는 하나님이 볼까봐 무서워 숨었습니다. 그러고는 딴청을 부립니다. 하나님이 '아담아, 네가 어디 있느냐'고 물으니까 두려워서 숨었다고 대답합니다. 인티머시, 친밀한 관계가 깨진 것입니다.

예수님이 이 세상에 오셔서 죄의 문제를 해결하셨을 때, 우리와 하나님 사이, 우리 사이, 부부 사이, 가족 사이의 인티머시, 진정한 친밀감이 다시 회복되었습니다. 진정한 친밀감이 회복됨으로써 완벽한 사랑, 하나님의 사랑을 가족과 결혼생활에서도 우리가 체험할 수 있게 예수님이 문을 열어놓으신 겁니다. 그래서 이제는 하나님 안에서 계시적인 깨달음이 없이 인간 사이에서 사랑을 받으려고 했다가 상처받았던 기억을 우리가 내려놓아야 합니다. 우리가 이제는 그런 좋지 않았던 기억에 대해서, 그리고 인간들 사이에서 받은 상처들에 대해서 회복되어야만 합니다. 그것은 그 사람 잘못이 아니라는 것을 알 수 있어야 합니다. 이것은 하나님으로부터 회복이 되어야만 일어날 수 있는 일입니다. 우리가 그 사람들을 용서하고, 예수님에게 우리 마음을 열어서 드려야 합니다. 제가 제 귀를 줘야 그 사람이 뚫어줄 수 있는 것처럼 우리가 우리 마음을 드려야 예수님이 우리 마음으로 들어오실 수가 있습니다.

예수님이 내 안에 들어오시면 기가 막힌 일이 일어납니다. '내가 포도나무요, 너는 가지니, 내 안에 거하는 자는, 나에게 시집오는 자는 나에게 인생을 맡기는 자는 내가 그 안에 들어간 자는, 열매를 많이 맺을 것'이라고 했습니다. 예수님 안에 내가 거하는 것은 예배를 통해서 일어납니다. 그래서 영접을 통해서 예수님이 내 안으로 들어오시고 예배를 통해서 내가 예수님 안으로 들어갑니다. 이런 사람들은 열매가 많다고 했습니다. 열매는 남들도 볼 수 있는 거예요. 사랑받는 여자는 예뻐진다고 하죠?

하나님의 사랑을 받는 사람들은 빛이 납니다. 영광의 빛을 주셨다고 했습니다. 그리고 능력과 사랑과 기적과 이적과 치유들이 따른다고 했어요. 왜냐하면 그 안에 기적과 이적과 치유이신 예수님이 사시기 때문입니다. 내가 예수님 안으로 들어갈 수 있기 때문에 일어나는 일입니다. 내가 슬플 때 내가 언제든지 갈 곳이 있습니다. 남편의 집에 가면 돼요. 가서 그 안으로 들어가면 됩니다.

신령과 진정으로 예배드릴 때

사람들은 절대로 위로해줄 수 없는 상처들, 정말 내가 극복할 수 없는 기억들, 두려움들, 그런 것들을 제가 정말 신령과 진정으로 예배를 드리면서 예수님 안으로 들어갔을 때, 예수님의 집에서, 하나님의 집에서 저도 치유를 받았습니다. 지난 5~6년 동안 깊은 예배생활을 하면서 몇 년 전까지만 해도 아무리 상담을 받고 금식기도를 하고 노력해도 사라지지 않았던 근본적인 뿌리에까지 있었던 상처들, 그곳에서 오는 두려움들, 그곳에서 오는 불신들, 그런 것들이 조금씩 사라졌습니다. 이제는 정말 나 자신뿐만이 아니라 다른 사람들도 믿고 다시 사랑할 수 있는, 정말 신기할 정도의 회복이 일어났습니다. 그곳이 바로 시편 91편 1절에서 말하는 은밀한 곳입니다. 거기가 신방이에요. 신랑이신 예수님을 만나는 곳입니다. 지존하신 자, 높으신 자, 그분의 은밀한 곳에 거하는 자는 그분의 날개 밑에, 그분의 그림자 밑에 항상 거할 수 있습니다.

그 날개 밑에 있는 자에게는 세상 사람들을 공격하는 마귀의 공격들이 올 수 없습니다. 질병, 우울증, 정신적으로 오는 고통들, 인간사에서 오는 사별의 고통, 이 모든 것이 날개 밑으로 들어가면, 그 완벽한 사랑으로 나를 사랑해주시는 남편의 강한 오른팔에 안겨서 심장 소리를 듣기만 하면 그곳에서 모든 근심 걱정이 녹아서 없어집니다. 하나님의 임재 안에서는 산들이 촛농처럼 녹는다고 했어요. 시편 91편을 어떤 때에는 종교적으로 읽으면서 사람들이 축복을 원한다고 기도합니다. 관계를 개선하지 않은 상황에서도 하나님은 이런 것을 준다며 소리 지르고 기도합니다. 누구든지 91편을 외워서 주문을 외우듯이 하면 된다고 믿는 사람들도 있어요.

하나님과 우리의 관계는 그렇지가 않아요. 그분이 남편이 되시고 우리가 아내 되어서 우리가 남편 밑으로 들어가야 합니다. 그분이 아버지가 되시고 우리가 자녀가 되어서 그분의 가족으로 그분의 다스림 밑으로 우리가 들어가야 합니다. 이렇게 자기를 드림, 나무에 가지가 붙어 있듯이 예수님께 딱 붙어 있는 신부, 예수님의 진정한 신부인 교회, 그런 교회는 시편 91편에서 이야기하는 그 모든 하늘나라의 축복을 이 땅에서도 누릴 수 있게 됩니다.

지성소에 들어갈 때 에스겔 44장 17절에서 보면, 제사장들은 절대로 모시옷, 삼베옷만 입고 들어가야 했습니다. 이유는 그곳은 거룩한 곳이기 때문이에요. 그 안에서는 땀을 흘리면 안 되었습니다. 제가 만난 신앙생활의 비밀이 바로 그것입니다. 지성소, 그 신방, 예수님과 만나는 은밀한 곳, 그 예배의 장소는 내가 땀을 흘리고 노력해서 들어갈 수 있는 곳이 아니에요. 내가 무엇을 해서 가질 수 있는 것이 아닙니다. 그냥 사랑해주신다는 것을 믿고 나의 상처의 기억들, 두려움들을 내가 눌러버리고 극복하고 그분에게 믿음으로 다가가서 받기만 하면 되는 것이 바로 지성소입니다. 한국 사람들의 문화에서 가장 힘든 것이 은밀한 곳에 들어가서 쉬는 것입니다. 그곳은 내가 하나님 마음에 들려고 자격을 받으려고 노력할 수가 없는 곳입니다.

구원은 오직 은혜로, 믿음으로만 받을 수 있는 것입니다. '이분이 나를 이렇게 사랑하는 남편이시구나. 내가 그분에게로 시집가야겠다' 하고 나의 몸과 마음과 나의 미래를 완전히 그분에게 맡길 때 그분과 내가 하나로 부부가 되는 긴밀한, 은밀한 관계가 이루어집니다. '네가 내 안에 있으면 무엇이든지 원하는 대로 구하라.' 그분이 약속해주십니다. 오늘 그분을 만나십시오. 그분은 여태까지 만났던 어떤 사람들과도 다른 완벽한 사랑으로 나를 사랑해주시는, 실수가 없으신 나의 남편이라는 것을 믿고 이제는 다시 한번 용기를 내어서 믿어 보세요.

진짜 여러분의 모든 것을 맡겨보세요. 어느 정도로 하느냐면, 내가 그 사람에게 정말 맡겼는데, 그 사람이 내가 믿었던 것처럼 하지 않으면 내가 완전히 다시 부서지고 상처받고 넘어질 각오를 하고 하는 것이에요. 안 다치려고 나 자신을 보호하면서 요만큼만 문을 열라는 소리가 아닙니다. 정말 '완전히 부서질 각오가 되어 있습니다. 당신을 믿습니다' 하고 내 마음을 완전히 열어서 그분에게 다 드리는 것입니다. 그렇게 시작하지 않은 결혼생활은 첫날밤부터 문제가 시작됩니다. 재산을 따지고, 요만큼만 주고 '이 사람이 이것을 안 해주면 어떡하나?' 하고 염려하면서 나를 완전히 다 드리지 않으면 진정한 인티머시, 진정한 친밀감, 진정한 그 은밀한 곳에서 하나가 되는 비밀스러운 결혼의 축복은 우리에게 올 수가 없는 것입니다. 오늘부터 용기를 내어보십시오. 예수님께 여러분의 모든 것을 완전히 드리십시오. 아멘.

관계 맺기

종교가 아닌 관계

사랑에 대해 더 이야기하고 싶어요. 예수님의 신부가 된다는 것, 그것처럼 쉬운 것도 없고 어려운 것도 없습니다. 우리가 마음을 예수님께 다 드렸을 때 관계가 시작되는 거예요. 관계가 시작되면 그다음에는 정말 기가 막힌 모험도 시작되고 여러 가지 체험들, 내가 한 번도 느껴보지 못했던, 다른 사람들은 상상도 할 수 없는 그런 기쁨과 평강과 내가 완전히 의로워졌다는 자유함을 느끼게 됩니다.

기독교는 절대로 종교가 아니라고 생각합니다. 관계예요. 다른 종교들은 신을 신으로 만들어놓고, 신에게 가서 엎드려 절하고, 그리고 종교적으로 두려워하지만 하나님은 종교를 원하시지 않습니다. 하나님은 아들을 원하고 신부를 원해요. 관계를 원합니다. 제가 그것을 깨달은 지 얼마 안 돼요. 그때부터 제 신앙생활이 굉장히 바뀌었습니다. 다른 사람들에게 들었을 때는 '정말 그럴까' 하고 의심했었습니다. 그런데 제가 바뀌고 나니까 정말 마가복음 16장 17절에서 이야기하는 표적들이 따르기 시작했습니다. 나 때문이 아니라 이제 내 안에 계신 예수님 때문입니다.

예수님을 만나다

그전에는 제가 신앙생활을 종교적으로 한 10년 넘게 했습니다. 솔직히 당시에는 성경을 읽어도 무슨 말인지 잘 몰랐어요. 그냥 읽으라고 하니까, 그리고 안 읽으면 안 된다고 하니까, 읽으면 좋다고 해서 그냥 읽은 것입니다. '오늘 또 열 장 읽었다' 하고 찍고 가고 그랬어요. 그랬는데 성경이 살아나기 시작했습니다. 제 안에 정말 예수님이 들어오시니까 이제 남편이 생겼잖아요? 약혼자가 생겼어요. 그분이 이제 나를 데리고 다니면서 가르쳐주시고 말해주시고, 좋은 곳에도 데려가 주십니다.

예수님이 내 인생에 들어오시면서 제 혼자 힘으로는 되지 않던 것을 도와주기 시작하셨다는 것이에요. 그분은 우리가 필요로 할 때 실제적으로 도와주시는 분이라고 했습니다. 관계적으로 예수님을 만나고 나니까요. 정말 제 삶이 변하기 시작했습니다. 과부처럼, 고아처럼 살던 저의 삶이 풍성해지기 시작했어요. 예수님이 너에게는 대적하는 마귀가 있다고 했습니다. '마귀는 너의 것을 훔치고, 파괴하고 죽이려고 오지만 내가 온 것은 풍성한 생명을 주려고 왔다'고 하셨습니다. 남편은 아내를, 신부를 구하러 옵니다. 구하고 나서 풍성한 삶을 주지요. 이것에 대한 열망이 누가 가르쳐준 것도 아닌데, 우리 안에, 우리 저 깊은 곳에, DNA 안에, 우리 영 안에, 혼 안에 그것이 각인되어 있습니다.

어느 나라 이야기를 봐도 똑같은 이야기 패턴이 있습니다. 신화라든지 소설을 보면 미국이나 한국이나 러시아나 그리스나 연애 스토리가 없는 나라는 없습니다. 그런데 그 스토리를 보면 다 똑같아요. 여자는 도움이 필요합니다. 성에 갇혔든지, 계모가 못되게 굴든지, 가난해서든지 도움이 필요해요. 요새 방송하는 연속극들을 보세요. 이 연속극들이 다 똑같은 패러다임이에요. 내용을 보면 여자는 지금 남자가 필요합니다. 여자는 지금 신랑이 필요해요. 신랑이 와서 나를 구해줘야 합니다. 여자 혼자서는 지금의 현실에서 벗어날 수 없는 거예요. 그것이 하나님께서 우리 안에 미리 넣어놓은 구원에 대한 열망입니다. 그런데 어떤 남자를 원합니까? 두꺼비처럼 못생긴 남자가 연애 스토리의 주인공으로 나오는 것 봤습니까? 주인공의 여자를 빼앗아가려는 변학도라든지 이런 사람들은 못됐거나 못생겼지요. 신랑은 잘생겼습니다. 그리고 부잣집 아들인 경우가 많아요. 아니면 왕자님입니다. 다 똑같아요. 〈귀여운 여인〉이라는 영화를 보나「백설공주」,「신데렐라」,「춘향전」을 보나, 남자는 다 힘이 있거나 권력이 있고, 돈이 있고 잘생긴 사람입니다.

이야기들을 보면 많은 여자들이 구원자인 남자가 와서 자기를 데려가주는 꿈을 꿉니다. 어느 나라 여자들에게나 다 있습니다. 지금은 힘들고, 외롭고 속상하지만 여자들에게는 남자들이 꿀 수 없는 꿈이 있습니다. 남자들은 결국에는 자기가 해야 돼요. 자기가 좋은 데 취직해서 돈을 벌어서 성공해야 합니다. 그러나 여자는 다소 공부를 못했다하더라도, 다소 머리가 나쁘더라도, 별로 가진 것이 없더라도 꿈을 꿀 수가 있습니다. '어느 날엔가 이 왕자님 같은 남자가 나를 흰 말에 태우고 석양 속으로 달려가줄 거야' 하는 것은 신부로 우리를 부르신 하나님이 우리 안에 넣어주신 로맨스 같아요. 하나님에게서 온 거예요. 그런 꿈이 누구에게나 있습니다. 이걸 예수님이 아닌 다른 남자에게 받으려고 하니까 상처를 받는 것이지요.

예수님이 오셔서 우리를 그 진흙탕에서 건져주신다고 하셨습니다. 하나님 보좌 우편에 앉아 계신 예수님이 우리도 같이 앉혀주신다고 했어요. 에베소서 2장을 보면 그렇게 나옵니다. 우리가 천국에, 하늘나라에, 예수님과 같이 앉는다고 했어요. 왜냐하면 신부니까 그렇게 하신다는 것이지요. 우리가 절대로 갈 수 없는 하늘나라에 어떻게 갈 수 있습니까? 우리가 시험 봐서 갑니까? 열심히 선행을 해서 갈 수 있습니까? 절대로 못 가지요. 예수님에게 내가 시집을 가야 가는 거예요. 내가 예수님의 신부가 되면 신부는 신랑이 있는 곳에 그냥 갈 수 있어요. 어제까지 거지였던 여자가 오늘 백만장자인 남자의 눈에 들어서 '너 내 색시 하자'고 할 때 '네'라고 대답하기만 하면 시집간 다음날부터 이 여자의 주소가 바뀝니다. 맨손으로 이사를 갑니다.

신부 되기 두려워서

미국에 그런 영화가 있었어요. 아주 부자인 남자가 아주 가난한 여자를 좋아했어요. 그런데 영화를 보면 참 답답한 것이 중간부터 끝날 때까지 이 여자가 도망을 다니는 거예요. 자신감이 없고 뭔가 자신이 상처받을까봐, 또 꿀리니까 싫다고 하는 것입니다. 이 남자는 정말 사랑해서 부인을 삼으려고 하는데 여자가 이 핑계 저 핑계를 댑니다. 우리도 마찬가지예요. 예수님이 우리에게 '너는 자격이 있다. 너는 내 아내가 되어야겠다'고 이미 청혼을 하셨는데 내 안에 있는 불신감 때문에, 열등감 때문에 피해 다니고 결정하지 못하는 것이지요.

앞에서 불신에 대해서 이야기했지만 우리를 막는 것 중의 또 하나가 내가 자격이 없다고 생각하기 때문입니다. '나 같은 사람이 어떻게 예수님의 신부가 되겠어? 나 같은 게 어떻게 하나님의 자녀가 돼? 이 문제, 저 문제 다 처리하고 나서 얼굴 마사지받아서 피부도 좋아지고 그랬을 때 내가 청혼을 받아들여야겠다' 하다가 남자가 기다려주면 좋은데 도망갈 수가 있습니다. 결혼하자고 할 때 빨리 그냥 '네' 하고 대답해야 돼요.

제가 '네'라고 대답하는 데 그렇게 오래 걸렸던 사람입니다. 제가 교회를 다니면서 10년 동안 정말 좋은 훈련 과정, 좋은 목사님, 양육해주시는 분들이 있었는데도 내 안에 있는 교만이라든지, 상처라든지, 이런 것들 때문에 내가 예수님을 완전히 영접하는 데 10년이 걸렸습니다. 이렇게 제가 간증을 분명하게 했는데 어떤 사람들은 그러면 저 교회는 안 좋은가보다 이런 생각을 할 수도 있을 것 같아요. 제가 그것을 다시 한번 확실하게 이야기하고 싶은데, 구원은 내가 하나님과 하는 것이지 교회가 절대로 해줄 수 없습니다. 도와줄 수는 있지요.

그렇지만 마지막 결정은 내가 해야 하는 것이 구원입니다.

그때 제가 다녔던 교회가 훌륭한 교회라, 아주 잘 배워서 예수님을 영접하고, 신부가 되어서 엄청난 축복을 누리며 사는 자매님, 형제님들이 제 주위에 많았습니다. 우리 교회는 뜨겁게 부흥하는 교회였기 때문에 간증도 많았습니다. 제가 하고 싶은 이야기는 그렇게 부흥하는 교회, 그렇게 살아 있는 교회에 내가 참석을 한다고 해도 나의 내면에서 나 스스로가 하나님께, 예수님께 내 마음을 완전히 드리지 못하면 거기가 광야라는 것입니다. 거기가 아직도 과부 생활이고 고아라는 그 이야기를 하고 싶었던 거예요. 제가 드디어 항복을 한 것은 여러 가지 어려운 일들이 계속 있으면서, 어느 날 제가 마음이 너무 가난해져서 정말 이렇게 못 살겠다고 생각하게 되었기 때문입니다. 예수님께 이제는 한번 나도 가봐야겠다는 마음이 생겼어요. 그래서 제가 그 순간부터 예수님께 마음을 열었습니다.

선물로 받은 성령

돌아온 탕자 이야기처럼 제가 마음을 여니까, 그분을 향해서 돌아서니까 그분이 기다리고 계시다가 저를 향해 뛰어와서 안아주셨어요. 그러면서 제가 드디어 시집을 갔습니다. 2002년 2월에 시집을 갔어요. 눈이 떠지고, 귀가 열리기 시작하면서 그때부터 기가 막힌 일들이 일어났는데 그중에 가장 좋은 일이 성경이 보이기 시작한 거예요. 이제는 내가 내 남편이 되신 내 약혼자이신 우리 예수님, 그분의 인도하심에 따르겠다고 서약하고 마음을 드리고 나니까 그분이 약속하신 성령을 선물로 주셨습니다.

그 성령님이 오셔서 이제부터는 나를 주관하고 다스리시기 시작하니까 성경을 읽는 것이 달라졌어요. 성경 말씀이 그렇게 맛있고 달 수가 없는 거예요. 전에는 마치 공장에서 일하는 일꾼처럼 재미가 없었어요. 왜냐하면 그전에는 하나님과 아직 접속이 안 된 상태니까 맛을 몰랐거든요. 성경을 읽어야 한다고 해서 순종하는 마음으로 그냥 읽었기 때문에 한 시간이 굉장히 길었습니다. 한 시간을 읽고, 한 시간을 기도하는 것이 저에게는 굉장히 힘들었어요. 그런데 이렇게 사랑에 빠지고 신랑이신 예수님을 만나니까 성경 말씀이 살아서 움직이는 것같게 되었어요. 제가 '네'라고 처음에 대답하는 것은 힘들었지만, 제가 '네'라고 말하니까 이분이 오셔서 자기를 나타내기 시작하시는 거예요.

남자들은 절대로 결혼하기 전에 자기 자신을 다 드러내지 않습니다. 결혼하고 나서야 자기를 드러내기 시작합니다. 그런데 이것이 어떤 경우에는 나쁜 소식이지요. 그 안에 나올 것이 좋은 게 별로 없는 남자는 결혼해서 그것이 나오기 시작하면 그때부터 여자가 '내가 속아서 결혼했다'고 땅을 치며 속상해할 일들이 생깁니다. 그런데 정말 좋은 사람도 결혼해야지만 나타내는 거예요.

예수님은 절대로 걱정을 안 해도 돼요. 내가 그렇게 불안해하면서 무서운 마음으로 갔는데 첫날밤 신랑을 보니까 너무 좋은 거예요. 그다음 날은 더 좋은 거예요. 그다음 날은 더 좋습니다. 1년이 지났더니 여태까지 몰랐던 것이 더 있는 거예요. 2년이 지나서니 이제는 정말 이 이상 좋을 수는 없을 것이라고 했는데 3년째 되면 더 좋아집니다. 이것이 예수님과 함께하는 진정한 구원의 거듭난 삶입니다.

어려운 일은 생겨요. 왜냐하면 마귀가 우는 사자들처럼 삼키려고 달려들어요. 예수님의 신부를 아주 미워합니다. 못살게 굽니다. 그렇지만 그때마다 '여보, 나 좀 도와주세요'라고 하기만 하면 바람같이 달려오셔서 구해주시는 남편이 있습니다. 그분은 너무나 부드러우시고 내가 원하는 모든 사랑의 표현을 해주시는 남편, 그리고 내가 알지 못하는 그 모든 비밀스러운 이야기도 나누어주시는 자상하신 남편입니다. 이 남편을 계속 만나가는 것, 그것이 성화 과정이라고 생각해요. 그분을 알면 알수록 그분과 닮아가거든요. 그래서 그분을 자꾸 쳐다

보고, 그러면 악이라는 것은 하나도 없고 완전히 사랑만 있기 때문에 열정만 있기 때문에, 그분과 시간을 많이 보내다보면 내가 달라집니다.

QT가 달라지고, 기도가 달라지고, 찬양이 달라지고, 예배가 달라지면서 제가 그분처럼 점점 변하게 되었어요. 태도도 바뀌고, 습관도 달라져요. 오래 산 부부를 보면 서로 닮지요. 우리 어머니는 함경도 분이시고, 아버지는 충청도 분이십니다. 이분들이 오십여 년 넘게 매일 같은 집에서 같이 사셨습니다. 매일 같은 음식을 같이 잡수셨어요. 여행도 같이 다니십니다. 이분들이 서로 굉장히 다른 분들인데 지금은 비슷해지셨어요. 그래서 여든을 앞둔 두 분을 보면 제가 참 좋습니다. 지난번에 저녁을 먹으러 갔는데 이분들이 똑같은 메뉴를 시켜놓고 앉아 있는 것을 보고 우리 딸이 '할머니 할아버지가 귀엽다'고 말하는 거예요. 우리의 식성과 태도, 생각하는 것, 그리고 모든 관점이 시집가서 1년, 2년, 3년 살아가면서 남편은 아내를 닮고 아내는 남편을 닮아갑니다.

말씀에 빠져서

제가 그전까지는 알지 못하던 그 비밀스러운 것들을 하나님의 말씀 안에서 깨닫기 시작했어요. 이것이 너무나 재미있는 거예요. 성경을 어떤 때는 여섯 시간, 일곱 시간 못 내려놓았습니다. 밥하다 말고도 한 구절이라도 더 읽고 싶어서 또 성경을 읽는 거예요. 그 안에 내가 사랑하는 나의 남편의 음성, 나의 남편 되신 예수님의 사랑 고백, 그리고 그분이 나에게 주실 선물들이 다 숨어 있거든요. 너무너무 재미있어서 성경을 내려놓지 못했습니다. 신앙생활이 2002년부터 시작되었지만 완전히 빠지기 시작한 것은 3년 정도 지나서입니다. 왜냐하면 태어났으니까 세 살 정도는 되어야, 조금 자라야 생각도 생기고 그러니까요. 2005, 2006년에는 정말 못 말릴 정도로 예수님과 사랑에 빠지기 시작했습니다. 그분은 너무나 아름다우시고, 너무나 거룩하시고, 너무나 나를 사랑하시고, 너무나 완벽한 분이시기 때문에 알면 알수록 사랑에 빠지지 않을 수가 없어요.

우리가 몰라서 사랑에 안 빠지는 거예요. 제가 하와이에 갔을 때 이렇게 사랑에 빠져서 예수님이 너무 좋아서 예수님을 묵상하고, 예수님의 말씀 읽고 또 읽었습니다. 말씀이 예수님이잖아요? 성육신이 되어 오신 것이 말씀이니까, 또 먹으라고 해서 막 먹고, 씹어 먹고, 성찬식을 통해서 하시는 말씀을 씹어 먹고 그 말씀을 마시고 그랬습니다. 이런 진정한 QT가 시작된 것이 2005, 2006년이었습니다.

제가 뜻을 잘 몰라서 별로 읽기를 좋아하지 않았던, 성경에서 제일 싫어했던 것이 아가서하고 레위기였어요. 무슨 소리를 하고 있는지 알아듣지 못하는 거예요. '이런 게 왜 성경에 있지?' 하면서 읽다가 '어여쁜 자야' 이러면 '이게 뭐야? 좀 더 심각하고 중요한 이야기를 읽자' 하고 넘어갔습니다. 저는 신약도 좋아하고 나중에 이사야서, 예레미야서 다 좋아하게 됐지만 제일 끝까지 좋아하지 않았던 책이 레위기입니다. 제사를 할 때는 이렇게 해야 되고 저렇게 해야 되고 그게 굉장히 지루해서 싫었습니다. 그리고 아가서는 성경 같지 않았어요. 어떤 곳은 보니까 신체적인 것까지 이야기하면서 너는 여기가 예쁘다, 저기가 예쁘다 그러는 거예요. '실수로 들어간 것이 아닐까? 거룩한 성경에 왜 이런 게 들어갔을까?'라고 생각했던 것입니다.

사랑에 빠진 연인처럼

그런데 제가 사랑에 빠진 연인처럼 되니까 예수님이 연인으로서 속삭이는 그 사랑의 언어로 이 아가서를 읽었을 때 기가 막힌 은혜를 받기 시작했습니다. 거기에서 제가 참 좋아하는 구절 두 개를 나누고 싶습니다. 우리가 예수님과 기독교를 굉장히 많이 오해하고 있습니다. 그것을 풀려면 오늘 아가서를 읽어보십시오. 읽으시면 '아, 내가 생각했던 것같이 그렇게 딱딱한 종교가 아니구나. 내가 생각했던 것같이 그렇게 멀리 계신 분이 아니구나' 그렇게 깨달아서 먹고 마시게 될 것입니다. 신랑이신 남편을 만날 뿐만 아니라 먹고 마시길 바랍니다. 나의 혈관에 예수님이 흐르길 원해요.

예수님이 말씀하셨습니다. '너는 나의 몸을 먹고 나의 피를 마셔야만 너하고 나하고 상관이 있어진다.' 이렇게 요한복음 6장에서 말씀하셨습니다. 조금 전까지 오병이어의 기적으로 굉장히 인기가 좋아졌는데 이 말씀을 하시자마자 인기가 팍 떨어지셨습니다. 사람들이 '식인종'이라고 다 욕하고 떠났습니다. 그것은 영적인 것을 말씀하고 계신 것인데 말이죠. 성령, 그분의 영을 우리가 마시고, 그분의 몸인 말씀을 우리가 먹는 것, 이것이 정말 성찬식적인 QT입니다.

제가 처음 아가서를 읽었을 때는 '솔로몬의 아가라 내게 입 맞추기를 원하니 네 사랑이 포도주보다 나음이로구나[노래들 가운데 가장 아름다운 솔로몬의 노래입니다. 그의 입술로 내게 입 맞추게 하소서. 당신의 사랑은 포도주보다 더 달콤합니다](아 1:1-2)' 하는 이 구절들이 이해되지 않았었습니다. 그런데 예수님을 신랑으로 만난 다음에 성령님이 숨결을 불어넣어 주시는 QT를 하게 되었을 때 이 말씀에 제가 완전히 녹아버렸어요. '그분의 입으로 나를 입 맞추게 하라.' 너무 멋있죠. 우리는 키스를 합니다. 사람들이 많고 그럴 때는 그냥 이마에 뽀뽀해주거나 뺨에다 뽀뽀해주죠. 그런데 남편과 아내가 단둘이 아무도 없는 남산공원이라든지 차 안이라든지, 그리고 분위기가 아주 좋을 때는 입과 입으로 키스합니다. 그래서 남자들이 처음에 연애할 때 그 관문을 통과하면 굉장히 좋아하죠. 여자가 입과 입을 맞춰서 키스해준다는 것은 '네 여자가 되겠다'는 소리죠. 여자도 '언제가 되면 키스를 할까?' 하고 계속 기다리고 있습니다. 단둘이 있게 되면 '혹시 오늘일까, 지금일까' 하면서 기다립니다.

이것은 '내가 지금 목자로서 왕으로서 당신을 쫓아가는 것에 이제는 더 이상 만족되지 않습니다. 나는 당신과 입 맞추고 싶습니다. 나는 당신과 하나가 되고 싶습니다' 하는 여인의 고백입니다. 신부의 고백이에요. '당신의 사랑이 포도주보다도 더 달콤하고 더 좋습니다.' 이렇게 고백합니다. 이 아가서에 나오는 그 술람미 여인이 솔로몬 왕과 사랑에 빠졌어요. 사랑에 빠진 사람은 대담해집니다. 지금도 여자가 남자에게 먼저 입 맞추어달라는 경우는 별로 없지요. 대부분 여자는 기다립니다. 그런데 이 여자는 더 이상 기다릴 수 없는 거예요. 너무 사랑하기 때문에 자기가 다가갑니다.

예수님이 정말 기다리고 있는 예배, 예수님이 정말 원하시는 그 예배가 바로 이런 것이에요. 나는 이제 더 이상 못 기다리겠어요. 너무 목이 마릅니다. 나는 지금 너무 배가 고픕니다. 나는 예수님과 입 맞춰야겠습니다. '입 맞춰주세요' 하고 신부가 공격적으로 다가오는 것을 예수님은 정말 좋아하십니다. 왜냐하면 예수님은 이미 준비가 다 되셨거든요. 예수님은 열정적인 분이십니다. '와! 저 교회는 나와 입 맞추고 싶어 하는구나. 저 신부는 나와 입 맞추고 싶어 하는구나' 하는 것을 예수님이 느낄 수 있습니다. 그런 신부의 갈망이 있을 때 그런 예배가 있을 때 예수님은 반드시 오십니다. 그래서 결국은 마지막에 재림하실 때 신부를 맞으러 신랑으로 오신다고 하셨어요.

그런데 어떤 때 오신다고 하셨습니까? 예수님이 무엇이 필요하다고 하셨어요? 요한계시록에서 성령과 신부가, 예수님의 신부가 이렇게 소리칩니다. '예수님, 오시옵소서! 지금 오시옵소서. 지금 나는 예수님이 없으면 못 살겠습니다. 하루도 더 이상 이곳에 예수님 없이 살고 싶지 않습니다.' 이것은 사랑하는 여인의 고백이에요. '여보, 오세요! 정말 당신이 오셔야겠습니다'라고 고백하는 것입니다. 예수님, 성령님, 하나님은 이러한 배고픔에 반드시 반응하십니다.

우리가 교회 부흥의 역사를 보면 어떤 부흥이든지 '아주 열심히 일을 하거나, 선행을 하거나, 아니면 프로그램을 잘 짜서 온 교회가 다 예배를 몇 시간 드렸더니 왔더라' 하지는 않습니다. 부흥이라는 것은 신부들이 너무 소리 지르니까 하나님이 하늘에서 더 이상 못 참겠다고 내려오시는 거예요. 신부들이 '여보! 오세요! 오세요!' 하니까 지금 일하시다 말고 오신 거예요. 그렇잖아요? 신혼에 여자가 전화해서 '여보, 당신이 지금 너무 보고 싶어 못 견디겠어. 빨리 와서 입 맞춰줘!' 하는데 사랑하는 남자라면 '급한 일이 있어서 집에 가야겠다' 하고 집에 뛰어오겠지요. 하나님이 그렇게 내려오시는 게 부흥이에요.

그래서 울부짖는 것이 무조건 소리 지르고 소리가 크면 오신다고 생각하는데 그게 아닙니다. 우리 안에 있는 예수님과 하나가 되고 싶은 그 배고픔, 신랑을 향한 그 사랑의 부르짖음, '여보! 나는 지금 당신이 너무 보고 싶어요! 나는 당신과 너무 하나가 되고 싶어요. 당신을 알고 싶어요. 오세요!' 이렇게 오라고 초청을 할 때 예수님은 오시는 거예요. 그것은 부흥의 어떤 곳을 봐도 똑같습니다. 평양에서 부흥이 일어났을 때도 '하나님, 오시옵소서, 이 땅에 오시옵소서, 지금 이곳에 오시옵소서. 하늘에서 뜻이 이루어진 것처럼 지금 이루어지길 원합니다. 당신과 우리가 하나가 되길 원합니다' 이렇게 배고픈 몇몇 사람이 울부짖었을 때 하나님께서 오셨습니다. 오시니까 회개가 일어나고, 치유가 일어나고, 전도가 되고, 우리나라가 몇 년 만에 완전히 변화되었습니다.

아가서 1장 4절을 보면 이 여인이 키스로 만족하지 못합니다. '나를 데려가주세요, 조금만 더 서둘러주세요, 왕의 침실로 나를 이끌어주세요. 우리가 즐거워하며 그대 안에서 기뻐할 것입니다. 우리가 포도주보다 더 달콤한 그대의 사랑을 기억할 것입니다. 젊은 여인들이 그대를 사랑함이 당연합니다(아 1:4).' '키스해주세요' 하더니 이제는 더 공격적이게 됩니다.

어느 때는 예수님이 빨리 안 오실 때가 있습니다. 마리아와 마르다에게 나흘을 기다리게 하셨죠(요 11:17-20). 예배자에게 어떤 때에는 기다리게 하십니다. 왜 그러냐 하면 우리에게 더 많은 사랑으로 주시려고, 우리 안에 있는 그 사랑의 열망, 배고픔을 부채질하시는 거예요. '이제는 정말 배고파요' 그런데 아직까지는 견딜 만합니다. 아직까지 기도가 우아합니다. '그냥 예수님이 오셨으면 좋겠습니다. 예수님이 배고파요.' 그러다가 그다음 날까지 안 오시면 너무 배고프게 되면 기도가 바뀝니다. '왜 안 오세요! 빨리 오세요!' 합니다. 또 그다음 날이 되어 이제는 굶어 죽기 일보 직전입니다. 그러면 '내가 무엇이든 다 포기해도 좋으니까 오세요!' 그렇게 됩니다. 마지막이 되면 그다음에는 한나가 그랬던 것처럼 말조차 나오지 않을 정도로 너무 배고파서, 기절하기 일보 직전이 됩니다. '지금 안 오시면 난 죽습니다' 하는 그 에너지가 하나님을 하늘로부터 땅으로 끌어내리는 거예요. 예수님이 그것을 기다리십니다.

그래서 이 여자가 '키스해주세요' 했을 때 얼른 와서 해줬으면 그것으로 끝났을 거예요. 그런데 키스를 안 해주시거든요. 그러니까 이 여자가 그다음에 '나를 데려가주세요. 내가 당신을 쫓아가겠습니다. 따라가겠습니다. 나는 뛰어가겠습니다' 하는 거예요. 공격적으로 나아갈 때 모든 걸 돌파할 수 있습니다. 내 인생에서 해결되지 않는 문제들은 내가 해결하려고 하려면 안 돼요. 공격적으로 예수님을 향해서 달려가기 시작했을 때 그 에너지가 내 주위에 있는 여리고 성, 나를 묶고 있는 것들을 풀어지게 합니다. 왜냐하면 그때 예수님께서도 나를 향해 달려오시기 시작하기 때문입니다.

영화를 볼 때 영화의 장면들이 그냥 나오는 게 아닙니다. 저는 모든 영감은 하나님에게서 온다고 생각해요. 마귀가 그것을 나쁘게 변질시킬 수는 있지만 아주 근본적인, 어떤 창조적인 것들은 창조주이신 하나님께로부터 나온다고 생각합니다. 그래서 보면 어느 나라 영화에나 똑같이 공통적으로 나오는 것이 있습니다. 그냥 같이 다니면 되지, 남자는 저기 있고 여자는 이쪽에 있다가 음악이 나오면서 남자가 여자를 향해서 뛰어옵니다. 여자도 남자를 향해서 뛰어갑니다. 그걸 보고 사람들이 왜 좋아하느냐 하면 만났을 때 폭발적으로 일어날 그 순간의 로맨틱한 기쁨, 만족감을 같이 누리고 싶은 거예요. 오래 뛰면 오래 뛸수록, 멀리 있으면 멀리 있을수록 그 에너지가 만남의 순간에는 더 폭발적으로 오는 거예요.

아가서의 이 여자가 '당신을 향해서 뛰어가겠습니다'라고 말합니다. 그리고 만난 것 같아요. 왕이신 솔로몬을 술람미 여인이 막 뛰어가서 만났어요. 당신을 위해서 여기까지 뛰어왔습니다. 얼마나 예쁘겠어요? 자기가 사랑하는 여자가 헉헉대면서 달려올 때, 제가 사랑에 빠졌을 때 생전에 해보지 않던 행동을 하게 됩니다. 저는 걷는 것을 별로 안 좋아하고, 게으르고, 몸이 약해서 오래 못 걸어요. 그런데 그 사람을 만나러 가려면 버스를 타야 되는데, 잠깐 서서 버스를 기다리는 것도 싫은 거예요. 빨리 보고 싶어서 기다릴 수 없었어요. 걸어서 거기까지 갈 생각은 아니었는데 빨리 가야겠다고 생각하면서 한참 정신없이 걷다보니까 그 사람 집 앞이었어요. 그런데 제가 다섯 시간이나 걸어서 간 거예요. 그것은 인간적으로 할 수 없는 초인적인 힘이죠. 사랑에 빠지면 그렇게 됩니다.

그래서 우리에게 어떤 돌파구가 생기길 원하신다면 예수님과 시간을 많이 보내면서 사랑에 빠지세요. 술람미 여인처럼. 그럼 그다음에는 평상시에는 하지 못했던 일을 하게 됩니다. 막 뛰어나가게 돼요. 막 앞으로 나가게 됩니다. 예전에는 '하나님은 무소부재 하신 분인데 꼭 앞에 나가서 은혜를 받아야 되나?' 그런 생각으로 뒤에서 삐딱하게 앉아 있던 사람이었습니다. 이제는 예배드리기 시작하면 조금이라도 더 가까이 가려고 맨 앞으로 뛰어나갑니다. 그리고 '오늘 기도 받으실 분?' 하면 막 뛰어나갑니다. 왜? 컨택하고 싶어서, 접속되고 싶어서, 빨리 만나고 싶어서 뛰어나갑니다. 사랑하는 사람, 예수님이 오로지 나의 추구하는 그 한 가지가 되어서 초점이 그리로 맞춰지기 시작하면 내 인생에서 문제들을 돌파하게 되는 일들이 막 일어나기 시작해요. 예배를 통해서 어려운 문제들을 돌파하게 됩니다.

내가 그분을 향해서 뛰어갈 때 그분은 나를 향해서 더 큰 사랑을 가지고 더 정열적으로 뛰어오는 분이거든요. 그래서 연인들이 만났습니다. 아가서를 보면 참 로맨틱해요. '그가 왼팔에 나를 눕혀 내 머리를 안으시고 오른팔로 나를 감싸 안아주시네요(아 2:6).' 이런 적나라한 표현들이 나옵니다. 왕이 뛰어오는 여자를 보고 '내가 사랑하는 술람미 여인이구나!' 하고 뛰어가서 둘이 만났습니다. 연속극에 보면 음악이 짠 하고 큰 소리로 나오죠. 만나서 뭐합니까? 만나면 대부분 키스하죠. 키스하고 머리도 쓰다듬어주고 만지고 그러죠. 그렇게 해서 여자의 소원이 이제 풀렸습니다. 입도 맞춰주시고 다 했어요. 그런데 그걸로 끝나는 것이 아니라 그 왕이 이 술람미 여인이 너무 예뻐서 데리고 자기의 방으로, 왕의 방으로 가는 거예요.

예수님의 신부가 되어

천국이라는 곳이 하나님의 나라라고 했죠? 그곳에 가는 체험이 나는 예배라고 생각해요. 예배 도중에 깊숙이 그분의 임재하심에 빠졌을 때는 사람들이 꼭 '천국에 갔다 왔다' 그럽니다. 그분의 임재하심 안에 내가 깊이 들어갔을 때 아가서에 나오는 것처럼 내가 사랑하는 나의 왕이신 예수님이 오셔서 나를 예수님의 방으로 데려가주신다는 거예요. 그 방에 들어갔는데 슬프겠습니까? 기쁘겠습니까? 당연히 기뻐하겠지요. 갑자기 막 울다가 웃다가 하면서 펄쩍펄쩍 뛰며 좋아하기 시작해요. 이것이 종교하고는 완전히 다른 살아 있는 예배, 살아 있는 하나님과의 관계입니다.

종교로서 예배를 드린다면 여기서는 15분 동안 찬양하고 15분 동안은 말씀을 듣고 15분 동안은 무엇을 하고 그럽니다. 왜냐하면 모르니까, 관계가 없으니까 그렇게 합니다. 그것이 예배가 종교인가 관계인가 하는 것의 차이입니다. '15분 동안 소리 지르자'고 하면 막 소리 지르는 것, 이것은 종교입니다. 우리가 만일에 아내가 남편에게 그런다고 생각해보세요. 매일같이 퇴근해서 돌아오면 7시에서 7시 15분까지는 똑같은 행동하고, 15분부터 30분까지는 밥 먹고, 30분부터 50분까지는 설거지하고 그러면 남자가 숨이 막혀서 도망갈 것입니다. 하나님도 오시고 싶은데 그런 예배 장소에는 오시기 참 힘드십니다.

하나님은 자기에게 반응하는 신부를 원하십니다. 그래서 예배가 활기차야 됩니다. 처음에는 안 만나지니까 '만나주세요! 만나주세요!' 그러다가 '나에게 키스해주세요. 데려가주십시오. 쫓아갈 거예요' 그러면 하나님이 나타나시는 거예요. 왜냐하면 사람들이 찬양하는 곳에 하나님이 임재하신다고 약속하셨습니다. 시편에 보면 하나님은 사람들이 찬양하는 그곳에 거하신다고 하셨어요. 그 보좌가 내려옵니다. 내가 찬양하면 정말 내려오십니다.

남편 되신 예수님이 나타나시면 그다음에는 우리의 예배가 바뀌어야 돼요. 이제 오셨으니까 그때는 계속 울면 안 됩니다. 어떤 때는 우리가 찬양을 통해서 민감하게 성령님에게 반응하면서 예배를 드리려고 하는데 어느 순간, 막 찬양하다가 탁 터지면서 갑자기 기뻐지는 때가 있습니다. 그때는 '와, 예수님 오셨다! 우리 왕이 오셨다!' 그러고 막 좋아합니다. 그럴 때 아직도 엉엉엉 울고 있는 사람들이 꼭 있습니다. 왜냐하면 이런 경우는 접속이 안 돼서 그런 거예요. 지금은 영적으로 바뀌었는데 나는 내가 하는 것을 계속하고 있는 거예요. 그것은 과부의 예배입니다. 과부의 예배는 끝이 없어요. 계속 웁니다. 끝까지 웁니다. 그리고 집에 가서도 웁니다. 과부는 웃을 일이 없거든요. 우리는 과부가 아니라 신부예요. 신랑이 오시면 웃어야 됩니다. 신랑이 오시면 기쁩니다. '기쁘다, 기뻐요' 그러면 예쁘다고 해주시고 나를 만나주시는 것뿐만 아니라 '너랑 나랑 내 방에 가자'고 하십니다. 그것은 찬양에서 긴밀하고 깊은 예배로 변하는 거예요.

진정한 찬양의 예배자, 예배의 인도자들은 성령에 민감해야 됩니다. 지금 예수님이 무엇을 하시는지, 지금 성령님이 무얼 하시는지 느낄 수 있어야 합니다. '아, 지금 내가 조금만 더 이 사람들과 이런 찬양을 통해서 이렇게 들어가면 모든 사람이 긴밀한 방에서 예수님과 하나가 되는 것을 느낄 수 있겠다'고 하면 시끄러운 찬양을 하다가 조용하게 분위기를 바꿔주는 것. 이것이 예배 인도자가 해야 하는 거예요. 예배 인도자는 기타 잘 치는 사람, 노래 잘하는 사람이 하면 안 됩니다. 제가 생각할 때는 그래요. 노래도 잘하고, 기타도 잘 쳐야 하지만 그 이상으로 성령에 대한 민감함이 꼭 있어야 한다고 믿습니다. 그냥 음악가인 사람들이 노래 잘하고, 기타를 잘 치기 때문에 예배 인도를 하기 시작하면서 진정한 예배가 없어졌다고 생각합니다.

예배 인도자는 예배를 통해서 사람들을 지성소까지 데려다 줄 수 있는 사람이어야 돼요. '지금 감사함으로 문에 들어가야 하는 때'다라고 하면 전부 '감사합니다' 하고 감사하는 찬양을 하고, 그러다가 뜰이 밝아지면 '우리 찬양으로 들어갑시다' 하고, 그러다가 성소가 되면 하나님에 대한 어떤 이야기라든지 그런 찬양을 하고, 그러다가 문이 활짝 열릴 때가 있거든요. '들어와라. 내 방으로 들어와라'라고 하시면 그때는 모든 것을 다 내려놓고 거룩하신 하나님 그분을 예배드리는 깊은 예배로 사람들을 이끌어줄 수 있는 것이 인도자예요.

인도가 되었을 때 왕이신 예수님이 그분의 은밀한 곳으로 우리를 데리고 가십니다. 그 안으로 들어가면 당연히 기쁘겠지요? 이 여자는 '나는 당신 안에서 이제 기뻐요'라고 반응합니다. 왜냐하면 남자가 만나줬잖아요? 방에까지 데려가주었습니다. 내가 너무 사랑하는, 내가 연모하는 남자가 데려가주었으면 이제 이 여자가 빚진 것, 어떤 사람이 못생겼다고 한 일, 내가 원하던 집을 다른 사람이 산 것 등등 평상시에 자신을 괴롭히던 것들, 내가 큰 문제라고 생각했던 것들이 별문제가 되지 않습니다. 그런 문제들이 없어져버려요. 왜냐하면 나는 지금 사랑하는 남자의 방에 함께 있으니까요. 이 남자가 사랑하는 눈으로 나를 쳐다봅니다. 그런 때에 '어렸을 때 우리 엄마 아빠는 날 사랑해주지 않았어' 하면서 여자가 울면 큰일 납니다. 첫날밤에 분위기가 완전히 깨져요. 신혼 때는 기뻐하는 날입니다.

그때 내가 예수님과 하나가 되었다는 것이 신앙고백이에요. '예수님이 나의 신랑이시다. 나는 너무 기쁘다. 나는 가진 것은 없지만 기가 막힌 신랑이 있다'는 거예요. 이 신랑을 생각하면 나도 모르게 웃음이 실실 나오는 거예요. 앞에서 말한 영화 제목이 〈러브 인 맨하탄〉이에요. 그런데 이 여자가 드디어 마지막에 구애를 받아들여서 대단한 남자의 신부가 됩니다. 이 여자는 호텔에서 청소하던 여자였습니다. 그런 여자가 하루아침에 완전히 그 남자의 신부로 거듭나는 거예요. 그래서 마치 여왕처럼 아름다운 옷을 입고 다니니까 어제까지 자기를 무시하던 동료들, 또 청소 잘 못 한다고 구박하던 보스, '당신 왜 방값을 제때 못내는 거야!' 하고 야단하던 집주인, 이런 사람들이 이 여자를 보고 '와, 아무개의 부인이구나!' 하고 태도가 달라집니다.

이것이 기쁜 일이에요. 포도주는 우리에게 기쁨과 쾌락을 상징합니다. 그런데 술람미 여인은 왕의 사랑이 그 와인보다 더 좋다고 고백합니다. '이 세상에서 내가 제일 행복했을 때, 제일 기뻤을 때, 대학 붙었을 때 너무 기뻤지, 처음으로 집을 장만했을 때 너무 좋았지' 하는 그 모든 쾌락, 그 모든 즐거움보다도 당신의 사랑을 나는 더 원합니다. 왜냐하면 그 사랑에서 느꼈던 기쁨이 훨씬 더 크기 때문입니다.

하나님이 '너는 와서 나를 맛보아 내가 선함을 알라[Oh, taste and see that the Lord is good(시 34:8)]'고 했습니다. 그런데 그것이 번역하는 과정에서 뜻이 조금 달라졌다고 생각합니다. 굿(good)이라는 영어 단어가 선하다는 뜻도 되지만 맛이 좋다는 뜻도 됩니다. 그것을 직역하면 '너는 와서 나를 맛보아 내가 맛이 좋다는 것을 알라' 이런 뜻입니다. 우리가 만일에 고기를 먹으러 갔는데 고기가 맛있잖아요. 그러면 '맛이 어떠니?' 이렇게 물어보면 '굿!' 그러시면 됩니다. 하나님이, 나는 맛이 좋은 고기처럼 맛이 좋은 포도주처럼 네가 맛을 보기만 하면 내가 정말 좋다는 것을 알게 될 것이라는 거예요. '너는 나에게로 와서 맛을 보아 내가 좋음을 알라.' 이렇게 말씀하신 거예요.

이렇게 사랑에 빠져서 그 사랑의 즐거움, 그 사랑의 기쁨을 맛본 사람들은 세상을 포기할 수가 있습니다. 순교할 수 있어요. 다 드릴 수 있어요. 남편만 있으면 돼요. '당신을 어디든지 쫓아가고 싶어요.' 사랑에 빠진 여자는 그럽니다. 그래서 영화들을 봐도 정말 남자를 사랑하는 여자는 남자가 어디 간다고 하면 두말 안 하고 따라갑니다. 여자가 남자를 따라가지요. 아무리 좋은 곳에서 모든 것을 누리고 산다고 해도 그 남자가 없는 것보다는 어려운 곳에서 고생한다고 해도 그 남자와 같이 있는 것이 더 좋은 거예요.

우리와 예수님의 관계가 그 정도까지 되면 그다음에는 이 세상에서도 능력 있는 하나님의 신부, 예수님의 신부로 살 수가 있는 거예요. 그런 사람은 겁나는 것이 없기 때문에 세상이 못 건드립니다. 병나는 것도 겁 안 나고, 가난한 것도 겁이 안 나고 예수님만 있으면 됩니다. 그리고 하루 종일 실실거리면서 다닙니다. 예배를 통해서 그 은밀한 곳에 또 들어갈 수가 있거든요. 거기만 들어가면 세상의 걱정이 다 없어지거든요. 그러니까 세상이 이해할 수 없는 사람으로 변하게 됩니다. 그것이 예수님의 신부입니다.

예수님의 신부로 만들어가는 과정이 우리가 성화되는 과정이에요. 그래서 드디어 완전히 예수님의 신부로 만들어진 모습이 아가서 8장 5절에 그려져 있습니다.

'사랑하는 사람에게 기대어 거친 들에서 올라오는 저 여인은 누구인가요? 사과나무 아래에서 내가 당신을 깨웠습니다. 당신의 어머니께서 당신을 가지시고 산고를 겪으며 거기에서 당신을 낳으셨습니다.' '광야에서 지금 걸어 나오는 저 여인이 누구냐?'고 합니다. 자기가 사랑하는 자에게 기대어 이 광야를 나오면 됩니다. 저는 광야에서 많이 나와봤습니다. 또 들어갔다 나왔다 하는데 나올 때마다 비밀이 있습니다. 무엇인가 돌파하게 될 때 나오거든요. 이 돌파하게 되는 것은 바로 찬양과 예배를 통해서 예수님과 내가 만나게 될 때, 그리고 그 분에게 완전히 그 분야를 맡기게 될 때입니다. 그때 그 광야가 끝납니다.

저는 제 아이들 때문에 광야에 오래 있었습니다. 낫지 않는 자폐를 가졌던 우리 아이, 이 아이를 고쳐보려고 애를 많이 썼습니다. 그것이 광야죠. 그 광야는 너무 힘이 듭니다. 거기에는 불뱀과 전갈이 있고 하나님께서 만나를 내려주시지 않고 반석에서 물이 안 나오면 굶어 죽는 곳입니다. 아주 정말 힘들고 배고픈 그런 곳이 광야예요.

그런데 이 광야 시절은 완전한 신부로 내가 그 분야에서 완전히 만들어졌을 때 끝납니다. 내가 예수님에게 완전히 기대는 것입니다. 아가서의 이 여자처럼 자기가 사랑하는 남자에게 완전히 기댈 수 있는 여자는 그 사람을 알기 때문입니다. 어떻게 알았느냐 하면 막 쫓아다니다가 만났습니다.

그리고 이분과 자기 방에 들어가서 은밀한 밤을 지내고 나서 더 알게 됩니다. 성경에서 '알다(know)'라는 단어를 아담과 이브가 맨 처음에 첫날밤을 지냈을 때도 썼습니다. 그전에도 둘이 당연히 잘 알았겠죠. 인구가 두 명밖에 없으니까 얼마나 잘 알았겠어요? 새벽부터 밤까지 같이 놀고 다녔습니다. 같이 이야기도 많이 나눴겠죠. 그렇지만 진짜 아내로서 남편으로서 아는 것이 완성된 것은 첫날밤을 같이 자고 나서입니다.

그래서 이 안다는 것은 그냥 내가 자매님을 아는 것과는 다릅니다. 자매님의 남편이 자매님을 아는 것처럼 나는 알지 못하죠. 긴밀하게 아주 하나처럼 아는 것은 남편입니다. 그렇게 되었을 때는 내가 나를 신뢰하듯이 그 사람을 신뢰하기 때문에 완전히 기댈 수 있습니다. 이 사람이 나를 안 잡아줄 리가 없거든요. 어떻게 기대느냐면 기운을 쫙 빼고 기댑니다. 만일 그 남편이 나쁜 사람이어서 골탕 먹이려고 옆으로 싹 비키면 꽈당! 넘어질 정도로 기대는 것입니다. 그것이 믿음이에요. 예수님이 원하는 것이 그런 믿음입니다.

그런 믿음으로 예수님에게 완전히 기대면 그곳에서 광야가 끝납니다. 이제는 그분과 하나 되었기 때문에 패배나 실패가 없는 완전한 승리가 그곳에 임하는 거예요. 저는 아이 한 명 한 명에 대해서 광야에 들어가서 완전히 기운이 다 빠져서 예수님께 기대서야 나왔습니다. 그때그때마다, 한 명 한 명을 온전히 하나님께 기대어 맡기게 될 때 광야에서 나올 수 있었습니다. 재정도 그랬어요. 저의 결혼도 그랬어요. 그리고 사역도 그랬어요. 완전히 기댈 수 있을 만큼 사랑하게 되는 것. 사랑하면 그렇게 기댈 수 있습니다. 그리고 이렇게 사랑해서 예수님과 하나 된 예배자는 그다음에 어떤 일이 일어났을 때 기도를 합니다. 딴 기도가 아니라 '예수님, 만나주세요. 예수님의 집에 가고 싶습니다. 예수님, 어떻게 하면 더 예수님을 만날 수가 있습니까?' 하는 다윗의 기도를 하게 됩니다.

시편 27편 4절 '한 가지 내가 여호와께 바라는 것이 있으니 내가 찾는 것은 이것입니다. 내가 평생 여호와의 집에 있어 여호와의 아름다움을 바라보고 주의 성전에서 여쭙는 것입니다'와 같은 기도가 완전히 장악하게 되어버리면서 그다음부터는 '먹을 것을 주세요, 입을 것을 주세요' 이런 기도는 하지 않게 됩니다. 예수님을 만나서, 예수님의 마음에 합해서 하나 되는 그런 열망이 생깁니다. 그리고 예수님을 조금만 못 만나면, 예수님이 없으면 배고파요. 그리고 지금 예수님을 만나는 것에 만족할 수 없습니다. 왜냐하면 더 많이 있다는 걸 알기 때문입니다.

그래서 예수님을 만나면 만날수록 배고파지게 됩니다. 너무 맛있기 때문에 예수님은 먹으면 먹을수록 배고파지는 분이에요. 그 예수님은 마시면 마실수록 더 목말라지는 분입니다. 너무나 기가 막힌 최상급 포도주보다 더한 포도주이기 때문에 한번 맛을 보고 나면 다른 것은 다 싫고 그것만 마시고 싶은 거예요. 그래서 이 배고픔, 목마름이 신부에게 따르는 표적이 됩니다. '저 사람은 계속 기도해놓고 무엇을 또 기도하고 싶은 걸까? 저 사람은 왜 맨날 교회에 가서 살까? 저 사람은 왜 저렇게 전도를 해야 되나?' 하고 세상 사람들은 이해하지 못합니다. 사랑하기 때문에 사람들이 이해할 수 없는 배고픔과 목마름이 따르게 돼요. 그 사랑 안에서 목마른 신부들이 '오십시오. 당신이 필요합니다' 이렇게 예배드릴 때 예수님이 반드시 오십니다. 예수님이 오시면 그 사람의 인생에, 그 사람의 교회에, 그리고 그 사람이 살고 있는 지역사회에, 그 나라에 부흥이 임하지 않을 수가 없습니다. 아멘.

아홉 번째 장

환난의 아름다움

환난에 대한 깨달음

이 세상을 살면서 피하고 싶지만 가장 중요한 주제 중 하나
인 환난에 대해서 이야기하고 싶습니다. '이 땅에서도 하늘나
라처럼 살 수 있다고 예수님께서 그 문을 열어주셨는데 이미
구원받은 우리가, 하나님의 자녀 된 우리가 왜 환난을 당하는
것일까요? 예수님을 영접하므로 하나님 나라에 들어갈 수 있
고, 보좌에 당당히 갈 수 있는 그 모든 열쇠를 주셨다고 했는
데 왜 아직까지도 우리의 인생에서 환난이 끝나지 않는 걸까
요?'라고 물어보시는 분들이 많습니다.

신앙생활을 잘하고 열심히 하는 분일수록 어떤 때는 이런
의문이 더 고통스러울 수 있습니다. 내가 예수님을 배반하고
세상으로 떠났다든지 교회는 다니지만 신앙생활은 엉터리로

한다든지, 이럴 때 환난이 오고 고통이 오면 힘은 들지만 억울하지는 않습니다. 왜냐하면 '내가 이럴 줄 알았어. 얼른 회개하고 돌아가면 되지' 하는 소망이 있기 때문입니다. 우리가 잘못하는 것과 이 세상에서 어려움을 겪는 것을 동일시하는 인과응보적인 사상으로 생각하는 사람들은 이 환난에 대해서 이해하지 못합니다. 마치 은혜가 이해되지 않는 것처럼 환난도 이해되지 않아요. 고생을 해야 되는 사람이, 죽어야 되는 사람이, 그리고 벌을 받아야 마땅한 사람이 하나님의 기가 막힌 은총으로 수지맞는 것이 은혜입니다. 하나님은 은혜의 하나님입니다.

그런데 고난을 받을 이유가 없어 보이는데, 그리고 이제는 고난을 줄 필요가 없을 것 같은 사람들에게까지도 환난이 계속해서 닥칠 때가 있습니다. 그러다 보면 믿음을 잃어버릴 수도 있습니다. 신앙생활을 하기는 하지만 즐거움과 기쁨이 없습니다. 의문이 풀리지 않기 때문에 20년, 30년, 40년 동안 고민하면서도 열심히 신앙생활을 하는 한국 교인들을 많이 봤습니다. 한국 교인들은 의지가 굉장히 강하기 때문에 떠나지는 않습니다. 그러나 그들의 마음에 깊은 상처가 있어요. 저도 똑같은 체험을 했었고, 또 하나님이 그 상처를 치유해주셨을 뿐만 아니라 환난에 대한 깨달음을 주셨습니다. 이 땅에서 하늘나라처럼 살 수 있는 여러 가지 열쇠 중 가장 중요한 열쇠가 바로 환난에 대한 깨달음이라는 것을 알게 되었습니다.

　모든 계시는 하나님의 말씀 안에 있어요. 하나님이 이미 다 가르쳐주셨습니다. 하나님의 말씀 안에 환난에 대한 설명이 굉장히 많이 나와 있어요. 이것이 중요하기 때문입니다. 가장 중요한 첫 번째 열쇠는 '왜 환난이 오는가?'를 아는 것입니다. 환난이 하나님에게서 오느냐? 아니면 마귀가 주는 것이냐? 아니면 내 죄로 인해서 오는 것이냐? 의견이 분분합니다.

　어떠한 이유에서 오는 환난이든지 그 이유는 중요하지 않습니다. 하나님이 주신 것이든 마귀가 준 것이든, 내가 죄를 지어서 내 안에서 오는 것이든, 그런 것이 중요한 것이 아니라 어느 곳에서 오는 것이든 간에 이 환난은 하나님께서 합력해서 우리에게 유익하게, 그리고 선이 되게 하신다는 것입니다. 저는 항상 로마서 8장 28절이 가장 중요한 성경 구절 중 하나라고 생각합니다. '하나님을 사랑하는 자 곧 그의 뜻대로 부르심을 입은 자들에게는 모든 것이 합력하여 선을 이루느니라'고 하셨습니다. 원인을 자꾸 분석하려고 하지 말고 하나님께 초점을 맞추어서 이것이 나에게 유익하리라고 생각하면 감사가 나옵니다.

　하나님은 이 모든 것을 합력해서 선을 이루시는 분인데, 그중에서도 선을 이루시는 재료로 많이 쓰이는 것이 환난입니다. 그중에는 마귀에게서 오는 것도 있고 내가 잘못해서 오는 것도 있습니다. 그러나 그런 것은 상관이 없어요. 내가 겪는 어려움이 어떤 것이든지 성경에서는 구별하지 않습니다. 모든 고난과 환난 속에서 우리를 만나주시는 하나님, 그리고 그 환난을 통해서 선을 이루시는 하나님이 계시기 때문에 우리는 환난을 두려워할 필요가 없습니다.

거의 모든 환난은 우리의 대적, 마귀에게서 옵니다. 왜냐하면 도적은 훔치고 죽이고 파괴하려고 온다고 했습니다. 죽이는 것이나 도둑맞는 것이나 파괴되는 것, 이런 것들이 환난이죠. 그러니까 대부분의 환난과 핍박은 거의 다 적군에게서 오는 것입니다. 하나님이 주시는 환난은 거의 없습니다. 성경 구절에서 하나님께서 우리를 절대로 시험하지 않으신다고 했어요. 우리가 우리 죄에 끌려서 스스로 시험을 받는다는 것입니다. 환난도 마찬가지예요. 하나님은 가만히 있는 사람에게 '저 사람에게 환난을 한번 줘볼까?' 하는 분이 아니십니다.

하나님이 구해주실 수 있는데도 어떤 때는 환난을 허락하시는 경우가 있습니다. 그렇기 때문에 하나님이 나에게 질병을 주셨다, 하나님이 나에게 이런 환난을 주셨다고 사람들이 오해할 수도 있지요. 환난은 많은 경우에 마귀의 공격에서 오지만 어디에서 왔느냐가 중요한 것이 아니라 하나님이 허락하시는 것은 우리에게 유익하기 때문이라는 것을 깨달아야 됩니다.

환난이나 핍박이 일어나는 이유

환난이나 핍박이 일어나는 이유를 성경에서 정확히 이야기한 것이 있습니다. 마태복음 13장에 마음의 밭에 처음으로 복음의 씨가 들어왔을 때 일어나는 여러 가지 일을 예수님께서 말씀하셨습니다. 씨 뿌리는 농부의 비유가 저는 여러 가지 비유 중에 가장 기본이라고 생각합니다. 이 비유를 이해하지 못하면 다른 비유들도 이해할 수 없어요. 하나님의 말씀이 어떻게 떨어져서 열매를 맺는가를 이해하면 모든 비유가 이해가 갑니다.

여러 가지 예를 드는 중에 이런 예를 드십니다. 마음 밭에 씨가 떨어졌습니다. 하나님의 말씀이 들어왔어요. 그런데 그 말씀 때문에 핍박이 온다고 했습니다. 왜 말씀으로 인하여 환난이나 핍박이 온다고 했을까요? 말씀이 들어오기 전에는 말씀이 없기 때문에 환난이나 핍박이 없이 살 수 있습니다. 왜냐하면 이 세상 공중 권세를 잡은 우리의 대적 마귀가 우리를 별로 미워할 필요가 없기 때문입니다. 교회를 다닌다고 하더라도 말씀이 없는 사람, 그리고 복음을 말씀으로 깨닫지 못하는 사람, 말씀으로 깨어지는 과정을 겪지 않은 사람에게는 별로 공격이 안 옵니다. 제가 하는 말이 아니라 예수님이 그러셨어요. '그 속에 뿌리가 없어 잠시 견디다가 말씀으로 말미암아 환난이나 박해가 일어날 때(마 13:21)'를 보면, 말씀이 들어오고 씨가 들어오면 환난이나 핍박이 함께 따라온다는 소리예요. 왜냐하면 대적 마귀들은 그 씨를 빼앗아버리려고, 죽이려고, 옛날 사람처럼 죽음과 질병을 두려워하면서 살라고 우리에게 옵니다. 계시적인 깨달음을 받을 때마다 그 계시적인 깨달음 때문에 시험과 환난이 반드시 있습니다. 그것은 나쁜 것이 아니라 '아! 내가 제대로 하나님의 말씀을 받았구나!' 하고 기뻐하면 됩니다.

환난이나 핍박이 일어날 때에는 넘어진다고 했어요. 이 말은 우리가 하나님 나라에 들어가려고 할 때에 들어가지 못하게 하는 공격이 반드시 있다는 소리입니다. 오늘 교회에서 성령을 받아서 너무 좋은 거예요. 그래서 오늘부터는 좋은 일만 있을 거야 하고 왔는데 주차장에서부터 평상시에 안 그러던 남편이 갑자기 '운전을 왜 이렇게 하는 거야! 이렇게 하면 어떡해!' 하고 소리를 지릅니다. '그럼 자기가 운전하면 되잖아!' 라고 말대꾸를 합니다. 싸우게 되지요. 집에 오니 시어머니가 또 '너는 교회만 다니고, 집안 꼴이 이게 뭐냐?' 하고 잔소리를 하십니다. 핍박이 옵니다. 어제까지는 청소 잘했다고 칭찬하던 시어머니가 갑자기 왜 저러실까? 이유를 모르면 시어머니가 미워지고 남편이 미워지고 교회 가기도 싫어집니다.

그러나 말씀이 들어간 사람은 이런 핍박이 올 때 '아! 이것은 마태복음 13장 21절이구나. 내게 지금 뿌리가 생기는 중이구나. 그러니까 말씀으로 인하여 핍박이 올 때 빨리 넘어지지 않는 사람이 되어야겠다'고 생각합니다. 이 환난과 핍박을 여러 번 이겨내고 나면 뿌리가 생깁니다. 그러면 그것을 빼앗아 가려고 정말 폭풍처럼 파도처럼 공격이 몰려옵니다. 그러면 마구 흔들리지만 뿌리는 흔들리지 않고 서 있을 수 있어요.

그다음에는 '오늘은 정말 은혜를 받았으니까 나에게 핍박하고 환난을 주는 사람을 더욱더 사랑해야 되겠다' 하고 마음의 준비를 하고 나옵니다. 시동을 거는데 남편이 괜히 시비를 겁니다. '시동을 그렇게 걸면 어떡해!' 그러면 '어, 그래요? 미안해요, 여보!' 하고 싱긋 웃어줄 수 있습니다. 왜냐하면 대비를 하고 있었기 때문이지요. 그리고 '당신을 너무 사랑해요. 내가 운전 잘할게요. 오늘 말씀 너무 좋았죠?' 할 수 있습니다. 남편이 그러는 것이 아니라 남편이 약할 경우에 남편을 통해서 공격하는, 원수 마귀의 계략입니다. 그런데 그 계략이 완전히 깨집니다. 사랑을 이길 수 있는 계략은 없거든요. 환난과 핍박은 내가 지금 성장하고 있다는 증거입니다. 그래서 이것이 올 때 내가 어떻게 대처하는가에 따라서 오히려 남편을 묶고 있는 흑암의 세력, 남편에게 있었던 상처들이 없어지는 기회가 될 수도 있는 거예요.

핍박을 받을 때 내가 사랑으로 온유하게 대하기만 하면 됩니다. 유도나 태권도에는 받아치기라는 것이 있습니다. 체구가 자그마한 여자 선수에게 거구의 남자가 덤벼들어도 그 사람이 오는 힘을 이용해서 받아치면 자기가 달려오던 힘에 스스로 넘어가서 나가떨어지게 되는 것처럼 말입니다. 어떤 날은 눈물, 콧물 다 흘릴 정도로 큰 은혜를 받습니다. '사랑해야되겠어' 하고 결심합니다. 그러면 그날은 반드시 사랑하지 못하게, 미워하게 만드는 공격이 옵니다.

환난과 핍박은 말씀으로 인하여 옵니다. 말씀의 씨를 받아서 '오늘부터는 내가 우리 시어머니를 더 공경해야겠다' 하고 집에 들어갑니다. 그런데 새벽 4시에 일어나서 깨끗하게 다 청소하고 왔는데도 시어머니가 먼지 하나를 발견해서 '이게 뭐냐!' 그럽니다. 전에 같았으면 며느리의 반응이 꼭 있었을 것입니다. '이만큼 했으면 됐지!' 속으로 짜증을 내면서 '됐어요! 어머니!' 이러고 돌아섰을 것입니다. 그런데 '너! 여기 먼지 안 닦았잖니!' 하면 '어머! 어머니, 제가 거기를 빼먹었네요. 어머니는 눈이 참 좋으세요. 하나님은 어머니를 사랑하시나봐요. 여든이 되셨는데도 그렇게 눈이 좋으세요! 오늘 교회에서 은혜를 받았는데요, 오늘부터 어머니를 정말 잘 공경할게요. 죄송합니다. 제가 잘못했습니다. 다시 닦을게요' 하고는 얼른 닦으면서 생긋 웃으면, 오히려 상대방이 미안해집니다. 핍박의 강도가 크면 클수록 그 사람이 더 미안해집니다. 자기가 미안해질 뿐만 아니라 영적인 것이 드러나면서 도망갑니다. 빛이 강하기 때문입니다. 공격의 배후에는 항상 그 사람이 아닌 영적인 것이 있어요. 그래서 누가 나를 핍박할 때는 '아, 내가 하나님의 나라를 확장할 절호의 기회구나' 이렇게 생각하고 그 사람을 열 배로 사랑해주면 됩니다. 기다리고 있다가 받아치면 됩니다.

환난의 비밀

환난 중에만 만날 수 있는 하나님이 있습니다. 또 하나의 환난의 비밀입니다. 바울이 아시아에 갔을 때 너무나 많은 환난을 받았다고 했어요. '내가 무엇을 잘못해서 이런 환난을 겪나? 하나님이 나를 미워하나?' 하는 오해를 완전히 말씀으로 끊어드리겠습니다. 하나님을 가장 잘 믿은 사람 중에 둘째라고 하면 서러울 정도의 사람이 바울 사도입니다. 바울 사도의 인생에는 환난이 끊이지 않았습니다. 생명이 끝나는 그날까지 끝나지 않았습니다.

'이 환난이 언제 끝나려나?' 하고 이것을 무슨 입학시험처럼 생각하시는 분이 있습니다. 그래서 '내가 이걸 잘해서 믿음이 몇 점까지 가면, 신앙생활이 몇 점까지 가면 우리 가족들이 다 구원을 받을까? 또 이 환난이 끝나려나?' 하고 환난이 끝날 날만 목을 빼고 기다립니다. 기다리지 마세요. 환난은 안 끝날 수도 있습니다. 그래도 괜찮아요. 예수님의 수제자, 이 열두 제자들이 환난의 환난을 겪으면서 결국은 마지막 환난에 이기지 못하는 것처럼 보이면서 순교했습니다. 그렇지만 그들에게 얼마나 큰 영광이 주어졌는지 우리가 다 알잖아요. 그 사람들이 믿음이 없어서가 아니라, 그리고 하나님이 미워해서 그런 것이 아니라는 걸 우리가 다 알지 않습니까? 그러니까 그런 것을 미리 보여준 것은 하나님의 길이 우리와 다르다는 것을 우리에게 보여주기 위해서예요.

환난은 우리가 이 세상에서 하나님을 믿고 예수님의 신부로 사는 동안 계속 따라다닙니다. 예수님이 그렇게 말씀하셨습니다. 여러분들의 희망을 제가 깨서 죄송한데요, 환난이 언제 끝나나 기다리는 분에게 제가 죄송한 말씀 드리겠습니다. 예수님께서 요한복음 16장 33절에서 이렇게 기가 막힌 말씀을 하셨습니다. '이것을 너희에게 이르는 것은 너희로 내 안에서 평안을 누리게 하려 함이라 세상에서는 너희가 환난을 당하나……(요 16:33)' 예수님은 당할지도 모른다고 하지 않으셨습니다. 재수가 없으면 당한다고도 하지 않으셨어요. '세상에서는 너희가'에서 '너희'가 누구입니까? 예수님을 잘 따라가는 제자들을 이야기합니다. '세상에서는 너희가 환난을 당하나 담대하라 내가 세상을 이기었노라' 하십니다. 이것은 환난은 계속 온다는 소리입니다. 그런데 그 안에서 평안을 누리게 해주신다는 말씀입니다. 그리고 이 세상을 이기게 해주신다는 거예요.

그러므로 환난에 대응하는 패러다임을 바꿔야 합니다. '환난이 오면 어떡하지? 환난이 안 끝나면 어떡하지?' 이러지 마시고 환난이 오면 '내 안에 계신 예수님이 어떻게 하면 더 드러날 수 있을까? 이 환난 안에서 어떻게 이 세상을 이기신 예수님을 사람들에게 증거할 수 있을까? 이 환난 도중에 어떻게 예수님 안에서 세상이 줄 수도 없고, 볼 수도 없는 평강을 누릴 수 있을까?' 이렇게 패러다임을 바꾸고 나면 환난이 재미있어집니다.

바울 사도가 환난을 제일 많이 당한 때가 언제입니까? 가만히 앉아서 놀고 있을 때는 당하지 않았습니다. 사람들은 너무 일찍 사역을 시작하지 말라고 합니다. 준비가 된 다음에 사역을 하면 마치 환난이 안 오는 것처럼, 아직 준비되지 않았으니까 하지 말라고 합니다. 바울 사도가 준비가 안 된 상태에서 사역을 시작했기 때문에 환난을 받은 것이 아니죠. 준비를 충분히 했어도 사역을 시작하면 사역을 못 하게 하는 공격이 반드시 옵니다. 사역이라는 것, 복음을 전한다는 것, 전도한다는 것은 적군으로 쳐들어가는 것입니다. 그러면 적군이 가만히 있으면서 '미군이 들어온다. 우리 아프가니스탄을 내어주자'

하지 않습니다. 아프가니스탄에 있는 모든 군사가 모여서 미사일을 쏘고 난리가 납니다.

환난과 핍박은 사실 신나는 거예요. 그것이 오면 '내가 지금 제대로 가고 있구나'라고 생각하시면 됩니다. 바울이 아시아로 갔습니다(행 19:26-40). 거기에 갔더니 엄청난 환난이 기다리고 있었습니다. 사형선고를 받은 것처럼 살아갈 소망까지 끊어졌다고 했어요. 지금 여러분 중에 살아갈 소망까지 끊어지신 분, 있으십니까? 여러분은 바울의 아시아에 계신 분들입니다. 아시아라는 곳은 지금의 아시아가 아니고 터키 지역을 이야기하는데, 바울 사도가 그때 가서 복음을 전함으로 인해서 그 지역으로부터 계속해서 복음이 전파되고 있지요. 그것은 하나님의 뜻이었습니다.

바울 사도는 하나님의 뜻 한복판에 있었던 사람이에요. 하나님의 뜻에 어긋나게 가다가 폭풍을 맞은 것도 아니고, 그리고 가다가 살아갈 소망이 끊어질 정도의 핍박을 받은 것도 아닙니다. '복음을 전파하라'는 사명을 가지고 흑암의 세력으로 꽉 묶여 있는 아시아 지역으로 갔기 때문에, 그곳에 있는 모든 원수, 마귀, 공중 권세 잡은 영이 다 일어나서 바울과 같이 가는 사람들을 죽이려고 했어요. 얼마나 극심한 환난이었느냐 하면 사형선고를 받아 살아갈 소망이 끊어질 정도였다고 했습니다.

많은 경우에 목사님이나 사역자들이 자기의 환난을 말하지 않고 혼자서 겪으시다가 어떤 때는 더 병이 나시는 경우가 있습니다. 왜냐하면 '사역자는 강해야 된다. 사역자는 남들이 봤을 때 어려운 일이 있으면 안 된다' 하는 사역자의 이미지라는 게 있기 때문에 집안에 아이가 속을 엄청 썩이는데도 성도들한테 말을 못 합니다. 왜냐하면 인과응보, 미신적인 사상들이 아직도 들어 있기 때문에, 비복음적인 생각을 하는 사람들이 있기 때문입니다. 목사님들이 너무 불쌍하세요. 사모님들은 더 안됐습니다. 사모님이 잘못한 것이 하나도 없어도 아이가 반항할 수 있어요. 잘못한 게 하나도 없어도 병이 들 수 있습니다. 그런데 '우리 아이가 집을 나갔습니다' 그러면 많은 성도들이 '사모님이 얼마나 마음 아프실까? 기도해드려야겠다'고 생각하는 게 아니에요. 오히려 '저 집에 우리가 알지 못하는 무슨 문제가 있나보다. 목사님과 사모님은 우리가 없을 때 싸우나보다' 하는 헛소문을 냅니다. 그래서 집안 문제를 쉬쉬하고 알리지 못하는 교역자님들이 많이 계십니다.

나의 약함을 드러내라

환난을 숨겨야 하는 문화가 지금 우리들에게 있기 때문에 우리가 많은 것을 잃고 있어요. 솔직하게 내가 약하다는 것을 드러내야 합니다. 바울 사도는 그것을 굉장히 강조했습니다. 왜냐하면 내가 약한 것을 드러내는 것은, 이렇게 강하게 사역을 허락해주시는 예수님을 드러내는 것이기 때문입니다. 내가 강하면 예수님이 필요 없지요. 모든 어려움, 자기의 눈이 안 보이던 것, 눈이 안 보여 이렇게 큰 글씨로 쓰는 것, '대필'하는 것, 이런 것을 하나도 감추지 않았어요. 그리고 아주 자세하게 말했습니다. '내가 너희에게 이러는 이유가 있다. 내가 약한 것, 핍박받는 것, 환난받는 것, 이러한 것의 비밀을 깨달았기 때문이다'라고 했습니다. 바울은 그 복음의 비밀을 깨달은 사람이에요. 저는 복음이 회복되었으면 좋겠어요.

내가 잘해서 내 가정이 잘되고, 내가 잘해서 신앙생활이 잘되고, 내가 잘해서 교회가 잘되는 것이 아니라 하나님의 은혜로, 예수님의 보혈의 능력으로 내가 실수해도, 쓰러져도, 약해도 괜찮은 것, 그것이 복음입니다. 그래서 바울이 고린도후서 1장 6절에서 이렇게 말했습니다.

우리가 환난당하는 것도 너희가 위로와 구원을 받게 하려는 것이요 우리가 위로를 받는 것도 너희가 위로를 받게 하려는 것이니 이 위로가 너희 속에 역사하여 우리가 받는 것 같은 고난을 너희도 견디게 하느니라(고후 1:6)

이것은 '내가 고난받는 이야기를 너희들에게 다 해줄 거야. 왜냐하면 너희도 고난받을 거야. 그렇지만 견딜 수 있어. 그래서 나의 고난받는 이야기를 너희에게 해야, 약하다는 이야기를 해야 너희도 위로를 받고 이길 수 있는 힘을 받는다'라고 바울이 말하는 것입니다.

왜 '환난을 받는 것이 은혜가 되느냐?' 하는 이야기를 고린도후서 1장 4절에서 바울이 하고 있습니다.

우리의 모든 환난 중에서 우리를 위로하사 우리로 하여금 하나님께 받는 위로로써 모든 환난 중에 있는 자들을 능히 위로하게 하시는 이시로다(고후 1:4)

이렇듯 환난 속에서 하나님이 찾아오신다는 비밀을 바울은 알았어요. 내가 약하면, 내가 실수하면 하나님이 찾아오시는 축복이 임한다는 것을 바울은 알았습니다. 그래서 아시아에서 살아갈 소망이 끊어질 순간에 그때까지 만나지 못했던 하나님을 강하게 만났습니다. 고린도후서 1장 4절은 제가 참 좋아하는 구절입니다.

제 아들이 죽었을 때보다 저에게 더 큰 환난은 없었습니다. 저는 세상에 살면서 죄를 많이 지은 사람입니다. 세상에 살면서 32년 동안, 그때는 죄라고 생각하지 않았지만 하나님을 몰랐기 때문에 지금 생각하면 소름이 쫙쫙 끼치는 죄들을 많이 지었어요. 하나님이 싫어하시는 짓들을 엄청나게 많이 했습니다. 그럴 때는 저에게 환난이 오지 않았습니다. 구원받은 후에도 저는 정말 깨지기 싫었습니다. 목사님께서 잘 가르쳐주시는데도, 제자 훈련을 잘 해주셨는데도 순종을 안 했습니다. '나는 너무 똑똑하고 잘난 사람이기 때문에 하나님께 안 맡길 거야' 하고 고집을 부렸습니다. 그때도 그렇게 큰 환난을 안 받았어요.

저에게 가장 큰 환난, 제가 세상을 살면서 정말 견딜 수 없었던, 살아갈 소망조차 끊어질 정도로, 사형선고를 받을 정도로 견딜 수 없었던 환난이 닥쳐온 것은 하나님을 만나고 하나님께 제 인생을 다 드리기로 결정하고 기적을 체험하기 시작했을 때, 그 기적으로 인해서 저희 아버님이 구원받으시고, 구원받음으로 인해서 복음이 전파되기 시작했을 때입니다. 저희 아버님이, 절대로 교회에 안 가겠다고 하시던 분이 '교회 한번 가볼까?' 하는 엄청난 하나님의 구원의 역사로 인해서 저의 감사함, 아버님의 감사함이 넘칠 때였습니다. 저의 신앙이 가장 꼭대기에 있을 때 제가 상상할 수도 없는 일이 일어난 거예요.

우리 아들이 쓰러져서 일어나지 못하던 19일이라는 시간이 저에게는 일생 동안 어떤 환난보다도 더 큰 환난이었습니다. 이 아이를 살려달라고 기도하는 19일 동안 저는 제가 죽었으면 더 좋겠다고 생각했습니다. 그때가 너무 힘들었기 때문에 그 환난을 하나님의 사랑으로 하나님의 인도하심으로 이겨내고 난 다음에는 저에게 더 이상 나쁜 소식은 없었습니다. 그 이상 나쁜 소식이 어디 있겠습니까? 멀쩡하던 아이가 쓰러졌다고 하는데, 그 아이의 심장이 멎었다고 하는 소식보다 저를 더 놀라게 하고 더 살아갈 소망이 없게 하는 것은 아무것도 없었습니다. 의사가 '암 말기입니다' 했는데도 제가 웃었다고 했지요? 그러니까 환난으로 인해서 생기는 뿌리는 영생을 갑니다. 아무도 빼앗아갈 수가 없습니다. 창수가 들고, 폭풍이 와도 말씀 위에, 바위 위에 세워진 집은 절대로 무너지지 않습니다.

아이가 죽었을 때, 정말 살아갈 소망이 끊어져서 온몸에 질병이 왔습니다. 너무 많이 울어서 눈이 안 보이기 시작하고, 멀쩡하던 손가락이 쥐어지지 않을 정도로 심한 신경통이 왔습니다. 그리고 숨을 쉴 수 없을 정도로 가슴이 답답하고 악성 빈혈이 와서 병원에 가보니까 피가 말랐다는 거예요. 정상적인 사람의 10프로밖에 없다는 거예요.

그렇게 심한 환난이 저에게 오자 교회조차 갈 수 없을 정도로 자리에서 일어나지 못했습니다. 손을 뻗쳐서 성경책을 읽을 수가 없었어요. 그때는 사람들의 위로도 다 귀찮았습니다. 사람들이 와서 하는 이야기가 다 짜증만 나는 거예요. 그래서

"하나님이 사랑하셔서 데려갔다느니, 크게 쓰시려고 데려갔다 느니 이런 이야기 하지 마십시오. 당장 아이를 잃은 엄마에게는 위로의 말이 없습니다. 그냥 가서 어깨에 손 얹고 '제가 기도하겠습니다' 그러고서 집에 가서 기도하세요. 저 사람에게 하나님만이 하실 수 있는 위로, 하나님께서 주실 수 있는 계시로 하나님의 사랑을 잊어버리지 않게, 상처받지 않게 마귀의 거짓말에 속지 않게 중보해주십시오"라고 말했습니다. 그때 저에게는 그렇게 말없이 뒤에서 중보해주는 영적인 아버지, 어머니, 가족들이 참 많았습니다.

눈도 잘 보이지 않게 되어서 성경책조차 잘 보이지 않았습니다. 성경을 못 읽고 있을 때 저희 목사님이 스마트폰이라는 것을 갖다주셨습니다. 저는 기계치이기 때문에 스마트폰이 싫다고 박스에 넣어놓고 풀어보지도 않았는데 내 눈앞에 계속 갖다놓아서 할 수 없이 받았습니다. 그것을 눈앞에 갖다대고 보니까 성경을 볼 수가 있어서 그때부터 다시 성경을 읽을 수 있게 되었습니다.

마귀도 전략이 있습니다. 완벽한 전략이 있습니다. 첫 번째는 나에게서 가장 소중한 가족을 빼앗아가는 것이었습니다. 그러면 절망을 할 것 아닙니까? 복음을 더 이상 전파할 수 없을 거라고 생각했겠지요. 그다음에는 몸을 아프게 해서 또 내가 하나님을 원망하게 하려고 했습니다. 그래도 안 되니까 성경도 못 보게 한 것입니다. 눈을 못 보게 한 것입니다. 이런 여러 가지 공격이 한꺼번에 왔어요. 그래서 마치 송장처럼 누워 있는데 마음에는 상처가 있으니까 사람들도 자꾸 피하게 되고 완전히 고립되어 자리에 누워서 성경조차 못 읽을 정도로 눈이 안 좋아진 것이지요. 하지만 하나님의 몸 된 교회에서 어떤 한 분이 실제적인 도움을 주셨습니다. 스마트폰을 눈앞에 바짝 대고 읽기 시작했을 때 저에게 생명줄이 되었던 성경 구절이 바로 고린도후서 1장 4절입니다.

'우리의 모든 환난 중에서 우리를 위로하사 우리로 하여금 하나님께 받는 위로로써 모든 환난 중에 있는 자들을 능히 위로하게 하시는 이시로다(고후 1:4).'

중보자로 부르셨던 하나님

제가 하나님께 기도했던 것을 그때 기억나게 해주셨습니다. 저는 중보자로 부르심을 받았습니다. 저는 중보자로 부르심을 받았다는 확실한 기도를 받고, 인생을 다시 시작한 사람입니다. '아, 나는 변호사 엄마, 그리고 아내, 누구의 딸이기 전에 하나님이 중보자로 만드셨구나. 마지막 때에 젊은이들을 위한 부흥이 이 땅에 임할 것을 중보하는 중보자로 나를 만들었구나!' 하는 내 소명을 내가 찾았을 때 제가 정말 거듭났어요. 그것이 2006년에 일어난 일입니다. 그것을 기억시키셨습니다.

그래서 제가 중보하면서, 위로하면서 2006년부터 사역자의 삶을 시작하게 하셨는데 그때에 사람들을 보면 너무너무 위로해주고 싶었습니다. 제가 고난을 많이 받았기 때문에 그 사람들을 위로해주고 싶은데 능력이 없는 거예요. 어떤 사람은 위로가 되는데 어떤 사람은 통 위로가 안 됩니다.

우리가 사역하는 곳에서 치유가 많이 일어났습니다. 특히 마음의 상처를 받은 사람들이 치유를 많이 받는다는 이야기를 듣고, 한국에서 하와이로 한 부부가 왔어요. 비행기를 타고 왔습니다. 자식을 잃었습니다. 심한 우울증으로 힘들어 하는 아들을 데리고 기도원에 갔는데 좀 회복이 되는 것 같아서 '그러면 엄마 아빠는 갈 테니까 여기 며칠 있어라' 했는데 거기서 뛰어내려서 자살을 했습니다. 이 어머니 아버지의 심정을 생각해보십시오. 어머니는 넋이 나갔습니다. 아버지도 굉장히 성공한 분이신데 완전히 넋이 나가서 멍하십니다. 말도 제대로 못 하시는 이분들을 보니까 마음이 찢어지는 것 같았습니다. 마음은 아픈데 내 입에서 나오는 말마다 틀린 말인 거예요. 당시에 저는 건강한 아이들이 네 명 있는 사람이었습니다. 그때 큰아이가 버클리대학을 나와서 아주 건강하게 잘 살고 있었어요. 제가 그분이 너무 안됐기에 끌어안아주면서 '내가 자매님 심정 알아요'라고 했더니 그분이 저에게 신경질을 냈습니다. '알긴 뭘 알아요? 당신은 건강한 아들이 있고, 아이들이 네 명이나 있잖아요. 나는 하나밖에 없는 아들을 잃었는데 당신이 어떻게 내 마음을 압니까?' 하면서 내 위로를 받아들이지 않았습니다. 안타까웠어요. 하나님, 저에게 능력을 주십시오. 저분을 위로하게 해주십시오. 어떻게 하면 위로합니까? 제가 그렇게 기도했던 것을 기억나게 해주셨습니다. 큰아이가 떠나기 불과 몇 달 전의 일이었는데⋯⋯ 저는 그 자매님의 아픔을 처음으로 이해했습니다.

사람들은 자기가 겪지 못한 아픔은 알지 못합니다. 하나님께서 '이 모든 환난 중에서 내가 너를 위로하리라, 내가 너를 회복한다. 내가 너를 회복하였을 때 네가 이제 가서 같은 환난 중에 있는 자들을 능히 위로하게 하리라.' 그 '능히'라는 말은 능력을 주신다는 말입니다. 환난을 겪고 그 안에서 하나님을 만나 위로를 받았을 때 그것은 그냥 기분이 좋아지는 위로가 아닙니다. 능력을 주는 위로입니다. 하나님의 위로로 살아나는 사람은 남을 위로할 수 있는 능력을 받아요. 그 이후에 그분을 다시 만났을 때 우리 둘은 한마디도 하지 않았습니다. 서로 끌어안고 그냥 울었어요. 그분이 나를 위로하고 내가 그분을 위로했어요. 어떤 사람들보다 그분을 만나고 돌아왔을 때 위로가 되었어요. 그리고 그 부부가 지금 너무나 아름답게 사역하고 있는 모습을 보면서 환난 중에서 일으키시고 능력을 주시는 하나님, 그 하나님을 제가 찬양하게 되었습니다.

우리 아들이 너무 허무하게 가버렸습니다. 당시에 제가 그럴 줄 모르고 미리 약속해놓은 사역이 있었습니다. 10월에 작은 교회에서 간증 집회를 하기로 했는데 아이가 9월 4일에 갔어요. 그래서 목사님께 전화를 했습니다. "목사님, 지금 집회가 한 달도 남지 않았는데 간증을 할 수가 없습니다. 가서 하나님을 자랑할 것이 하나도 없습니다. 지금 하나님이 원망스럽고 하나님이 이해가 안 가고 저를 데려다 간증을 시키면 사람들이 혼동이 될 것이니까 그냥 조용히 취소해주셨으면 좋겠습니다"라고 말씀드렸습니다. 그랬더니 목사님께서 저에게 이렇게 말씀하셨습니다. "자매님, 지금 쓰러지시면 못 일어나십니다. 오셔서 간증하십시오. 아무 소리나 해도 되니까 우리 교회는 걱정하지 마시고 오세요." 그분이 환난을 이해하고 하나님의 위로를 받은 목자셨기 때문에 저에게 그렇게 위로를 해주실 수 있었어요. "괜찮습니다. 좋은 이야기 안 해도 됩니다. 그냥 오셔서 솔직하게 간증을 하십시오." 그래서 순종하고 갔습니다. 가기 싫은데 갔어요. 순종하고 가면 하나님께서 반드시 축복을 주십니다.

하나님의 말씀에 순종하는 것도 중요하지만 하나님의 말씀을 전하시는 하나님의 종들의 말씀을 순종하는 것도 중요합니다. 무조건 노예처럼 순종하라는 것이 아니라 영 분별을 해야 합니다. 하나님께서 질서를 세우신 이유가 있거든요. 그래서 정말 하기 싫은데, 내가 생각하기에는 하나님의 뜻이 아닌 것 같은데 '목사님이 하라고 하시니까 하자' 하고 순종했다가 축복을 받은 적이 굉장히 많습니다. 그래서 그날도 투덜투덜하면서 갔습니다. '뭐 저런 목사님이 계시나? 사람이 어지간히 말하면 이 정도는 봐주셔야지. 너무하다' 하면서도 그분의 말씀에 순종하기로 했습니다. 그랬는데 그곳에 하나님의 놀라운 축복이 기다리고 있었어요. 저는 정말 눈물이 나와서 주체할 수 없었습니다. 그것을 숨기려고 했지만 사람이 거짓말을 하는데도 한계가 있는 것 같았습니다.

첫날은 잘 숨기고 암이 나은 간증, 아들의 자폐가 나은 간증, 아버지께서 구원받은 간증, 그분들이 듣고 싶어 하는 간증을 잘했습니다. 그런데 이 집회는 사흘간 하는 것이었어요. 이틀째가 되니까 본전이 다 떨어지고 할 말이 없어지는 거예요. 이제는 정말 내 마음속에 가득한 것이 입으로 나온다고 했습니다. 나는 지금 우리 아들 생각밖에 없는데 그것을 이야기하고 싶지는 않았습니다. 건성으로 첫날을 넘긴 이후에 더 이상 그렇게 할 수가 없어서 솔직하게 말했습니다. "그런데 저는 지금 아들이 죽은 지 한 달도 안 되었습니다……." 그다음 말을 어떻게 해야 할지 몰랐는데, 그때 이 고린도후서 1장 4절 말씀 '우리의 모든 환난 중에서 우리를 위로하시는 하나님, 우리로 하여금 하나님께 받는 위로로써 모든 환난 중에 있는 자들을 능히 위로하게 하시는 하나님'을 믿고 제가 이곳에 왔다고 했어요.

그때 갑자기 한 여자분이 오열을 하는 거예요. 들어줄 수 없는 통곡을 하는 거예요. 제가 깜짝 놀라서 이렇게까지 사람들을 우울하게 할 줄 몰랐는데 "보십시오. 제가 목사님께 그랬거든요. '제가 간증하면 사람들이 오히려 더 우울해질 것 같으니까 하지 맙시다' 했거든요……"라고 하면서 말씀을 끝냈습니다. '그것 보세요. 잘못했잖아요'라고 속으로 생각하면서 내려왔습니다. 그런데 절 온 성도가 울고 있는 젊은 전도사님에게 끌고 갔습니다. 원인도 모르고 왜 그러는지도 모르고 갔는데 '이분이 아들을 잃었습니다' 이렇게 말을 하는 거예요. '위로해 주십시오.' 온 성도들이 울면서 눈물바다가 되었습니다.

그런데 그분이 저를 끌어안으면서 이렇게 말씀하셨어요. "제가 사역자라서, 장례식에 갔는데 '다윗은 아이가 죽을 때까지 통곡하고 기도했지만 아이가 죽는 그 순간, 옷을 갈아입고 기름을 바르고 그 슬픔을 내색하지 않았습니다' 하고 권면해 주는 어떤 친절한 성도 때문에 울지 못했습니다. 나는 사역자니까 참아야 돼. 다윗처럼 즐거워해야 돼"라고 생각했다는 거예요. 자식이 죽은 첫날부터 즐거워할 수 있는 사람은 다윗밖에 없습니다. 전도사님의 사모님이었는데 둘 다 신학대학을 다니시는 분이었습니다. 젊은 부부가 아들 하나, 딸 하나를 두었는데 열 살짜리 아들을 그해 여름에 잃었다고 합니다. 그런데 한 번도 소리 내서 못 울었다는 거예요. 사람들이 볼까봐, 들킬까봐 혼자 숨어서 울었다는 거예요.

저는 세상에서 가장 악한 것이 종교라고 생각합니다. 불신보다도 악한 것이 종교라고 생각합니다. 왜냐하면 하나님이 이토록 기가 막힌 사랑으로 우리들을 풀어주시려고 독생자를 보내서 그 종교가 우리에게 얹어놓은 모든 짐을 십자가에서 처참하게 완전히 파괴시키신 것이거든요. 예수님이 그 모든 것을 자기 몸으로 파괴시키고 그냥 끌어안고 같이 죽어버리신 것이거든요. 그런데 마치 예수님이 그렇게 하지 않으신 것처럼 아직도 사람들에게 짐을 자꾸만 올려놓고 자꾸만 내가 하지 못하는 것을 하라고 요구하는 종교 때문에 사람들이 하나님에게서 멀어지고 천국 문이 닫힌다고 생각합니다.

저는 그럴 때 분노하게 됩니다. 화가 막 나요. 아들을 잃었는데 어떻게 안 웁니까? 사람이 어떻게 안 울 수 있습니까? 사모라는 짐에 너무 눌려서 아이가 죽었는데도 제대로 울지 못했던 것을 제 솔직한 고백을 듣고 터트린 것입니다. 그날 이분이 이렇게 말했습니다. "오늘 당신이 간증하는데 하나님이 저에게 이렇게 말씀하셨습니다. '너에게 울어도 된다는 허락을 해주려고 내가 저 사람을 여기 보냈다.' 그래서 그렇게 운 거예요." 사람들 보는 앞에서 창피한 줄도 모르고 막 울고 났더니 그제야 마음속 깊이 있던 슬픔이 터져 나오기 시작했습니다. 전도사님이 저를 끌어안고 둘이 또 엉엉 울었습니다. 하나님의 위로는 30년 동안 치유되지 못했던 상처를 30분 안에 치유해주시기도 합니다. 그래서 그 순간에 다른 교인들도 전도사님에게 회개하게 되고, 그 전도사님도 교인들에게 상처받았던 것을 풀게 되는 엄청난 회복의 역사가 일어났어요.

그 전도사 부부의 아들이 열 살인데 너무 착한 아이였대요. 그 교회와 신학교가 한두 시간쯤 멀리 있는 데서 사셨는데 충성스럽게 풀타임으로 신학교를 다니시면서 또 풀타임으로 사역을 하시는 아주 귀한 부부였습니다. 그런데 이 부부가 여름 성경학교를 하느라고 너무 무리를 한 거예요. 그날이 끝나는 날이었는데 너무 피곤하셨대요. 성경학교 아이들에게 소원이 무엇인가를 적으라고 했을 때 열 살짜리 아이가 '나는 예수님이 너무 좋습니다. 나는 예수님이 계신 천국에 빨리 가는 것이 소원입니다' 이렇게 썼다는 거예요. 어머니 아버지가 '너무 감사합니다. 이렇게 아름다운 자녀를 주신 하나님 감사합니다' 하면서 정말 감사하고 축복하고 늦게 집으로 가는데 아버지가 운전하고 가다가 졸음운전을 한 거예요. 사고가 났는데 다른 사람은 아무도 다치지 않고 그 열 살짜리 아들만 죽었다는 거예요.

이런 엄청난 사건이 있었는데도 계속 사역을 하면서 힘드셨던 그분들이 종교의 영에서 오는 모든 거짓말이 벗겨지면서 정말 그들을 사랑하시는 하나님이 환난 중에 직접 찾아오신 거예요. 직접 위로해주시고, 사람을 보내주시고, 그리고 말씀을 주시는 하나님을 그분들이 만날 수 있게 해주신 것입니다. 그분들이 회복되는 것을 보면서 제가 회복되기 시작했습니다. 저도 그 하나님을 만나기 시작했어요. 그러면서 그 한 해 동안 아직 회복이 안 된 상태인데도 하나님께서 저와 같은 환난 안에 있는 분들, 자식을 잃은 사람들, 사랑하는 사람들을 잃은 사람들에게 저를 계속 보내셨습니다.

그리고 저희 아들과 똑같은 혼수상태에 빠진 젊은 아이들 네 명에게 가서 기도하게 하셨어요. 저희 아들은 제가 19일 동안 정말 열심히 기도했는데도 살아나지 못했습니다. 그런데 그 환난을 겪고 사람들을 능히 위로하는 능력을 주신다는 그 '능히 위로하는 능력' 안에는 치유의 능력도 들어 있습니다. 치유보다 더 큰 위로가 어디 있습니까. 지금 아픈 사람에게 가장 큰 위로는 치유입니다. 그래서 제가 엄마들을 위로하러 갔었습니다. 그리고 그들과 함께 눈물 흘리면서 같이 손잡고 기도한 것밖에 없는데, 그 한 해 동안에 하나님이 저에게 보내주신 그 네 명의 아이들이 모두 혼수상태에서 깨어났습니다.

위로자가 되게 하신 하나님

하나님의 사역을 한다는 것처럼 하나님을 알 수 있는 지름길이 없습니다. 사역을 할 때 일하시는 하나님을 따라다니다 보면 그분이 환난 중에 있는 사람들을 얼마나 안타까운 심정으로 찾아다니시는지 내가 자려고 하면 '한 명만 더 찾아가보자' 하시는거예요. '내가 너무 피곤해요' 그러면 '그런데 저 사람은 네가 필요하잖니?'라시면서 무리를 하지 않을 수 없는 상황으로 하나님께서 어떤 때는 몰고 가십니다. 그럴 때는 건강도 주십니다. 건강을 안 주셔도 괜찮습니다. 환난 중에 있는 자를 능히 위로케 하는 자로 하나님께서 우리들을 부르셨습니다.

여러분, 환난 중에 계십니까? 그 환난 중에서 위로하시는 하나님을 만나십시오. 그런데 거기서 끝나는 것이 아니라 그분이 주시는 위로로, 그분이 주시는 계시로, 그분이 주시는 치유로, 지금 같은 환난 중에 있는 자들을 만나주십시오. 내 환난이 끝난 다음에 돕는다가 아니라 지금 나아가서 나에게 주신 오병이어를 다시 예수님에게 드리십시오. '예수님, 지금 나에게 주신 작은 치유를 예수님께 다시 드립니다. 오늘 나의 위로가 필요한 사람이 있으면 나를 보내주십시오.' 그러면 하나님께서 문을 열어주시고, 엄청난 치유를 나를 통해서 하시는 예수님을 내가 만나게 됩니다.

그해 크리스마스가 되었는데 크리스마스라는 것이 정말 싫었습니다. 저는 크리스마스 때마다 우리 유진이랑 같이 트리를 24년 동안 만들었습니다. 그리고 25년째 크리스마스인데, 아이가 없으니까 정말 죽을 것처럼 슬펐어요. 그래서 저는 크리스마스에는 이불 뒤집어쓰고 하루 종일 울기로 결정했습니다. 그런데 제가 다니던 교회의 사역에 가입하고 등록을 했거든요. 제가 들어간 팀이 심방팀, 그러니까 너무 아파서 교회를 못 오는 사람들을 직접 찾아가서 사역을 해주는 팀이었습니다. 크리스마스 때 교회의 심방팀에서 전화가 왔어요. '제가 방문을 받아야 할 상황입니다'라고 말을 하려고 하는데 네 명이 한 팀으로 사역해야 하는데 내가 빠지면 세 명이 가야 된다고 해요. 각각 할 몫이 다 다르거든요. 그때에는 제가 사역자가 아니라 평신도였는데 기도하는 것을 맡았었습니다. 바구니 만드는 팀이 있고, 노래 부르는 팀이 있고, 기도해주는 팀이 있는데 기도하는 사람이 빠지면 누가 기도해줍니까? 그래서 제가 책임감이 강하기 때문에 할 수 없이 끌려갔습니다. 사실은 너무 가기 싫은데 갔어요. 투덜투덜하면서 갔습니다. '내가 지금 누구를 기도해줄 상황이야?' 이러면서 갔습니다. 그런데 아름다운 바구니를 만드는 은사를 가진 자매님들이 정말 예쁘게 파란색으로 만든 바구니를 갖다드리라고 저에게 줬어요.

자녀가 있어도 아무도 찾아오지 않는 정말 외로운 외국 할머니의 양로원으로 찾아갔습니다. 노래하는 자매님과 둘이 가서 노래하는 자매님은 찬양을 했습니다. 이분이 아프고 괴로우니까 보자마자 짜증부터 내더라고요. 그런데 제가 바구니를 드렸더니 '내가 파란색을 제일 좋아하는데 그걸 어떻게 알았어요?' 하면서 얼굴이 소녀처럼 밝아지기 시작하는 거예요. 그래서 '하나님이 자매님을 엄청 사랑하시니까 바구니를 만드는 자매님에게 파란색을 좋아한다고 말했나보다'라고 말씀드렸어요. 그랬더니 '아, 정말요? 그럴 수가 있을까요?' 하면서 감동하시는 거예요. 그다음 제 간증을 전하고 같이 기도하고 손을 잡고 '저는 아들을 잃은 지 3개월밖에 안 됐습니다. 그런데 하나님께서 자매님을 너무 사랑하셔서 자매님한테 가자고 해서 왔습니다'라고 했더니 이분이 눈물을 흘리면서 '내가 낳은 자식, 내가 도와줬던 친구들은 다 크리스마스에 나를 떠났는데…… 이것이 교회군요. 이것이 하나님의 가족이군요' 하면서 그분이 회복되는 것을 보았습니다.

저도 그날 집에 돌아오는데 허리도 훨씬 덜 아프고 골치도 덜 아프고, 그리고 막 죽고 싶던 마음도 많이 없어졌어요. 그래서 환난 중에 서로서로 위로하는 그런 하나님의 자녀들을 하나님이 기다리고 계신다는 것을 그때 깨달았습니다. 지금 환난 중에 계신 분들이 많습니다. 그분들이 환난 중에 만나주시는 아름다운 주님의 위로 안에서 능력받기를 기도합니다. 아멘.

열 번째 장

승리하는 신부의 삶

예수님의 전사 신부

우리가 이 땅에서 살아가는 이유가 있습니다. 예수님의 아름다운 신부로 준비되어서, 신부로서 이 세상을 극복하고 승리하라고 하나님이 우리를 이곳에 남겨두신 것입니다. 여기에서 신부는 여자들만 하는 것이 아닙니다. 남자들도 구원받은 분들은 모두 예수님의 신부입니다. 웨딩드레스 입을 준비를 하셔야 합니다. 영 안에는 여자도 남자도 구별이 없고, 헬라인도 유대인도 없다고 했습니다. 영적인 것을 야기하고 있는 것입니다. 거듭난 우리의 영은 모두 예수님의 신부로 부르심을 받은 자들입니다.

그런데 이 신부들에게는 전쟁에서 승리하라는 하나님께서

주신 사명이 있습니다. '이 세상을 극복하고, 이기고, 점령하라'는 것이 어떻게 생각하면 신부의 이미지와는 굉장히 다른 것 같습니다. 신부는 아름답고 연약하다고 생각하기 때문입니다. 우리의 일생 중에 여자들이 가장 아름답게 보이려 하는 날이 결혼하는 날이죠. 여자다워야 하고 화장도 해야 합니다. 저도 그때 가짜 속눈썹을 처음 붙여봤습니다. 속눈썹도 길어야 돼요. 그리고 머리도 해야 하고 결혼하기 전에 마사지도 받아야 하죠.

에스더는 왕의 앞에 가기 전(에 2:12)에 6개월 동안 몰약에 온몸을 담가 부드럽게 했습니다. 몰약은 각질을 제거해줍니다. 그런데 그걸로 끝나는 것이 아니라 부드러워진 살을 또다시 6개월 동안 여러 가지 향유로 단장하고 나서야 왕에게 갔습니다. 왕의 아내로 간택되기 위한 것입니다.

우리가 에스더는 아니지만, 왕에게 시집가는 것은 아니지만 그날 하루만은 우리도 공주처럼, 왕비처럼 그렇게 아름다워야 하지요. 그래서 시집가기 전에 다이어트를 합니다. 생전 가지 않던 미장원에 가서 전신마사지도 받습니다. 머릿결도 좋아야 합니다. 신부는 아름다워야 하고 향기도 나야 되겠지요? 그리고 결혼식 날은 뾰족한 구두를 신지요.

교회에서 '우리는 예수님의 신부다'라는 것까지는 많이 가르칩니다. '우리는 예수님의 전사 신부다. 우리는 전쟁하는 신부다.' 이렇게 가르치는데, 우리가 영적인 것을 세상적인 것으로 동일시할 때 혼동이 일어납니다. 어떤 그림을 본 적이 있습니다. 너무나 아름다운 여자인데, 웨딩드레스를 입은 하늘하늘하고 아주 예쁜 여자인데 군화를 신었더라고요. 그걸 보면서 저는 그렇게 하는 것은 아니라고 생각했습니다. 신부가 되라니까, 싸우라니까 기껏 미장원에 가서 머리를 해놓고는 신발은 군화를 신어야 되나보다 하고 생각하시는 것 같아요. 저도 그것에 대한 미스터리가 항상 있었습니다.

저는 꿈을 꿀 때 저 자신을 신부로 많이 봅니다. 그런데 그 꿈속에서의 저는 신데렐라같이 아름다운 신발을 신고 있지, 절대 군화를 신고 있지는 않았습니다. 그래서 하나님께 '하나님, 군화를 신지 않고 하이힐을 신은 채 어떻게 뱀과 전갈을 밟고 전쟁을 합니까? 제가 전사가 되기 원하십니까? 신부가 되기를 원하십니까? 결정해주십시오' 하고 이야기했을 때 하나님께서 네가 영적인 것을 너무 모른다고 말씀으로 가르쳐주셨습니다.

미스터리는 이렇게 풀었습니다. 지금 저는 예수님과 하나 되려는 신부입니다. 신부는 약합니다. 신부가 결혼식장에 아주 예쁘게 들어가고 있습니다. 군화를 신고 들어가지 않습니다. 예쁜 구두를 신고 꽃을 들고 들어가면 됩니다. 그런데 그 축하객 중에 한 사람이 흑심을 품고 신부에게 덤벼들었다고 생각해보세요. 그럼 신부가 갑자기 싸워야 합니까? 아닙니다. 신부는 '아!' 하고 소리 지르면 됩니다. 그러면 누가 뛰어오겠습니까? 신랑이 뛰어옵니다. 신랑이 '너! 남의 색시 왜 건드려!' 하고 공격을 해야 하는 거죠. 신부는 신랑이 완전히 진압할 때까지 거기서 그냥 '어머!' 하고 있으면 되고, 그다음에는 '힘내세요! 잘하세요!' 하면 됩니다.

하나님이 우리에게 싸우라는 것은 신부로서 싸우라는 것입니다. 우리는 전사지만 신부인 전사예요. 신부는 약합니다. 신부는 신랑에게 의지하면 됩니다. 신랑이 없으면 집니다. 그런데 신랑도 없이 싸워서 이기려고 군화를 신고 무장을 합니다. 신부가 나가서 직접 싸우면 신부도 못 되고 전사도 못 된다는 것을 알아야 합니다.

주 안에서 이기는 싸움

그래서 우리의 중보기도, 신부로서의 중보기도가 영적 전쟁을 할 때 저의 패러다임을 완전히 바꿔놓았습니다. 그전까지는 소리를 질러서 마귀를 이기려고 했습니다. 그런데 어느 날 하나님께서 '왜 이렇게 소리를 지르느냐, 소리 그만 질러도 된다'고 하셨습니다. 한국말로는 이긴다고 번역되어 있지만 '승리하다, 극복하다'라는 말이 영어로는 'overcome'입니다. 'overcome'은 큰 파도가 몰려와서 거기에 쓸려 들어갈 수밖에 없지만 그것을 극복하고 이기고자 하는 것입니다. 내가 'overcome'한다는 것은 'overcome'해야만 하는 뭔가가 나를 그 밑으로 넣으려고 엄습해오고 있다는 소리입니다. 하나님께서 '너는 신부다' 하고 부르셨고 '너는 극복하는, 이기는, 승리하는 신부다'라고 하셨습니다.

그런데 그 승리의 비결이 신부로서 이기라는 것입니다. 아령을 가지고 운동해서 근육을 만들고 전사가 되라는 소리가 아닙니다. 절대로 아닙니다. 신부는 6개월 동안 모든 각질을 제거하고, 향수로 신랑에게 아름답게 보일 수 있도록 준비를 하라는 것입니다. 그것이 신부의 중보기도예요. 에스더의 중보기도입니다. 에스더는 중보기도를 하기 전에 자신을 아름답게 치장했습니다. 왕의 마음에 들어야 하기 때문입니다. 그래서 화장하고, 가짜 속눈썹도 붙이고, 왕이 나오는 궁전에서 기다렸습니다. 자기를 봐주기를 기다렸습니다. 예쁘게, 아주 예쁘게 단장을 했습니다. 너무 독한 것도 아니고 너무 없는 것도 아닌 것으로 왕이 가장 좋아하는 향기가 은은하게 나도록 했습니다. 여러분, 남편이 무슨 향수를 좋아하는지 아셔야 합니다. 자기가 좋아하는 향수를 뿌리지 말고 남편이 좋아하는 향수를 뿌리십시오. 그래서 남편이 이게 무슨 향기지? 기분이 좋아져서, 당신 뭐 갖고 싶은 것 없어? 이렇게 물어볼 때까지 기다리십시오. '여보, 이거 사줘, 저거 사줘!' 그러지 마시고요.

에스더는 그렇게 기다리다가 왕이 나왔을 때, 눈이 마주쳤을 때 죽을 수도 있고 왕의 은총을 받을 수도 있습니다. 왜냐하면 왕이 부르기 전에 그 뜰에 들어가는 것은 불법이기 때문입니다. 거기에 들어가 있을 때는 왕이 은총을 내려주지 않으면 그 자리에서 사형을 당하는 것입니다. 에스더가 아름답게 하고 기다렸습니다. 그리고 왕의 눈에 들었습니다. 왕이 금홀을 내밀며 '그대의 소원이 무엇이며 요구가 무엇이냐 나라의 절반이라도 그대에게 주겠노라(에 5:3)'고 했습니다. 아주 긴급한 탄원이 있을 때에만 왕비가 목숨을 걸고 먼저 나아가는 것입니다. 아무리 왕비라도 왕이 부르기 전에는 먼저 왕에게 나아갈 수 없습니다. 기다려야 하는 것입니다. 세상의 왕에게도 이러한데 지존하신 주님 앞에 나아가기란 얼마나 조심스러운 일일까요?

그런 것을 보면서 우리가 하나님을 얼마나 오해하고 있는가를 다시 한번 절감했습니다. 왕 중의 왕, 가장 지존하신 하나님이신데 우리는 아무 때나 막 들어갈 수 있지 않습니까? 예수님이 문을 열어주셨기 때문에 들어가는 것까지는 좋습니다. 그런데 전혀 예의 없이 하나님을 너무 막 대하는 것 같아요.

하나님은 왕이십니다. 그래서 에스더가 목숨을 걸고 기다렸는데 왕이 받아주었습니다. 신부는 신랑과 만나는 것이 전쟁에서 승리하는 유일한 방법입니다. 안 그러면 전쟁에서 집니다. 신랑 없이 신부 혼자 싸우면 져요.

종교와 기독교는 다르다고 했지요? 기독교는 하나님께서 오셔서 관계를 맺는 것이지, 종교를 우리에게 주신 것이 아닙니다. 그래서 다른 모든 종교와 다릅니다. 하나님의 사랑을 우리가 직접 깨닫고 하나님을 사랑하고, 하나님과 가족을 맺는 관계예요. 그분의 아들이 되고, 그분의 신부가 되고, 그분이 우리의 신랑이 되시고, 우리의 아버지가 되시고. 그래서 이 아버지를 만나기까지 신랑을 만나기까지 우리가 극복(overcome)해야 할 것이 굉장히 많습니다.

그리고 아버지를 만난 후에 또 신랑을 만난 후에도 아버지와 함께, 신랑과 함께 극복해야 하는 것들이 많이 있습니다. 그 극복을 통해서 우리 아버지가 얼마나 강한 분이신지, 우리 신랑이 얼마나 굉장한 분이신지를 체험하게 됩니다.

사람들은 신부밖에 보지 못합니다. 아직까지 신랑과 아버지인 하나님과 예수님은 이 땅에 오시지 않았어요. 아직 온전히 다 오시지 않았습니다. 성령으로만 오셨고 예수님이 재림하시기 전까지는 예수님의 몸인 우리 신부를 먼저 보내신 것입니다. 그래서 세상 사람들이 우리를 보고 예수님을 볼 수밖에 없습니다. 아가서에 보면 여자가 남편하고 깊은 사랑에 빠져요. 그런데 예루살렘의 처녀들은 신랑을 보지 못합니다. 신부만 봅니다. 그런데 신부는 자신의 신랑이 얼마나 굉장한 신랑인지를 깨닫게 돼요. 신랑이 잠깐 왔다가 떠나간 뒤부터 신랑이 너무 보고 싶어 사랑에 미친 여자처럼 돼버렸습니다. 그래서 밤중에 나가면 안 되는데 성 안을 막 돌아다니다가 파수꾼에게 잡혀 얻어맞고 피를 흘립니다. 그런데 여자는 얻어맞은 것도 피 흘린 것도 상관이 없다는 거예요. 왜냐하면 너무 깊은 사랑에 빠졌기 때문이에요. 그래서 우리 신랑이 어디 있나? 우리 남편이 어디 있나? 막 찾아다니는 이 여자를 보고 예루살렘의 여자들이 '네가 사랑하는 남자가 도대체 어떤 남자냐? 네가 사랑하는 남자가 도대체 얼마나 굉장하기에, 얼마나 아름답기에, 얼마나 기가 막힌 분이기에 네가 그토록 그분을 사랑하느냐?'고 묻습니다.

이 세상이 예수님을 볼 수 있는 방법은 예수님과 사랑에 빠져서 예수님을 드러내는 우리 신부를 통해서밖에는 없습니다. 시편 27편 4절 '내가 여호와께 바라는 한 가지 일 그것을 구하리니 곧 내가 내 평생에 여호와의 집에 살면서 여호와의 아름다움을 바라보며 그의 성전에서 사모하는 그것이라'는 것처럼 단 한 가지, 내가 원하는 것은 당신의 집에 사는 것이라고 다윗도 말하고 있습니다. 시집가고 싶어서 정신이 없는 신부를 봤을 때, 굉장한 신랑에게 시집가나 보다 하고 그 신랑을 다시 보게 됩니다. 그렇습니다. 그래서 하나님의 전략이 참 굉장한 것입니다.

하나님은 아주 약한 신부를 구합니다. 그리고 아무것도 못 하는 신부를 구하세요. 그저 예쁘게 옷 입고 아무것도 하지 못 하는 그런 신부를 구하십니다. 그래서 그 신부가 신랑으로 인 해 이 세상에서 혼자서는 도저히 극복할 수 없는, 자기가 절대 로 이길 수 없는 여러 가지 공격들을 이겨가는 과정을 세상 사 람들로 하여금 보게 하십니다. 하나님으로 인해서 이기는 신 부로 만들어주시는 거예요. 그리고 이기는 신부에게는 '내가 이러한 상급을 주겠다'고 하시며 아주 기가 막힌 상을 다 미리 말씀해주셨습니다. 우리가 받을 상이 많습니다.

승리의 상을 받으라

그런데 이 상을 상이라고 생각하며 어떤 사람은 거짓 겸손 으로 '나는 상 별로 필요 없어요' 합니다. 장로들도 면류관을 도로 갖다 던지지 않습니까?' 저는 아무것도 필요 없습니다. 저는 상받으려고 이기는 것이 아닙니다.' 이런 이상한 소리를 하는 사람들이 있습니다. 하나님께서 이기는 자에게는 이런 상을 주겠다 하신 것은 하나님의 소원입니다. 하나님을 위해서 상을 받아야 합니다. 마지막 혼인잔치에, 예수님을 만나는 순간에 예수님이 우리를 치장하고 싶으신 거예요. 우리에게 매우 많은 것을 주어서 우리를 가장 아름다운 신부, 가장 많은 상을 받은 신부로 단장시키시고 싶으신 것입니다. 이 신부는 이 세상을 살면서 많은 환난과 핍박을 받았지만 끝까지 나와 함께 이 세상을 이긴 나의 최고의 신부다, 이렇게 자랑하고 싶으신 거예요. 영생 동안 예수님의 신부로 천국에서 모든 사람에게 보여지기를 원하시는 거예요. 그러면 예수님이 기뻐하십니다. 여러분을 위해서가 아니라 신랑을 위해서 그렇게 하는 거죠.

성령의 인도함을 받으라

그런데 이기는 자에게 상 주시는 것을 이야기하기 전에 어떻게 이기는가를 먼저 알아야겠죠. 이기는 전략은 간단합니다. 성경 말씀 요한1서 5장 4절에 있습니다. '무릇 하나님께로부터 난 자마다 세상을 이기느니라 세상을 이기는 승리는 이것이니 우리의 믿음이니라.' 이 세상을 이기는 비결은 바로 하나님으로부터 나는 것입니다. 이 말은 하나님에게서 나지 않은 것은 이 세상을 이기지 못한다는 소리입니다.

종교는 하나님에게서 난 것이 아닙니다. 사람들이 만들어낸 것입니다. '네가 이렇게 하면 좋겠다. 네가 이렇게 하면 더 잘할 수 있겠다'라고 하는 것들이 아무리 기가 막힌 지혜와 아무리 기가 막힌 경험에서 나온 것이라고 해도 사람이 만든 종교입니다. 종교를 따라가다보면 세상을 이기지 못합니다. 왜냐하면 종교는 세상에서 나온 것이기 때문입니다.

하나님에게서 나온 것이 세상을 이깁니다. 하나님에게서 나온 것은 성령의 인도함을 받는 것이죠. 성령으로 인하여 받은 말씀, 성령으로 인하여 받은 비전, 성령으로 인하여 거듭난 삶. 제일 중요한 것은 영접입니다. 영접으로 인해서 거듭나는 것, 그렇게 거듭난 영혼이 하나님과 교통하면서, 성령으로 교통하면서 하나님에게서 받는 계시와 하나님의 인도로 하는 말, 행동, 기도, 이런 것들이 세상을 이깁니다. 세상을 이긴, 극복한 승리는 바로 이것입니다. 우리의 믿음입니다. 신부의 무기는 하나밖에 없습니다. 신랑을 믿는 것입니다.

어렸을 때 좋아하던 만화 중에 '뽀빠이'라고 있었습니다. 여자 주인공인 올리브는 싸움을 하나도 못 합니다. 올리브는 팔다리가 길쭉하고 마르기만 했지 할 줄 아는 것이라곤 소리 지르는 것밖에 없습니다. '뽀빠이! 살려주세요!' 그러면 뽀빠이가 달려옵니다. 그러니까 신부는 자기 안에 힘이 있으면 오히려 안 좋습니다. 왜냐하면 자기가 싸워보려고 하기 때문에 시간이 오래 걸립니다. 그런데 약한 신부는 내가 안 된다는 것을 알기 때문에 곧장 뽀빠이를 부릅니다.

이것이 기도예요. 이것이 믿음입니다. '나는 못 하지만 예수님은 할 수 있어! 내가 부르면 예수님이 오실 거야! 내가 이기지 못하는 질병이지만 예수님은 고칠 수 있어!' 하면서 모든 싸움을 신랑에게 기대는 것입니다. 아가서 8장 5절에 나오는 '사랑하는 자를 의지하고 거친 들에서 올라오는 여자'가 하나님이 원하시는 신부의 모습입니다. 기운이 쫙 빠져서 '당신 없으면 못 살아요' 하며 기대는 여자가 하나님이 원하는 신부의 상이에요.

신부가 스스로 싸워서 이기려고 하기 때문에 신앙생활 하는 게 힘들고 스트레스가 쌓이는 것입니다. 올리브가 오늘은 뽀빠이를 부르지 않겠다며 브루터스와 직접 싸우면, 브루터스가 근육이 가득한 팔로 올리브를 한 손으로 들어올립니다. 올리브와 브루터스는 싸움이 안 됩니다. 우리는 마귀에게 집니다. 이 세상하고 붙으면 집니다. 그런데 우리에게는 우리가 부르면 언제든지 달려와주시는 예수님이 계십니다. 우리 안에 계십니다. '예수님 어디 계세요?' 그러면 '네 안에 있다. 네가 이 세상에서 어떠한 환난을 당해도 두려워하지 말아라. 내가 이 세상을 이겼다(요 16:33)'고 말씀하십니다.

이 세상에 있는 악한 것들이 절대 약하다고 하지 않았습니다. 예수님이 '이 세상에는 악한 세력들이 흉흉할 것이나 걱정하지 말라'고 하십니다. '걱정하지 말라는 것'이 네가 가서 태권도를 배우라는 것이 아닙니다. '네 안에 있는 내가, 네 남편인 내가 이 세상에서 너를 공격하는 어떤 영들보다도 강하다. 네 안에 있는 자가 이 세상보다 강하다'고 하십니다. 이것이 우리에게 이 세상을 이길 수 있는, 극복하는 신부가 될 수 있게 하는 하나님의 약속입니다. 이 약속을 믿는 신부는 여유가 있어요. 이 약속을 믿는 신부는 걱정을 안 합니다.

저는 「춘향전」이 굉장히 복음적이라고 생각합니다. 춘향이는 여유가 있습니다. 변학도를 독살할 계획이 있는 것도 아니고 은장도를 준비하고 있다가 겁탈하려고 하면 죽여야겠다고 생각해서 여유가 있는 것도 아닙니다. 춘향이는 아무 힘이 없습니다. 끌려가서 얻어맞고, 죽이면 죽을 수밖에 없어요. 그런데 왜 여유가 있느냐면 '이 도령이 올 거야. 이 도령 온다고 그랬어' 하고 믿었기 때문이에요. 그런데 그냥 오는 것도 아니라 '장원급제 해서 올 거야. 변학도, 너는 큰일 났다. 네가 지금 누구의 신부를 건드리는지 모르는 것 같은데!' 하며 여유가 있습니다. 춘향이가 여유가 있다는 것을 어떻게 알 수 있느냐면, 너무 화가 난 모습이 마귀하고 굉장히 닮은 변학도를 보고도 두려워하지 않기 때문입니다.

하나님의 신부인 교회가 복음을 정말 믿고, 전파하기 시작하고, 능력을 갖추면 마귀가 화가 나서 교회만 못살게 굽니다. 문제가 많은 교회 중에는 잘못해서 그런 경우도 있지만 많은 경우 교회에서 복음에 대한 비전을 가지고 있다든지 청년들을 살리겠다고 하니까 마귀들이 공격을 합니다. 예수님의 신부 노릇을 하니까 밉거든요. '저 사람이 신부인 것을 아니까 빨리 가서 죽이자!' 이렇게 됩니다. 그래서 사람들 다 보는 앞에서 변학도가 곤장을 막 때리면 '잘못했습니다, 이 도령은 무슨 이 도령입니까, 변학도님의 수청을 들겠습니다. 이러겠지' 하고 곤장을 실제로 때립니다. 그런데 이 도령이 빨리 안 와요. 실제로 매를 맞지만 춘향이는 별로 동요하지 않습니다. '맞으면 되지 뭐. 조금 있으면 오실 거니까' 하고 이 도령이 꼭 올 거라고 믿기 때문이죠. 이 도령 왜 안 오느냐고 원망하지 않습니다. 왜 나를 이렇게 고생시키느냐고 하지 않습니다. 이 여자가 맞으면서도 기가 막힌 일을 합니다. 우리나라 여자들은 참 대단해요. 한 대를 맞으니까 '일편단심' 노래를 부릅니다. 찬양을 합니다. 변학도가 어이가 없어 기절할 지경이었을 거예요.

바울과 실라를 가둔(행 16:24-25) 이 사람들은 '내가 잘못한 게 뭐가 있어! 복음 전한 것밖에 없는데' 하고 신부와 신랑이 떨어지는 것을 원합니다. 그런데 '우리 신랑은 오실 거야! 우리 신랑은 멋있어! 신랑만 오시면 돼' 하면서 신부들이 찬양을 하기 시작했습니다. 그랬더니 신랑이 오셨습니다. 신랑이 오시니까 옥문이 깨졌어요. 기적이 일어나기 시작했습니다. 하늘나라가 내려왔습니다. 그러니까 그 빌립보 감옥에 있던 사람들이 다 구원을 받았습니다.

신부와 신랑이 하나 되는 것을 마귀가 제일 무서워합니다. 왜냐하면 신랑이 신부와 결혼 서약을 하면서 약속해준 것이 있기 때문입니다. '이것을 너희에게 이르는 것은 너희로 내 안에서 평안을 누리게 하려함이라 세상에서는 너희가 환난을 당하나 담대하라 내가 세상을 이기었노라(요 16:33)'라고 하신 것입니다. '여보, 당신의 신랑인 나는 이 세상을 이미 이겼어'라고 합니다. 과거형입니다. '당신은 나에게 시집왔기 때문에 절대로 세상을 두려워할 필요 없어. 당신과 나는 하나야.' 이렇게 약속을 해주셨거든요.

그러니까 신랑이 오실 때 춘향이는 '거봐라. 네가 나를 건드리더니 꼴좋다'라고 할 수 있는 여유가 있는 거예요. 이러한 여유를 가지고 예수님을 기다리는 신부, 그 신부를 하나님께서는 우리들에게서 보고 싶으신 거예요. 그러니까 그것이 전략입니다. 하나님에게서 낳아야 하고 성령으로 인도받아야 하고, 그리고 예수님께서 이기셨다는 것을 알고 여유를 가져야 합니다. '아무것도 염려하지 말고 다만 모든 일에 기도와 간구로, 너희 구할 것을 감사함으로 하나님께 아뢰라(빌 4:6)'고 하셨습니다. 우리는 구할 것을 감사함으로 그냥 가지고 오기만 하면 되는 거예요. '그리하면 모든 지각에 뛰어난 하나님의 평강이 그리스도 예수 안에서 너희 마음과 생각을 지키시리라(빌 4:7)'라고 하셨습니다.

이것은 세상이 이해할 수가 없습니다. 하나님에게 시집간, 예수님에게 시집간 신부를 세상이 어떻게 이해합니까? 세상은 육적으로만 생각하는 곳이에요. 세상에서는 신부를 핍박합니다. 신부를 미워해요. 별로 안 좋아합니다. 예수님의 신부가 되면 세상에서 인기가 떨어집니다. 그렇지만 이 세상이 상상할 수도 없고, 이 세상이 본 적도 없고, 이 세상이 도저히 이해할 수도 없는, 모든 세상적인 지식과 지성과 우리의 교육을 뛰어넘는 하나님의 평강이 예수 그리스도 안에서 너는 예수의 신부이기 때문에 너의 생각과 마음을 지키겠다고 하셨습니다. 이것이 하나님을 믿는 사람들에게 주어지는 하나님의 승리 전략입니다.

이 세상을 이기는 것은 우리의 믿음이에요. 우리를 사랑하고 우리를 언제든지 구해주시는 신랑을 믿는 것입니다. 이 신랑을 믿는 신부들에게는 많은 환난이 있습니다. 많은 핍박이 있습니다. 그러나 항상 이깁니다. 왜냐하면 항상 신랑이 나타나기 때문입니다. 그래서 이것처럼 수지맞는 일이 없습니다.

내가 한 일도, 할 일도 별로 없고, 믿기만 하면 됩니다. 그리고 예수님께 가기만 하면 돼요. 가는 것이 기도입니다. 기도는 마음 자세이지 입에서 나오는 말이 아닙니다. '내가 말은 잘 못하지만 나는 신랑이 필요해.' 그래서 자꾸 신랑을 부르는 게 기도예요. '예수님, 우리 아이 어떻게 할까요? 예수님, 우리 아이가 집을 나갔습니다. 예수님, 우리 아이가 마약을 합니다. 예수님, 가서서 제 아이 손 좀 봐주세요. 예수님, 아이 좀 집에 데려와주세요' 하고 신랑을 부르는 것이 기도예요.

믿음으로 기도하면 신랑이 반드시 옵니다. 이것이 복음이에요. 의사가 지금 나보고 암에 걸려서 죽는다고 합니다. '어떡하지?' 그러면서 유언이나 쓰고 그러지 마세요. 신랑을 부르십시오. '예수님, 나는 당신을 믿습니다. 당신이 채찍을 맞음으로 나는 나았습니다. 오서서 나의 몸을 구해주십시오.' 기도함으로써 모든 것을 이길 수 있게끔 하나님이 예수님을 보내셔서 십자가에서 이미 모든 승리를 이루셨습니다. 그래서 '다 이루었다!' '내가 다 했다. 너는 아무것도 할 게 없다. 너는 나를 믿기만 하면 된다' 하십니다. 이것이 세상을 이기는 승리의 비결입니다.

그런데 이렇게 이기면 기가 막힌 상급들이 우리에게 주어진다고 하나님이 말씀하셨습니다. 내가 왜 이렇게 고난을 받는지, 고난의 끝은 무엇인지 알 때 고난이 쉬워집니다. 고난은 반드시 끝납니다. 그리고 그냥 끝나는 것이 아니라 엄청난 상급이 기다리고 있습니다. 하나님이 약속을 해주셨거든요. 굉장히 많습니다. 로마서 8장 35절 '누가 우리를 그리스도의 사랑에서 끊으리요', 이 말은 우리가 예수님의 신부가 되면 아무도 우리를 예수님과 이혼시키지 못한다는 소리입니다. '누가 우리를 그리스도의 사랑에서 끊으리요.' 한번 서약을 하면 이 서약은 영원토록 깨지지 않습니다. '환난이나 곤고'라는 말은 예수님에게 시집가도, 예수님의 신부가 되어도 환난이나 곤고가 온다는 소리죠. 환난이나 곤고, 핍박이 안 온다는 것이 아니라 이런 것이 와도 예수님과 나는 끊을 수 없다는 것입니다. 예수님과 내가 끊어지지만 않으면 예수님은 이미 세상을 이기셨기 때문에 나도 세상을 이길 수 있다는 것, 이것이 복음입니다.

누가 우리를 그리스도의 사랑에서 끊으리요 환난이나 곤고나 박해나 기근이나 적신이나 위험이나 칼이랴 기록된 바 우리가 종일 주를 위하여 죽임을 당하게 되며 도살당할 양같이 여김을 받았나이다 함과 같으리라 그러나 이 모든 일에 우리를 사랑하시는 이로 말미암아 우리가 넉넉히 이기느니라(롬 8:35-37)

여러분은 군화를 안 신으셔도 됩니다. 넉넉히 이기십니다. 하이힐 신고 예쁘게 서 있다가 '여보!' 하고 부르기만 하면 됩니다. 기도만 하시면 돼요. 그러면 이기는 자, 극복(overcome)할 수 있는 사람이 될 것입니다. '이기는 그에게는 내가 하나님의 낙원에 있는 생명나무의 열매를 주어 먹게 하리라[To him who overcomes I will give to eat from the tree of life, which is in the midst of the Paradise of God(계 2:7)]'고 하셨습니다. 신랑이 나에게 직접 생명나무 열매를 줍니다. 이것은 영생입니다. 우리의 신랑이 영생을 가지고 계시기 때문에 그분과 하나가 될 때 우리에게도 생명나무의 열매가 주어집니다. 먹게 됩니다. 죽어서 천국 가서 먹는 것이 아니라 이 땅에서 신부로서 먹게 됩니다.

예수님께서 '살아서 나를 믿는 자는 영원히 죽지 아니하리니(요 11:26)'라고 말씀하셨습니다. 그리고 마르다에게 그것을 믿느냐고 물으니 마르다가 무슨 뜻인지 알아듣지 못했습니다. 그것은 '이기는 그에게는 생명나무의 열매를 주어 먹게 하리'라는 것입니다. '너는 장차 받을 고난을 두려워하지 말라, 볼지어다, 마귀가 장차 너희 가운데에서 몇 사람을 옥에 던져 시험을 받게 하리니(계 2:10상).' 춘향이처럼 옥에 들어가는 사람도 있습니다. 괜찮습니다. '너희가 십 일 동안 환난을 받으리라 네가 죽도록 충성하라 그리하면 내가 생명의 관을 네게 주리라(계 2:10하).' 그래서 영생을 받을 뿐만 아니라 영생에도 등급이 있습니다. 그냥 생명의 열매를 먹으면 죽지는 않지요. 그렇지만 면류관을 받지는 못합니다. 그런데 이 생명의 면류관을 쓰는 사람들이 있습니다. 이들은 고난받고, 핍박받는 사람들입니다. 지금 중국이나 북한, 아프가니스탄 같은 곳에서 목숨을 걸고 예수님을 믿다 감옥에 가고, 그렇게 핍박받는 사람들입니다. 이 사람들에게는 특별히 영생뿐만 아니라 생명의 면류관이 영생처럼 주어진다는 것입니다.

여러분은 어떠신지 모르겠지만 저는 생명의 면류관을 쓰고 싶습니다. 젊은 아이들을 가르쳐서 6개월 정도 지나고 나면 서로 순교할 곳이 없나 찾아다닙니다. 아이들이 면류관을 원합니다. 아이들이 면류관을 원하기 시작하면 세상이 건드리지 못합니다. 예수님이 직접 면류관을 씌워주시는 모습을 생각해보세요. 결혼식인데, 다른 신부들은 그냥 열매만 먹고 끝납니다. 그런데 '너는 특별한 신부야. 너는 나를 위해 사람들에게 얻어맞고 핍박받았잖아. 너에게는 내가 특별히 왕관을 씌워주겠다' 하고 아름다운 왕관을 씌워주는 모습을 생각해보세요.

어떤 목사님의 사랑하는 아내가 죽었습니다. 그래서 너무 슬퍼하니까 하나님이 꿈에서 천국에 있는 아내를 보게 해주셨어요. 그런데 그 아내가 세상에서는 좀 못생긴 사람이었는데,

너무 예쁘더래요. 얼굴이 해처럼 빛나면서 아름답고 온몸에도 빛이 나는데, 그중에서도 특별히 머리 위에서 빛이 더 나더래요. 몸에서 나는 빛보다 몇 배나 되는 빛이 머리 위에서 나니까 '왕관을 썼나?' 생각했다고 해요. 자세히 보니까 왕관도 안 썼는데 머리에서 엄청난 빛이 나오더래요. 머리 위에서 동그랗게 다이아몬드처럼 빛나고 있었다고 합니다.

이 자매님은 예수님을 안 믿는 집으로 시집왔다고 합니다. 이 자매님은 원래 골수로 예수님을 믿는 분이셨습니다. 그래서 시아버지가 '절대로 교회 가지 말라'고 협박하는데도 시장 가는 척하고 몰래 성경책을 숨겨 교회에 가다가 시아버지에게 들켰대요. 그런데 시아버지가 굉장히 포악한 분이었나봐요. 호미를 가지고 머리를 찍었다고 합니다. 그래서 엄청나게 피가 나서 상처를 꿰매었는데, 그 자리에 머리카락이 안 나서 굉장히 창피해했다고 합니다. 여자가 머리카락이 안 나는 것이 얼마나 창피하겠습니까? 또 얻어맞은 걸 생각하면 시아버지가 얼마나 미웠겠어요? 그런데도 시아버지를 끝까지 공경하고 온 식구가 다 예수님의 구원을 받게 하고, 남편을 목사님까지 만들고 먼저 간 거예요.

바로 이 아내가 꿈에 보였는데 호미로 맞아서 수치스럽게 여겼던 그곳에서 다이아몬드 같은 빛이 나는 것을 보았다고 합니다. 제가 이 이야기를 들었을 때 '생명의 면류관', 이 성경 구절을 생각했습니다. 저는 예수님께 이 면류관을 받고 싶습니다. 그래서 고난이 별로 두렵지 않습니다.

새 이름, 새 아이덴티티로

'귀 있는 자는 성령이 교회들에게 하시는 말씀을 들을지어다 이기는 자는 둘째 사망의 해를 받지 아니하리라(계 2:11)'에서 보듯이 우리가 한번은 다 심판을 받는다고 했습니다. 불 못에 던져질 때 두 번째 사망에 이른다고 했어요. 예수님의 신부로 이 세상을 이긴 자들은 둘째 사망의 해를 받지 않습니다. 천국으로 갈 수 있게 해주신다고 했습니다. 이게 다 신랑이 신부를 위해서 미리 마련해놓은 지참금이에요.

귀 있는 자는 성령이 교회들에게 하시는 말씀을 들을지어다 이기는 그에게는 내가 감추었던 만나를 주고 또 흰 돌을 줄 터인데 그 돌 위에 새 이름을 기록한 것이 있나니 받는 자밖에는 그 이름을 알 사람이 없느니라(계 2:17)

'이기는 그에게는' 숨겨놓은 만나를 준다고 했습니다. 만나는 하나님의 말씀이지요. 하나님이 숨겨진 계시들을 주십니다. 자기의 신부에게는 숨겨진 계시를 주시고 흰 돌 위에 기록한 새 이름을 주신다고 했어요. 우리에게 새 이름을 주십니다. 그것은 하나님과 나밖에 모르는 새 아이덴티티(identity)입니다.

저에게 하나님이 '너는 한나와 같은 중보자다'라고 하셨습니다. 어떤 분을 통해서 기도해주셨을 때 제가 새 이름을 받았습니다. 이름을 받으면 사람이 바뀝니다. 아브람이 거짓말이나 하고 별 볼일 없는 사람이었는데, 하나님이 '너는 만국의 아버지야. 너는 아브라함이야' 하며 이름을 바꿔주니까 그 이름에 맞는 사람으로 바뀝니다. 창조가 돼요. 사래는 그냥 평범한 이름입니다. 그런데 사라는 공주예요. 왕비입니다. 아기도 못 낳는 사래에게 아기도 낳기 전에 '너는 공주야, 너는 사라야'라고 부르셨습니다. 그러고도 사라는 한참 동안 아기를 못 낳습니다. 그것을 보는 옆집 사람들이 얼마나 한심했겠습니까. 늙은이들이 아기를 못 낳아서 미쳤나보다. 아침에 일어나면 '열국의 아버지야!' 하고 아내가 부릅니다. 그러면 '공주야! 왕비야!' 하고 부릅니다. 무슨 왕비인지 공주인지 세상 사람들은 모릅니다. 하나님과 나밖에 모르는 이름을 하나님이 주십니다.

그런데 하나님이 이름을 나에게 주시면 그 비밀 때문에 나는 세상이 모르는 기쁨과 세상이 모르는 새로운 아이덴티티를 갖게 되는 것입니다. 이사야서 62장에서 나는 너에게 새 이름을 주겠다고 했습니다. '너를 버림받은 자라 부르지 아니하며 다시는 네 땅을 황무지라 부르지 아니하고 오직 너를 헵시바라 하며 네 땅을 뿔라라 하리니(사 62:4).' 이렇게 새 이름을 주겠다고 하셨습니다. 그래서 새 이름을 주실 때, 이 땅에서 만나와 돌을 받을 때 사람들이 이해할 수 없는 예수님의 신부로서의 삶이 시작됩니다. 비밀이 시작돼요.

'이기는 자는 이와 같이 흰옷을 입을 것이요(계 3:5).' 이것은 완전한 속죄를 이야기하는 것입니다. '내가 그 이름을 생명책에서 결코 지우지 아니하고 그 이름을 내 아버지 앞과 그의 천사들 앞에서 시인하리라(계 3:5).' 그리고 예수님이 책임지신다고 하셨습니다. 우리는 걱정할 필요가 전혀 없습니다. '내 이름이 생명책에서 지워지면 어떡하나?' 우리는 걱정할 필요가 없어요. 우리의 신랑이신 예수님이 책임지고 우리에게 흰옷을 입혀줄 것입니다. 우리가 결혼할 때는 흰옷을 입습니다. 아무리 죄를 짓고 창녀였어도 시집을 갈 때는 흰옷을 입습니다. 흰옷을 입으면 나쁜 짓을 하던 여자였는지 잘 모릅니다. 아름답고 순결하게 보입니다. 예수님이 이기는 자에게는, 극복하는 자에게는 이와 같이 흰옷을 입혀줄 것이라고 했습니다.

예수님은 '믿음의 주요 또 온전하게 하시는 이(히 12:2)'라고 했어요. 우리에게 믿음을 주고 그 믿음을 온전케 하시는 예수님이 이기게 해주십니다. 내가 그 이름을 생명책에서 반드시 지우지 아니하고 그 이름을 내 아버지 앞과 천사들 앞에서 시인하리라 약속해주십니다. 아버지 앞에 설 때 내가 주눅이 들 수 있습니다. 그러나 걱정하지 않아도 돼요. 신랑이 내 옆에서 계신다는 것입니다. 나 혼자 가는 것이 아니라 아버지와 천사들 앞에서 '아버지! 이 사람은 내 아내, 내 신부입니다. 이 사람은 내 교회입니다'라고 시인해주신다는 약속입니다.

'이기는 자는 내 하나님 성전에 기둥이 되게 하리니 그가 결코 다시 나가지 아니하리라(계 3:12상).' 다윗의 한 가지 소원이 '여호와의 전에서 영영 떠나지 않게 해주십시오' 하는 것이었습니다. 그런데 다윗의 소원은 이루어지지 않았습니다. 다윗은 그것이 안 되기 때문에 그렇게 기도한 거예요. 그런데 이기는 하나님의 신부, 예수님의 신부에게는 하나님의 성전에 기둥이 되게 해서 결코 다시는 성전을 떠나지 않게 해주신다고 하셨습니다.

'내가 하나님의 이름과 하나님의 성 곧 하늘에서 내 하나님께로부터 내려오는 새 예루살렘의 이름과 나의 새 이름을 그이 위에 기록하리라(계 3:12하).' 예수님이 나에게 예수님과 나만 아는 아이덴티티, 내가 가장 사랑하는 신부에게 주는 이름이 있습니다. 그런데 그 이름 말고 또 예수님의 이름을 나에게 주십니다. 우리는 시집가면 여자분들이 성을 안 바꾸는데, 미국에서는 시집가면 남편의 성을 따르기 때문에 저는 성을 바꿨습니다. 예수님과 결혼하면서 '미세스 예수'가 됐습니다. 그런데 예수님께서 이기는 신부에게는 새 예루살렘의 이름과 나의 이름을 그 위에 기록한다고 해주셨어요. 영원토록 예수의 이름을 나에게 새겨준다고 하셨어요. 그러므로 나의 아이덴티티는 내가 아니라 예수님의 신부, 예수님과 하나 된 자, 예수님으로 바뀌게 되는 것입니다.

'이기는 그에게는 내가 내 보좌에 함께 앉게 하여 주기(계 3:21상)' 위하여 '내가 이기고 아버지 보좌에 함께 앉은 것과 같이 하리라(계 3:21하)'는 것처럼 이기는 나의 신부를 내 보좌에 함께 앉히기 위해서 그러신 겁니다. 천국에 가는 걸로 만족하려고 했는데 예수님과 함께 보좌에 앉혀진 사람도 있다는 것입니다. 예수님이 십자가에서 모든 흑암의 세력을 어렵게 이기신 이유는 우리도 이길 수 있게 하기 위해서입니다. 그래서 우리가 이긴 후에 하나님 옆에, 우편에 예수님과 함께 앉혀주기 위해서 그렇게 하셨다고 했습니다.

'하나님은 빛이시라(요일 1:5)'고 하셨어요. 우리가 눈을 뜰 수도 없는 영광이십니다. 그 영광의 빛 안에 있는 보좌에 예수님께서 함께 앉혀주신다는 거예요. 죄투성이인 우리가 거기에 어떻게 앉습니까? 그러니까 십자가에서 그렇게 폭력적으로 죄를 완전히 다 소멸해서서, 우리가 보혈로 깨끗한 신부가 되어서 그 안에 같이 앉을 수 있도록 하신 것입니다. 에베소서 2장을 보면 이미 예수 안에 있는 자는 그 안에서 보좌 자리에 앉아 있다고 했습니다. 우리가 있는 곳이 땅이 아니라 신랑과 함께 그 보좌 위에 있는 것입니다. 거기에서 영적 전쟁을 하면 내 발밑에 있는 패배한 마귀들과 싸우는 것입니다. 땅에서 마귀를 올려다보면서 싸우지 마십시오.

이 모든 것이 일곱 교회에게 주시는 약속이었는데, 마지막 열세 번째 약속은 요한계시록 21장 7절에 예수님께서 이기는 자들에게 주시는 기가 막힌 약속입니다. '이기는 자는 이것들을 상속으로 받으리라 나는 그의 하나님이 되고 그는 내 아들이 되리라'라고 하셨습니다. 하나님의 아들, 하나님의 자녀, 완전히 새로운 피조물이 되는 권세를 주신다고 하셨습니다.

우리가 이 세상에서 이런 것을 알지 못하고 살 때는 '구원받았더니 왜 이렇게 더 안 좋은 일만 생기나? 구원받았는데 왜 이렇게 힘든가? 예수 믿는 것, 힘들어서 못 하겠다' 하고 입술로 죄를 많이 짓습니다. 신랑의 마음이 너무 아프십니다. 우리에게 면류관을 주려고 하시는데, 이 도령이 돌아왔는데 춘향이가 정조를 지키지 않았을 뿐만 아니라 변학도와 같이 술 먹고 취해서 '이제 오니까 그렇지! 당신 때문이야!'라고 한다고 생각해보십시오. 얼마나 마음이 아프겠습니까? 예수님이 오셨을 때 준비되어 있는 다섯 처녀(마 25:1), 준비된 신부로서 우리 마음을 단장하기를 원합니다. 마음을 단장하는 것 중의 가장 큰 것이 불평하지 않고, 원망하지 않고, 어려울 때 그 안에서 극복하게 하시는 예수님, 신랑이신 예수님만을 바라보고 예배드리는 것입니다. 그리고 그분을 믿는 것입니다.

이 세상을 이기는 것은 우리의 믿음이라고 했어요. 우리가 믿으면 그 믿음 때문에 하나님이 기뻐하시고, 하나님이 기뻐하시면 하나님이 오시고, 하나님이 오시면 일들이 일어납니다. 지금 우리나라가 굉장한 환난의 때인 것 같아요. 많은 분들이 정말 어려운 일들을 겪고 있어요. 춘향이도 몇 대만 맞아서 그렇지 20대, 30대가 되면 더 이상 노래가 안 나올 수도 있습니다. 하나님의 아름다운 신부들이, 찢기고 너무 힘들어서 아주 지친 분들이 계십니다.

인터넷에 어떤 목사님이 글을 올리셨는데, 제가 읽다가 울었습니다. '이런 환난을 하나님, 왜 허락하십니까? 하나님, 이제 그만하십시오'라는 말이 저도 모르게 나올 정도로 힘드신 분이 계셨습니다. 목회하려고 정말 열심히 일하시는데, 하나님의 성전을 짓다가 사기를 당하셔서 경제적으로 너무 힘은 상황에 스물한 살인 아들이 교통사고로 죽었다고 했습니다. 그래서 그 사모님이 너무 슬퍼하시는 거예요. 사람이니까 '너무 슬픕니다. 하나님, 이것이 정말 필요하십니까? 왜 이런 것

을 꼭 겪어야 합니까?'라는 말이 나오는 것이 당연해요. 그것
이 불평으로 변하지 않도록 우리의 마음을 다스려야 하는 것
입니다.

'하나님, 저를 환난 안에서 건지셨던 하나님, 환난 안에서 위
로해주셨던 하나님, 저를 신부로 단장하셨던 하나님, 이 어려
운 가운데 있는 목사님을 잡아주세요' 하는 중보기도를 해드
려야 합니다. 서로서로 중보기도를 해주면서, 서로서로 지켜
주면서 그때가 다가올수록 더욱 더 모이기에 힘쓰라고 권면
하는 것입니다. 모이기를 폐하는 세상 사람들처럼 하지 마시
고 모이라고 했습니다. 서로서로 하나가 되라고 했어요. 그래
서 지금 어려움을 겪고 있는 신부들을 위해 우리 함께 중보하
고 끝냈으면 좋겠습니다.

하나님 아버지 감사합니다. 하나님께서 저희들을 이토록 사
랑하셔서 저희들을 구원해주셨을 뿐만 아니라 저희들이 상상
할 수도 없고 생각할 수도 없는, 저희들의 모든 지각을 뛰어넘
는 평강과 축복과 상급을 예비해놓으신 좋으신 하나님이심을
믿겠습니다. 당신이 우리의 아버지이시고 당신이 우리의 신랑
되시고 당신이 모든 환난에서 우리를 구하시는 우리의 구세주
이심을 저희들이 잊어버리지 않도록 하여 주십시오.

하나님, 우리가 환난 중에 있을 때, 우리가 불 사이를 지나

갈 때, 우리가 물 사이를 지나갈 때, 생존에 대한 모든 소망이 끊어져서 사형선고를 받은 것 같을 때 하나님께서 지금 그 형제님, 자매님들을 찾아가주시기를 소망합니다. 그들에게 지금 주님의 말씀을 들려주십시오. '내가 너를 사랑한다. 나는 너를 믿는다. 조금만 더 참아라. 이기는 자에게는, 더 참는 자에게는, 끝까지 견디는 자에게는 내가 주고자 하는 상급이 많다'고 하신 하나님, 하나님의 음성을 듣게 하여 주시옵소서.

하나님 오늘, 지금 교회에 갈 수조차 없는, 그리고 하나님의 은혜의 자리에조차 갈 수 없는 질병과 어려움에 묶여 있는 우리의 형제자매들을 위해서 기도합니다. 우리나라뿐만 아니라 아프리카, 아프가니스탄, 중국, 북한에 복음을 들을 수조차 없는 우리의 형제자매들을 위해서 기도합니다. 하나님 아버지, 저들이 이 세상에 실수로 태어나서 단지 어떤 인간의 자식으로 끝나는 것이 아니라 하나님께서 당신의 존귀한 형상으로 만드셔서 이 마지막 때, 추수 때에 하나님의 신부로 이 세상에 빛이 되고 소금이 되어서 나아가라고 부르심을 받은, 소명받은 자들임을 압니다.

하나님 아버지, 어떠한 벽이, 어떠한 담이 있다 하더라도 하나님을 멈출 수 없음을 제가 믿습니다. 우리가 생각할 수 없는 방법으로라도 그들에게 가서서 꿈을 꾸게 하시고 계시를 주셔서 예수님의 신부로 부름받은, 이제는 더 이상 버림받은 땅이 아니라 결혼한 헵시바와 사랑받는 쁄라로 다시 태어난 자가 자신임을 깨닫게 하여 주시옵소서. 우리들을 사랑하시고 우리들을 구원하시고 신부 삼아주신 하나님의 사랑으로 이 세상을 이기게 하여 주시옵소서.

우리의 신랑이신 예수님의 승리하신 이름으로 기도드렸습니다. 아멘.

땅에서 하늘처럼

초 판 1쇄 발행 2012년 2월 29일
개정판 1쇄 인쇄 2022년 3월 7일
개정판 1쇄 발행 2022년 3월 15일

지은이 이민아
펴낸이 정중모
펴낸곳 도서출판 열림원

출판등록 1980년 5월 19일(제406-2000-000204호)
주소 경기도 파주시 회동길 152
전화 031-955-0700
팩스 031-955-0661
홈페이지 www.yolimwon.com
이메일 editor@yolimwon.com

페이스북 /yolimwon
트위터 @yolimwon
인스타그램 @yolimwon

주간 김현정
편집 조혜영 황우정 최연서
디자인 강희철

마케팅 홍보 김선규 임윤정 최가인
온라인사업 서명희
제작 관리 윤준수 이원희 고은정 원보람

ⓒ 이민아, 2022

ISBN 979-11-7040-080-6 03810